Kriget som inte fanns

Utan alla dessa vapen som kapprustningen har fört med sig skulle de flesta av konfliktsituationerna efter andra världskriget ha slussats över till de diplomatiska och politiska planen och lösts genom förhandlingar.

Ur "Kriget som affär", av George Thayer 1969

Mats Lundberg

Kriget som inte fanns

© Mats Lundberg 2020

Förlag: BoD - Books on Demand, Stockholm, Sverige

Tryck: BoD - Books on Demand, Norderstedt, Tyskland

ISBN: 978-91-7851-157-0

Omslagsfoto: författaren

Bakgrund

Det internationella avtalet rörande Laos ställning som ett från franskt kolonialstyre fritt land skrevs under i Genève 1962 av fjorton stater. Avtalet skulle garantera neutralitet för landet. De fjorton staterna som skrev under var Nordvietnam, Sydvietnam, Kina, Burma, Thailand, Kambodja, Indien, Frankrike, Polen, Sovjetunionen, Storbritannien, Kanada, USA, samt den Kungliga laotiska regeringen. Inga utländska trupper skulle få finnas på laotiskt territorium enligt överrenskommelsen. Dock bröts avtalet ganska snart då såväl nordvietnamesiska som kinesiska väpnade styrkor började operera inne i Laos. Amerikanarna å sin sida upprättade flygbaser och byggde ett flertal mindre landningsbanor runt om i landet.

En amerikansk journalist beskrev situationen i Laos på sextiotalet så här: det vimlar av gerillasoldater, kommunistagenter, trupper av olika sorter, opiumodlare, legosoldater, CIA-agenter och piloter, franska militärrådgivare, spioner, och andra intressenter. Allt i en enda röra.

På grund av att utländska trupper var förbjudna i landet kunde inte USA skicka uniformerade soldater dit under officiellt uppdrag. Istället började USA föra krig mot den laotiska kommunistgerillan Pathet Lao och de närvarande nordvietnamesiska trupperna i landet via det CIA-ägda flygbolaget Air America. Det man först och främst var ute efter var att bomba den nordvietnamesiska försörjningsleden till den kommunistdominerade FNL-gerillan i Sydvietnam, den så kallade Ho Chi Minh leden som delvis gick genom Laos, samt att bomba Pathet Laos fästen. Men man flög också in förnödenheter till byar med regeringsvänligt sinnade invånare som blivit isolerade av kriget. Samtliga piloter och CIA-agenter opererade under täcknamn och i civila kläder. Kriget i Laos var en del av Tredje Indokinakriget, det som vi ofta kallar Vietnamkriget. Men officiellt pågick inget krig i Laos. Under "kriget som inte fanns" fälldes fler bomber över landet än vad som totalt fälldes under hela Andra Världskriget.

5

Prolog

Hon hade gömt sig bakom en stor trälåda som stod på marken under huset. Om hon försiktigt tittade fram mellan träpålarna som huset vilade på kunde hon se deras fötter och ben upp till knäna, två par av varje. Hon kunde också höra dem prata.

"Hon sprang åt det här hållet det såg jag", sade den längre, han med något mörkare röst.

"Hon kanske sprang in i den där gränden, mellan de där lite större husen", sade den andre och pekade på en smal lerig gata som gick in mellan två trevåningshus. Hjärtat bultade, men hon försökte andas ljudlöst. När de två männen började gå bort mot gränden bad hon en stilla bön att de inte skulle komma tillbaka. Ljudet av deras steg hördes längre och längre bort, men hon låg kvar en halvtimme i sitt gömställe innan hon vågade krypa ut på gatan. Då hade det nästan hunnit bli mörkt.

Gatan var inte precis full med folk men där var ändå tillräckligt med fotgängare för att hon skulle kunna gömma sig bland dem, och så att säga flyta med strömmen. Hon visste vart hon skulle ta vägen, i vilken riktning hon skulle gå. Pagodens gyllene spira, stupan, lyste tydligt som ett riktmärke även om det nästan var helt mörkt nu. Det var närmare en kilometer dit. Hon var beredd att chansa på att de två männen gett upp sökandet och lämnat den här delen av staden. Spring inte, tänkte hon, det väcker bara uppmärksamhet. Istället måste jag gå i samma takt som människorna på gatan. Det skulle väcka mindre uppmärksamhet.

Gång på gång tyckte hon sig se de två männen. Men varje gång visade det sig vara falskt alarm. Nu var hon nästan framme, bara ett kvarter kvar. Då såg hon två mörkklädda män komma emot henne, den ena lite kortare än den andra precis som de som jagade henne. Åter började hjärtat bulta i bröstet. Men när de var så pass nära att hon såg deras ansikten visade det sig att hon misstagit sig igen. Det var några helt andra än hennes förföljare. Jag börjar bli alltför nervös, måste lugna ned mej, tänkte hon nästan högt.

7

Av en av bargästerna hade hon lirkat ur var närmaste pagoden med ett nunnekloster låg. Väl framme såg hon direkt var det var. När hon knackade på porten öppnade en kvinna i trettioårsåldern med rakat huvud och ett vänligt ansikte.

"Snälla, jag behöver skydd."

"Kom in", sade nunnan kort och log mot henne.

Flickan gick in. Nunnan stängde och låste porten bakom dem.

Två kvarter därifrån gick två män och sökte efter en ung flicka. Båda var mörkklädda, den ena var längre än den andra.

Del 1

Udorn, Nordöstra Thailand, April 1967

Kapten Eric Anderson gick ut på cementplattan som ångade från avdunstningen av de tidiga morgonskurarna. Med flygoverallen och allt annat på utom hjälmen, som han höll i högra handen, stegade han mot "sitt" flygplan, en RF-101 Voodoo. Planet stod tankat och nästan helt klart för nästa uppdrag; närmare bestämt hans sjuttiosjunde uppdrag över Nordvietnam. Han väntade en stund nedanför stegen, som satt fasthakad på planets vänstra sida, medan den unga teknikern avslutade den sista förberedelsen i cockpiten för att få planet lyftklart. Två minuter senare när han svingade sig ner i stolen tänkte han att sju är ett lyckotal så idag går det nog extra bra. Teknikern stängde huven utifrån och strax därefter började de två Pratt and Whitneymotorerna vina igång.

Ytterligare tio minuter senare när flygbasen där nere såg ut som en leksaksflygplats gav han full gas och planet tog en brant stigning upp mot den nu nästan molnfria himlen. Han skulle stiga till tiotusen meters höjd och ligga där tills målet för dagens uppdrag, industristaden Viet Tri, låg inom räckhåll.

R:et i Voodoons beteckning stod för *reconnaissance*, det vill säga spaning. Hans uppgift i detta krig var att flyga in på låg höjd och fotografera bombmål, flyga tillbaka till basen i Udorn, vänta på att bombflygplanen återvände från sina uppdrag och sedan åter flyga över målen och fotografera för att dokumentera hur framgångsrika bombräderna varit. Dessa bombningar av Nordvietnam, som hade påbörjats av amerikanarna i mars 1965, kallades för "*Operation Rolling Thunder*".

Voodoon var inte beväpnad med något annat än kameror och piloterna fick lita på planets höga hastighetsförmåga när de mötte fiender i luften eller luftvärnseld från marken. Voodoon var nämligen ett av världens snabbaste; den kunde nästan flyga dubbla ljudhastigheten med efterbrännkammaren på.

Han flög över Mekongfloden, som låg som en jättelik gul orm under honom. Här bildade floden gränsen mot Laos och vidare söderut tills den skar genom Kambodja för att sedan rinna österut genom Sydvietnam och slutligen mynna ut i havet. Där i Sydvietnam rasade markstrider mellan den sydvietnamesiska armén och främst amerikanska trupper på ena sidan, och nordvietnamesiska armén och den sydvietnamesiska upprorsrörelsen *Front National de Libération* (FNL) på den andra sidan. Här i norr var det mest frågan om bombningar. Ibland kom det till någon luftstrid med fiendens MIG-plan.

Men han följde inte den stora floden utan flög rakt över den in över Laos och tog ut riktningen mot Viet Tri, cirka sextio kilometer nordväst om Nordvietnams huvudstad Hanoi. Där, vid Viet Tri, flöt Röda Floden förbi, en annan av Asiens stora floder, som bevattnade otaliga risfält innan den rann ut i Sydkinesiska sjön.

Nordvietnam, April 1967

Nu låg Vet Tri cirka tio kilometer framför honom och han dök ned på låg höjd. Det första han såg strax innan staden var den berömda bron, en kombination av bil och järnvägsbro. Livsviktig för vietnameserna för att få fram krigsmaterial norrut. Bron ansågs som en av världens mest bombade broar. Det sades att amerikanarna bombade den på dagarna och vietnameserna byggde upp den på nätterna. Den såg uppifrån ut att vara tämligen intakt där den sträckte sig över floden. Han utlöste en av kamerorna och tog sedan ytterligare bilder av de tunga industrianläggningarna i staden, startade efterbrännkammaren några sekunder för att snabbt stiga upp till säkrare höjder.

Där uppe slog han av efterbrännkammaren, lade sig åter på cirka tiotusen meter och tog ut riktningen mot den laotiska gränsen för att återvända till basen i Thailand, samtidigt som han spanade efter fiendens MIG-plan. Sedan kom han ihåg att en vecka tidigare när han flugit på lägre höjd i samma område hade han sett en kulle som var konstigt utplanad på toppen. Han hade tagit några bilder som granskades av fototolkarna på basen i Udorn. Man jämförde fotografierna med tidigare

11

fotografier från området och kunde konstatera att kullen ändrat form på toppen. Ingreppet kunde tyda på att man tänkte göra några militära installationer, till exempel sätta upp en liten robotanläggning, en luftvärnspjäs, eller kanske en radaranläggning. Vad amerikanarna kände till fanns det inga andra luftförsvarsanläggningar så nära den laotiska gränsen.

***

Nguyen Ninh satte sig bakom den stora hundramillimeters luftvärnspjäsen. Han började redan känna sig hemmastadd där bakom trots att det endast gått några dagar sedan den monterats upp och han fått en grundkurs i hur den fungerade. Ninh hade fått avbryta sina universitetsstudier då han blivit utkommenderad på en snabbutbildning i att sköta en luftvärnspjäs; alla som kunde skulle ju göra sin plikt och försvara landet mot fienden. Pjäsen, en rysk sådan, stod på en hög kulle vars topp planats ut för att ge utrymme. Ammunitionsförrådet och en liten barack att sova i för besättningen låg gömda ett femtiotal meter från kullen.

För mindre än två veckor sedan hade utkommenderade bönder, från ett par byar som låg strax norr och väster om kullen, röjt en stig upp dit och därefter förvandlat den till något som liknade ett taffelberg i miniatyr.

Ninh visste att det var ett spaningsplan som hörts på avstånd tidigare på väg österut och att det skulle komma tillbaka inom några minuter med kurs mot Laos och Thailand. De kom nästan alltid vid den här tiden på morgonen, den här årstiden, och skulle följas av bombplanen lite senare. Men han visste inte om piloten skulle flyga tillräckligt nära eller ta en helt annan rutt på väg tillbaka. Därför blev han lite överraskad av att se det långt borta vid horisonten i öster komma rakt mot där han befann sig. Så överraskad att han med nöd och näppe hann förbereda sig att rikta in kanonen. Han hann lagom skrika ut ordern till de andra inom besättningen om eldgivning innan planet var så nära att piloten kanske skulle uppfatta vad som stod där uppe på kullen och hinna gira undan. I snabb följd spottade luftvärnspjäsen ur sig några projektiler och Ninh

12

kunde se att planet blivit träffat då det hoppade till och rök syntes välla ut från vad han tyckte var ena vingen. Det dånade fram över kullen på någonstans mellan femton hundra och två tusen meter, men började förlora höjd ett par kilometer efter att det passerat. Luftvärnsbesättningen hurrade.

Ännu har piloten inte skjutit ut sig, undrar om han hinner, tänkte Ninh. På något vis önskade han att piloten skulle hinna hoppa ut, trots att det var en fiende. Sedan, innan planet försvann bakom en mörk bergsrygg med en röksvans efter sig, såg han fallskärmen veckla ut sig som en vit ballong långt bort. Honom får några bybor ta hand om och lämna över till militären, tänkte han vidare.

***

Minh Dao hade gått ut ur grottan för att röka en cigarett då han såg det rykande planet på väg västerut i riktning mot den laotiska gränsen. Det skulle slå ned kanske fem-sex kilometer från gränsen bedömde han. Han spanade över himlen åt andra hållet för att se om någon pilot dinglande i fallskärm syntes. Men han kunde inte se någon.

Dao var mekaniker och hans uppgift i kriget var att från tre-fyra sönderskjutna eller söndersprängda militärfordon sätta ihop ett som fungerade. Det värsta var att göra rent dem inuti från kroppsdelar. I början hade han rusat ut ur grottan och spytt. Ibland flera gånger om dagen. Hans mekanikerkollegor hade sagt att han skulle vänja sig, och det hade han gjort. Han tröstade sig med att skruva ihop bilar i en grotta var bättre än att på Ho Chi Minh-leden via Kambodja transportera förnödenheter ned till FNL och striderna i Sydvietnam under amerikanarnas ständiga bombardemang på dagarna och malariamyggornas attacker på kvällarna. Han hade nämligen från början varit utkommenderad på leden och visste hur det var. Men när några befäl lagt märke till hans färdighet som mekaniker blev han förflyttad till grottorna istället. Här var han i varje fall skyddad från bombflyget.

Varför kunde inte utlänningarna lämna oss ifred och dra hem istället för att bomba oskyldiga människor och låta sina egna unga pojkar dö i ett meningslöst krig långt hemifrån, tänkte han när han tittade bort mot det störtande planet. Det var säkert hundrade gången han tänkt så. Han fimpade cigaretten mot stenväggen i grottans mynning, tittade åter mot den svarta, drakryggsliknande bergskedjan där planet försvunnit och gick sedan in för att fortsätta sitt arbete.

***

När planet helt plötsligt började skaka och förlora höjd förstod Eric Anderson att det blivit träffat av luftvärnseld och sköt ut sig i katapultstolen. Ett par minuter senare när han hängde i fallskärmen och såg sin Voodoo brinnande försvinna bort bakom bergsryggen fick han tårar i ögonen. Tårar av ilska över att ha förlorat planet och över att ha varit så naiv att han inte kunnat tänka sig att vietnameserna planat ut kullen just för att sätta upp en luftvärnspjäs. Han skulle ha legat kvar på den höga höjden och tagit samma rutt tillbaka till basen som han tagit till Viet Tri. Sedan började han omedelbart tänka på Hoa Lo eller "Hanoi Hilton", som det fruktade fängelset i Nordvietnams huvudstad skämtsamt kallades; fängelset där de flesta amerikanska flygbesättningar som blivit nedskjutna hamnade. Han hade hört om förhållandena där, om tortyr och isolering i en cell, en isolering som antagligen skulle vara tills kriget tog slut. Och även om de under utbildningen hade förberett de blivande besättningarna på risken att bli nedskjutna och tagna till fånga så kändes det ändå mycket overkligt att hänga däruppe med, vad han gissade, en hop ilskna vietnameser väntandes där nere för att ta hand om honom. Han hade hört att det värsta var om man hamnade i händerna på ilskna bybor. Men samtidigt hade han också hört att befolkningen hade order att lämna över piloterna oskadda till militären. Kunde han lita på det?

Men när han slog ned på marken i en glänta omgiven av monsunskog syntes inte en människa till. Förvånad rullade han ihop fallskärmen och gömde den under en stor sten inne bland träden. Därefter satte han sig på stenen för att lugna ned sig och tänka igenom situationen. Här satt han alltså i Nordvi-

14

etnam iklädd sin grå flygaroverall, med en tjänstepistol, en cho
chokladkaka som reservproviant, en fältflaska, en ficklampa, en liten kompass, några vattenreningstabletter, ett pass, samt tvåhundra dollar på fickan. Sedan kom han ihåg flygkartorna han hade i en stor ficka på overallen. Han skulle på ett ungefär kunna lokalisera var han befann sig. Men innan han började veckla ut kartorna kom han att tänka på att några måste ha sett honom dingla mot marken i fallskärmen och att det nu säkert fanns ett uppbåd bönder som var på väg mot vad de uppskattade som hans nedslagsplats. Även om det verkade vara ett ödsligt ställe han landat på så skulle uppbådet nå dit förr eller senare och det var nog bäst att han snabbt gav sig därifrån.

Först vecklade han ut kartan som täckte provinsen han befann sig i, sedan studerade han den noga. Han kalkylerade att han var någonstans mellan tio och femton kilometer från den laotiska gränsen. Väl i Laos var oddsen att klara sig undan kommunisterna betydligt bättre än där han var nu. Piloterna hade under utbildningen blivit informerade om att i Laos fanns det möjlighet att få hjälp av de av hmongfolket som krigade på amerikanarnas sida. Hmong var ett bergsfolk som upprepade gånger, på ett eller annat vis, dragits in i de konflikter som plågat norra Sydostasien under historiens gång. Och nu var folket splittrat mellan de som stödde amerikanarna och de som stod på kommunistgerillans sida.

Den laotiska gränsen låg västerut och det var många timmar ännu innan det skulle bli mörkt så det bästa var att börja gå åt det hållet och sedan hitta något säkert ställa att sova på, tänkte han. Men vid närmare eftertanke ändrade han sig; det bästa var nog att röra sig på natten och sova undangömd på dagarna. På så vis var risken att bli upptäckt mindre. Då kom han att tänka på ficklampan i overallen. Om han använde den bara när det var absolut nödvändigt skulle batterierna räcka ganska länge. Så nu gällde det alltså att hitta ett säkert ställe att vila sig på tills det blev mörkt.

Han vandrade tre-fyra kilometer genom skogen och kom plötsligt fram till en mycket stor öppning där ett flertal små

15

terrasserade risfält låg som jättetrappor upp mot en mindre samling hus. Husen stod på träpålar, var ganska långa och med palmblad på taken. Runt dem växte träd, låga buskar och små palmer. Nedanför ett av husen kunde han skymta tre människor, men ingen syntes till ute i fälten. Från ett av husen såg han rök slingra ut från ena sidan av taket. Han var säker på att det var något slags minoritetsfolk som bebodde den lilla byn och blev förvånad att de inte sett fallskärmen när han dinglade mot marken. Nu måste han vara försiktig och försöka att genom den omgivande skogen gå runt byn och odlingarna för att sedan fortsätta vidare västerut. Efter femton minuters vaksam vandring hade han byn bakom sig. Han kastade en blick på kompassen och tog ut riktningen mot gränsen. Efter sådär ytterligare en timmes marsch inne bland träden, men hela tiden parallellt med en stig, kom han till ett ställe där marken började slutta kraftigt. Han hasade sig nedåt mellan träd och klippblock och var nära att falla omkull flera gånger.

**

Minh Dao hade åter gått ut ur grottan för att röka och få lite frisk luft. Med sig hade han också en näve kokt ris inlindat i en bit bananblad som en extra liten måltid så här på eftermiddagen. Medan han sög i sig röken undrade han om det störtade planet hade hittats av några bybor där borta i väster och om piloten var tillfångatagen vid det här laget. Då hörde han plötsligt ljudet av något eller någon som var på väg nedför sluttningen på högra sidan om grottan. Nu hörde han tydligt hasande och snubblande steg bland träden.

För sent upptäckte Eric vägen och grottan, och alldeles för sent såg han mannen som stod där med en cigarett i handen och stirrade förskräckt på honom. Han stannade tvärt och stirrade tillbaka, mållös och lika förskräckt som vietnamesen. De stod bara där och glodde på varandra i nästan en minut tills piloten tog några steg närmare. Denne insåg att det var lönlöst att börja springa, för om vietnamesen hade en pistol på sig skulle han antagligen skjuta honom i ryggen, eller om han hade kompanjoner inne grottan, ropa på dem så de kunde ta honom till fånga. Istället chansade han på att bara gå rakt mot mannen som fortfarande stod som fastnaglad vid marken och tittade stint. Han satte ett pekfinger mot munnen som tecken att vietnamesen skulle vara tyst. Något som egentligen inte var nödvändigt då Ming Dao var stum av både häpnad och förskräckelse. När piloten var cirka två meter från honom vaknade denne till ur sin förlamning och tog plötsligt fram ett cigarettpaket ur fickan och sträckte fram det mot piloten. Det var det enda Ming Dao kunde komma på för ögonblicket. Långt efteråt, när han tänkte på situationen, skulle han bli full i skratt åt sin egen reaktion. Men det var mycket vanligt i Vietnam att man bjöd på en cigarett när man mötte en främling, eftersom cigaretter ofta var det enda man hade att bjuda på, cigaretter och en kopp beskt grönt te. Eric skakade på huvudet och sa att han inte rökte. Men Ming Dao kunde bara några få ord engelska och förstod inte vad piloten menade. Istället sträckte han ut bananbladsbiten med riset i så att piloten kunde se innehållet. Eftersom Eric inte ätit något sedan den tidiga frukosten på flygbasen tog han emot gåvan tacksamt, bockade och sade "thank you". Piloten stoppade lite av riset i munnen och tuggade emedan han trodde att detta skulle visa tacksamhet och att vietnamesen då inte skulle hitta på något, som till exempel att ropa på hjälp.

Minh Dao tittade på medan främlingen åt. Trots att Eric enligt västerländska mått var under medellängd var han ändå längre än Dao, betydligt kraftigare och hade ljusare hår. Det var första gången Dao varit så nära en västerlänning. Han fortsatte att stirra häpet på mannen som höll på att mumsa i sig det som skulle varit hans extramål.

Eric bockade åter artigt när han ätit färdigt. Sedan pekade han västerut och sa: "I go". Minh Dao nickade att han förstod. Piloten vände sig om och började sakta gå åt det håll han pekat åt med en känsla av stark osäkerhet. Kanske skulle vietnamesen vakna ur transen och ropa på hjälp eller ta upp ett vapen och skjuta honom bakifrån. Men efter att han gått sådär tjugo meter hade inget hänt och han började känna sig säkrare eftersom han nu var inne bland träden igen. Han ökade takten. Dao stod kvar och funderade på vad som egentligen hade hänt. Han hade stått öga mot öga med en av de mest hatade varelserna i hans land, en amerikansk pilot, och gett honom ris! Inte larmat sina kamrater inne i grottan eller försökt att slå ner honom med ett tillhygge, bara stått där nästan hypnotiserad. Men denna varelse hade på nära håll uppträtt som en vanlig människa, inte som ett monster. Inte som de djävlar som flög in över hans land och bombade sönder fabriker, hus och skolor. Eller som piloterna som ställde till ett helvete för honom och hans kamrater på Ho Chi Minh-leden när han tjänstgjorde där för några månader sedan. Om han då fått möjlighet skulle han lätt ha kunnat döda en av dessa piloter på fläcken.

När han stått utanför grottan ytterligare några minuter gick Dao in utan att nämna något för sina arbetskamrater om vad som hänt. Om han hade berättat att han stått öga mot öga med en amerikansk pilot utan att slå larm skulle han få problem och om det dessutom skulle komma fram att han gett honom ris kanske han skulle bli fängslad, så bäst att inte säga något. Istället tände han svetsen och fortsatte sitt arbete att få ihop ytterligare ett kördugligt fordon som kunde sättas in i striderna.

***

Eric vandrade vidare några hundra meter inne bland träden parallellt med vägen. Sedan stannade han upp och tog ut kompassriktningen västerut och började åter gå mot den laotiska gränsen. På så vis avlägsnade han sig mer och mer från vägen. Han började bli trött, men innan han kunde söka upp ett ställe att sova på tills det blev mörkt måste han komma så långt som möjligt bort från grottan, ifall vietnameserna skulle börja leta efter honom. Han var också törstig. Så först var han tvungen att hitta drickbart vatten. Efter ytterligare en kilometers vandring dök en annan by upp framför honom. Den såg ut som en kopia av den första och han insåg att han befann sig i ett område där det mest bodde minoritetsfolk. Om detta var något positivt ur säkerhetssynpunkt eller ej visste han inte.

Men kanske invånarna var negativt inställda till kommunistregimen i Hanoi och inte skulle bry sig om att slå larm om de skulle få syn på honom. Hoppades han åtminstone.

Här liksom i den förra byn syntes bara några få människor runt husen, men fyra bybor stod ute i ett av risfälten och arbetade. Det såg ut som de var två män och två kvinnor, eftersom två av dem bar den karakteristiska konformade stråhatten som normalt de vietnamesiska kvinnorna bär, men även en del av minoritetsfolkets kvinnor. Han aktade sig noga för att komma för nära skogsranden. Det gick ju inte att lita på att folket här verkligen var illojala mot regimen i Hanoi. Mellan två av risfälten skymtade han något som såg ut som en vattenpump, men lite för nära själva byn för att det skulle vara säkert att gå fram och fylla fältflaskan. Men sedan såg han att en rad låga buskar som växte mellan risfälten och husen som kanske skulle skymma honom om han kröp fram. Han avvaktade några minuter. Plötsligt gick alla fyra som jobbade i risfältet upp till ett av husen och försvann in. Då passade han på att hukande springa ut från sitt gömställe vid skogsranden fram till det närmaste risfältet. Därifrån kröp han på alla fyra till pumpen. Flåsande av ansträngningen och spänningen tittade han sig försiktigt omkring. Ingen tycktes ha sett honom, så nästan liggande började han försiktigt att pumpa vatten ur det rostiga aggregatet. När han fyllt flaskan ålade han hela vägen tillbaka till säkerheten i skogsbrynet. Väl framme var han både våt och lerig men glad att äntligen kunna dricka sig otörstig.

Han stoppade i en vattenreningstablett i den mörkgröna fältflaskan, skakade om och väntade några minuter. Sedan drack han ur hälften av innehållet i giriga klunkar. Därefter tog han fram chokladkakan som han hade i ena fickan och åt upp hela i snabba munsbitar. Han hade nu ätit sammanlagt en näve kokt ris och denna chokladkaka på nio timmar. Om några få timmar skulle det bli mörkt och han måste finna ett säkert ställe att sova på under dessa timmar. Han gick vidare västerut.

Efter att ha vandrat endast tjugo minuter märkte han att skogen började bli tätare och strax hittade han en grop mellan några stenar som skulle kunna bli ett perfekt ställe att sova på. Innan han lade sig i gropen plockade han några nedfallna grenar som fortfarande hade löven kvar. Sedan kröp han ned mellan stenarna och lade grenarna över som skydd och därefter vek han ihop sig så att han kunde ligga väl dold nere i gropen. Han ställde in sig på att sova max tre timmar. Han räknade med att då skulle det vara mörkt. Det tog bara några få minuter innan han somnade.

**

Eric vaknade med ett ryck. Något ljud hade väckt honom. Efter en liten stund då ljudet återkom förstod han vad det var, en hund hade skällt på, som han uppskattade det, ett ganska långt avstånd. Men det verkade inte som om den hade fått vittring på honom eftersom skallen inte kom närmare. Mörkret hade lagt sig, cikadorna gnisslade och grodorna kväkte, tropiknatten hade just sänkt sig över honom. När han tittade på armbandsuret såg han att han hade sovit nästan tre och en halv timme. Nu måste han snabbt återuppta sin marsch mot den laotiska gränsen. Stjärnorna lyste från en molnfri himmel men ingen måne syntes till. Perfekt för att kunna vandra vidare med avsevärt reducerad risk att bli upptäckt, tänkte han.

Trots att han bara sovit drygt tre timmar kände han sig betydligt starkare nu och kunde vandra på i snabbare takt än dagen innan. Den svarta bergsryggen han sett från där han hängde i fallskärmen och som hans brinnande Voodoo försvunnit bakom tycktes nu ligga mycket nära. Bakom den skulle den laotiska gränsen gå enligt vad han räknat ut. Trots att ryggen bestod av tämligen låga berg skulle han bli tvungen att hitta en passage genom den. Han skulle inte kunna gå över den i bara skenet från stjärnorna, det vore för riskabelt. Så han fortsatte rakt mot bergsryggen för att försöka hitta en genomgång.

När han efter ett par timmars marsch var alldeles framför bergsryggen såg han, trots halvmörkret, att det gick en smal dalgång genom den. Han hoppades att den inte skulle vara bebodd. Och det var den inte heller konstaterade han efter att ha fortsatt sin vandring ett par kilometer genom dalgången. När han efter drygt en timme kom ut på öppen mark igen såg han en å som slingrade sig fram genom ett delvis skogsklätt landskap. Han tog upp kartan och lyste med ficklampan och konstaterade att på andra sidan skulle den laotiska gränsen sträcka sig någonstans mellan en och två kilometer från där han stod. Han drog en suck av lättnad och trampade vidare under monsunskogens trädkronor med vissna löv knastrande under fotsulorna.

Nordöstra Laos, April 1967

Klockan tre på morgonen den tolfte april i ljuset från en klar stjärnhimmel gick kapten Anderson över gränsen från Nordvietnam till Laos. Han visste givetvis inte exakt var gränslinjen var, men efter att i realiteten ha gått några kilometer in i Laos drog han slutsatsen att han befann sig på rätt sida om gränsen. Men även här var han inte säker från att bli tagen av fienden. Nordvietnamesiska soldater kunde finnas så här nära gränsen och den laotiska kommunistgerillan Pathet Lao opererade också i dessa trakter, ibland tillsammans med vietnameserna.

Med en snabb blick på kartan i skenet från ficklampan konstaterade han att provinsen han befann sig i hette Sam Neua och att det bästa egentligen vore att försöka att ta sig sydväst i riktning mot huvudstaden Vientiane. Men av de piloter som flög från hans hemmabas Udorn på uppdrag över Laos hade han fått informationen att Pathet Lao avancerade mot provinsen Sam Neua. Han skulle behöva hjälp att hitta säkra vägar för att undvika att stöta på kommunistgerillan. Och, undrade han, hur skulle han nu få tag i mat? Om ungefär tre timmar skulle det bli ljust och innan dess måste han hitta ett bra gömställe att sova på. Enda hoppet var att försöka hitta en by där det fanns hmong som var vänligt sinnade mot amerikaner.

Han tog åter upp sin marsch rakt västerut och bort från gränsen.

***

Efter närmare sex kilometers vandring skymtade han längre fram mellan träden en öppning i skogen. Framme vid skogsranden konstaterade Eric att han åter befann sig framför en by. I stjärnljuset tyckte han att den här såg likadan ut som de två han gått förbi i Vietnam: låga risterrasser med en samling hus på pålar bakom. Möjligen att den här byn var något större än de andra två. När han gick vid sidan av ett av risfälten och närmade sig bosättningarna fick han syn på en ensam höna som låg och skrockade på marken. Hönan flög förskräckt upp när han bara var ett par meter från den. Samtidigt som han blev lite orolig för att hönans höga kacklande skulle kunna väcka en hund som i sin tur skulle kunna väcka byborna blev han glad då han såg att hönan legat på tre ägg. Snabbt plockade han upp dem och gick tillbaka in i skogen. Även om han skulle bli tvungen att äta äggen råa var det ändå mat han äntligen fått tag i. Han gjorde ett hål i ett av äggen och sög i sig innehållet med god aptit. Sedan gjorde han på samma vis med de andra två äggen och drack därefter några klunkar vatten ur fältflaskan. Efteråt kände han sig stärkt att fortsätta vandringen. Nu gick han runt byn och tog åter ut kompassriktningen västerut.

Grodorna hade slutat att kväka, himlen började mycket svagt färgas rosa längst bort i öster, och några svarta, taggiga bergstoppar tornade upp sig strax under detta tecken på en gryende dag. Det var den Annamitiska bergskedjan visste Eric. Nu måste han kvickt hitta ett bra ställe att sova på, bra och säkert. Och endast efter en kort vandring bort från byn hittade han det. I en sluttning låg det ett flertal klippblock som bildade ett stenrös. Fördelen var att det växte täta buskar runtomkring röset. Dessutom växte monsunskogens träd ovanligt tätt i området. Med andra ord, om han lade sig här för att sova några timmar skulle ingen människa kunna ramla över honom av misstag. Efter att ha uträttad sina behov kröp han ned mel-

22

lan ett par av de största klippblocken och somnade efter två minuter.

Mitt på dagen vaknade han av att några fåglar väsnades uppe i trädkronorna. Han konstaterade att han sovit nästan sex timmar och kände sig ganska utvilad, men stel i hela kroppen. Även om det var större risk att bli upptäckt på dagen insåg han att han måste fortsätta sin vandring på en gång för att så fort som möjligt komma bort från gränsområdet mot Vietnam. Utan någon frukost men efter att ha hittat en liten porlande bäck att tvätta ansiktet och händerna i kände han sig pigg och klev vidare med långa steg.

När han vandrat ett par timmar genom skog och över öppna områden, där han känt sig osäker, såg han några kullar framför sig som bildade något som såg ut som en långsträckt ås i ungefär nordsydlig riktning. På mycket långt håll skymtade han en by vid foten av en av kullarna. Han kunde inte på så långt håll avgöra om det möjligtvis var en hmongby. Men det såg ut som om det skulle kunna vara det. Han visste efter besök i några byar i norra Thailand att hmong föredrog att bygga sina hus direkt på marken, eller på låga pålar, till skillnad mot de flesta andra etniska grupperna som föredrog att ha sina hus lite högre från marken. Han närmade sig byn försiktigt och försökte hålla sig bakom de träd som växte allt glesare ju närmare han kom. Till slut, när han såg att inga mer träd fanns mellan honom och husen, backade han tillbaka in bakom ett stort träd som växte precis vid skogsbrynet. Eric stod länge och kisade i det starka ljuset från eftermiddagssolen och önskade att han hade haft en kikare. Han försökte hitta tydliga tecken på att det var en hmongby han hade framför sig. Och om det var det, var den bebodd av hmong som stod på den laotiska regeringens sida eller på kommunisternas sida? Men han började bli så desperat efter att få äta sig mätt, dricka sig otörstig och få sova ut ordentligt att han var beredd att ta en chans och gå fram för att få reda på svaret.

När han stod där och tänkte igenom situationen hörde han några stojande barn som kom springande från höger, alldeles vid skogskanten. Två pojkar i femårsålder. När en av dem fick

23

syn på främlingen bakom trädet tvärstannade han och tittade upp mot honom och sade något till sin kamrat som Eric inte förstod, och som han uppfattade det inte på laotiska eller thai i varje fall. Därefter sprang grabbarna iväg med full fart mot byn. Piloten stod kvar och väntade. Efter bara någon minut kom flera vuxna personer ut från husen och gick iväg mot honom. De bar saker i händerna såg han, men kunde inte förrän de kommit lite närmare se att det var vapen. Och när de kommit ytterligare några meter närmare såg han att det var gevär som tre av dem höll i sina händer. Två gammalmodiga klumpiga gevär och en modernare automatkarbin. De andra tre männen som gick bakom, för det var sammanlagt sex män, bar sina gevär över axlarna. En av de tre första gick fram till honom och sade något som Eric inte förstod, samtidigt som han höll geväret riktat någonstans mot dennes mage.

"Do you speak English", försökte Eric.

"No", svarade mannen med geväret fortfarande pekande mot Erics mage.

Men nu kände sig Eric lite säkrare för han såg på männens mörka ansikten med centralasiatiska drag och indigofärgade kläder att detta måste vara en hmongby han kommit till. Nu återstod det att se om det var vänligt eller fientligt sinnade han hamnat hos. En av männen som stod främst nästan röt ut något till en av de tre som hade gått sist. Denne vände sig om och gick i rask takt tillbaka mot byn. Alla de fem männen som var kvar stod stilla och tittade på Eric utan att yttra ett ord. Snart var den sjätte mannen tillbaka med ytterligare en man som var likadant klädd som de sex andra men bar inte något vapen.

"Du är amerikan?" frågade denne på knagglig engelska.

Men Eric blev glad att det fanns något i byn som åtminstone kunde lite engelska, och svarade: "Ja. Kan du tala engelska?"

"Lite. Men länge sen jag tala det." Han harklade sig och fortsatte.

"Du pilot?"

"Ja. Amerikansk pilot."

"Du krascha?"

24

"Ja. Där borta i Vietnam", svarade Eric och pekade österut. Mannen som talat gjorde ett tecken åt de andra att gå mot byn samtidigt som han själv vände sig om och gick. De gick i gåsmarsch med tre män framför Eric och fyra bakom, varav en fortfarande hade sitt gevär redo. Efter ett tag stannade de framför ett hus med väggar byggda av en blandning av bambu och brädor. Taket bestod av någon typ av palmblad eller gräs, Eric kunde inte avgöra vilket. Huset stod direkt på marken som såg ut att vara rensopad från både skräp och all växtlighet de närmaste metrarna från väggarna. Vid ena sidan fanns ved uppstaplad, skyddad från regn av ett litet tak uppburet av bambustöttor. Ja, han var nu säker på att det var en hmongby han kommit till.

Två av hans ledsagare gick fram till husets ingång och en av dem öppnade en smal trädörr med några inskriptioner ovanför, som Eric tydde som kinesiska tecken. En av männen visade piloten att han skulle stiga in. Alla hans ledsagare följde efter in i huset. Därinne rådde en halvdager då inga lampor fanns tända och med bara en liten fönsteröppning som sparsamt släppte in dagsljuset. Mannen som pratade lite engelska visade på en stor bred säng som stod uppställd mot en av långväggarna. Själv satte han sig på sängen medan de andra männen slog sig ned direkt på golvet ett par meter framför sängen. Eric satte sig bredvid mannen på sängen. Sakta började hans ögon att ställa om sig från det skarpa solljuset ute till halvdunklet där inne. Han såg en dörröppning till ett annat rum, några färgglada tidningsurklipp på väggarna, samt en trälåda som stod på kant i ett hörn och fungerade som skåp. Det och sängen de satt i var allt som fanns av möblemang i rummet. Golvet bestod av stampad jord. Det luktade rök från vedeldning, sura kläder och jord. Alla satt tysta och stilla. Samtidigt trängde ljudet av kacklande höns in genom de tunna ytterväggarna.

Efter någon minut öppnade en kvinna ytterdörren och klev in. Hon var klädd i traditionella kläder, en mörkblå nästan svart blus eller jacka med ljusblått mönster på, mörkblå kjol och en svart, rund huvudbonad. I ena handen höll hon en flaska med kokt vatten och i den andra sex plåtmuggar. Hon ställde ner muggarna en och en framför männen och hällde sedan upp vattnet i dem utan att säga ett ord och utan att titta på någon av männen. Hon gick sedan ut och kom tillbaka med en tallrik som det låg några kokta majskolvar på. När hon böjde sig ned och det svaga dagsljuset från fönstergluggen lyste upp hennes ansikte något såg Eric att hon hade vackra drag. Han bedömde hennes ålder till omkring trettio.

Mannen som satt bredvid Eric på sängen sträckte fram fatet med majskolvarna. Piloten tog en och började äta direkt samtidigt som han försökte behärska sig och inte äta för glupskt. Han drack sedan upp allt vatten i muggen i ett svep. Han började redan känna sig bättre till mods efter att ha släkt törsten. Men han var nästan lika hungrig fortfarande; efter tre dagar med mycket lite att äta räckte inte en liten majskolv långt. Han skulle vilja äta upp alla majskolvarna som låg där på tallriken, men behärskade sin impuls. Sedan kom han att tänka på en sak. Han hade hört i Thailand att folk i denna del av världen bara ansåg majs som nödmat för människor, det var annars något man gav höns och grisar. Varför serverade de det nu till honom? Hade de ont om mat, eller var det bara så att det råkade finnas några kokta majskolvar till hands? Han visste inte vad han skulle tro.

När kvinnan försvunnit ut genom dörren tog mannen som kunde engelska till orda.

"Du blev nedskjuten i Nordvietnam?" frågade han.

"Ja, jag blev nedskjuten och gick till fots hit", svarade Eric.

"Var är din hemmabas?"

"Udorn i Thailand."

"Vad var ditt flygplan? Vilken typ?"

"En RF hundraett Voodoo. Ett spaningsplan".

Mannen iakttog Eric noga från sidan som om han funderade på nästa fråga. Sedan fortsatte han: "Vilken färg det hade?"

Det här är ett förhör, tänkte Eric och svarade: "Silver och mörkgrön."

Mannen nickade och sade: "Korrekt. De finna ett sådant plan kraschad vid gränsen Laos."

26

Erik blev förvånad att man hittat planen så intakt att färgen syntes och att man i den här byn redan fått informationen om hans nedskjutna plan. "Hur har ni fått reda på det så snabbt?" frågade han utan att dölja sin förvåning. Nu log mannen. Det var första gången Eric sett ett leende från någon av männen. "Information sprida snabbt här. Viktigt. Det är krig", svarade mannen och log igen. Sedan reste han sig upp och tog Eric i handen. "Välkommen till by Khum Sa. Vi är hmong. Jag heter Chuc Vang. Vi skydda dej från fiende." "Ät", fortsatte han och sträckte fram tallriken med majskolvarna. Nu kände Eric sig mycket lättad och åt snabbt ytterligare en majskolv. Sakta började hungern som gnagde i hans mage att dämpas.

Under tiden han åt av majsen gick en av männen ut och kom tillbaka efter några minuter med en bunt kläder; byxor skjorta och en slags jacka. Allt i mycket mörka färger, nästan svarta. Mannen lade kläderna bredvid Eric på sängen. "Du kan inte gå i dina kläder måste ha andra", sade han som presenterat sig som Chuc Vang och pekade på högen. "Ja, jag förstår, men är de så stora att jag kan ha dem?" "Prova!" Byxorna var lite för korta, skjortan lite trång, men jackan satt rätt bra tyckte Eric och tänkte att det var tur att han var kortare än medellängd. Han förstod att det inte gick att gå omkring i en flygoverall, varken av praktiska skäl eller av säkerhetsskäl; han skulle bli igenkänd som en främling på långt håll. Med hmongkläder på skulle han åtminstone på lite håll kunna tas för en laot. Männen tittade på honom, log och nickade. Tydligen hade han passerat granskningen med godkänt betyg. När han flyttade över pistolen från overallen till de byxor man gett honom log alla männen och nickade. Sedan lade han sina andra saker vid fotändan på sängen, kartorna, ficklampan, kompassen och dollarsedlarna.

27

Nu gick Chuc Vang ut till vad som Eric trodde var köket och kom tillbaka med ett kärl fyllt med någon grumlig vit vätska och åtta plåtmuggar. Nu började Eric förstå att det var Vangs hus han befann sig i. "Vi skåla för din räddning", sade Vang och började hälla upp vätskan i muggarna. "Risvin", förklarade han och sträckte ut en mugg mot Eric som tog emot den med någon tveksamhet. När alla fått varsin mugg fylld med den grumliga drycken drack männen ur i ett svep. Eric försökte göra likadant, men blev tvungen att ta det i flera klunkar. Det smakade lite syrligt men inte så illa, tänkte han. Efter några minuter när alkoholen började få en lätt inverkan kändes minuterna när han hängde där i fallskärmen ovanför Nordvietnam mycket avlägsna. "Vila en stund", sade Vang och pekade på sängen. "Vi diskutera hur vi göra med dej. Vad som är bäst", fortsatte han.

Eric lade sig tacksamt ned på den hårda bädden och medan han hörde männen diskutera mumlande i köket, eller vad rummet bredvid fungerade som, somnade han av ren utmattning.

Han vaknade av att någon hostade i rummet. När han satte sig upp såg han att alla hans sju tidigare följeslagare satt i en halvcirkel på golvet. De hade tydligen suttit och väntat på att han skulle vakna. Två fotogenlampor lyste upp rummet. Nu såg Eric att ytterligare en person fanns i rummet, en äldre man med rynkigt ansikte. Han såg ut att vara en individ med pondus, och mycket riktigt presenterade Chuc Vang honom som byäldsten. Som Eric uppfattade hette han Yang Ly eller Vang Ly. Hans tolk förtydligade att hans namn var Yang inte Vang. Sedan frågade Eric hur länge han sovit.

"Tre timmar. Det är sent nu", svarade Vang och pekade mot den öppna fönstergluggen. "Mörkt."

Några stjärnor syntes genom gluggen. En groda började kväka. Temperaturen kändes behaglig inne i huset, lagom varmt tyckte Eric.

"Vi tycka du stannar i byn några dagar sedan vi se om du kan ta dej till Vientiane. Vientiane bra. Därifrån lätt att ta dej till Udorn."

"Ja, så har jag också tänkt", svarade Eric.

Samma kvinna som tidigare serverat dem vatten och majskolvar kom in igen och gav Eric en boll kokt ris med något slags kött i. Han fick också mer risvin i en mugg. Han åt upp maten och drack sedan upp hälften av vinet. Allt smakade bra. Situationen kändes lyxig mot bilden han hade haft för några dagar sedan av sig själv som fånge i "Hanoi Hilton".

"Jag tro du behöver sova mer. Skall visa dej toalett och var du kan tvätta dej", sade Vang och visade honom ut och runt huset. Där fanns ett enkelt utedass och bredvid ett utrymme där man kunde bada genom att med en skopa hälla vatten över sig från en trätunna. Utrymmet var endast skyddat för insyn av ett stort tygskynke som var uppsatt på en träställning. Eric använde båda faciliteterna med tacksamhet. Sedan sade han god natt till sin värd, som stod i dörröppningen till huset, och lade sig för att sova.

Först låg han vaken och funderade över sin situation. Han undrade om han gått i någon slags fälla där hans räddare i själva verket tänkte lämna över honom till Pathet Lao? Men det verkade inte troligt såsom de agerat. Då skulle de väl tagit ifrån mej pistolen, låst in mej direkt och satt in en beväpnad vakt, tänkte han. Det var i vilket fall som helst för sent att göra något nu. Han somnade sedan och sov djupt hela natten.

***

Gryningen kom med ett svagt rosa ljus i öster, ett ljus som efter det att solen klättrat lite till på himmelen sken in genom fönstergluggen och ned på piloten som låg där. Men Eric vaknade inte förrän Vangs tupp började gala utanför, samtidigt som en hund skällde borta vid något av de andra husen i byn. Yrvaken satte han sig upp och tittade runt i rummet. Det tog flera sekunder innan han kom ihåg var han befann sig. Han konstaterade att inga andra än han själv fanns i rummet. Hans första reaktion var att sträcka ut handen mot kläderna han lagt

29

vid fotändan och känna efter om pistolen låg kvar. Det gjorde den. Nu kände han sig övertygad om att han kunde lita på människorna i byn.

Det gick endast ett par minuter efter det han fått på sig kläderna innan Vang kom in och sade god morgon. "Frukost där", sade han och pekade mot den inre dörröppningen i rummet.

När han klivit in såg Eric att det som han hade trott var köket i själva verket var ett annat rum. En säng, lik den han sovit i under natten, stod vid en av långväggarna. Tydligen var detta Vang och hans frus sovrum. Köket däremot bestod av ett mycket litet kyffe innanför rummet, delvis dolt av ett tygskynke. Där inne skymtade någon slags eldstad.

Vang bad Eric att sätta sig på en av fyra pallar som stod runt ett lågt bord hoppsnickrad av grova brädor. På bordet stod tre små träskålar, den ena fylld med kokt ris, i den andra låg det tre kokta ägg och i den tredje några kokta majskolvar. Tre plåtmuggar med te stod också på bordet. Detta var frukosten, en enkel måltid, men för Eric en delikatessmåltid efter att han levt på mycket lite sedan han landat med fallskärmen i Nordvietnam.

När Vang, hans fru och Eric ätit en stund under tystnad lutade Vang sig fram över bordet och tilltalade Eric som satt mittemot. En svag lukt av hönsspillning trängde in genom de enkla brädväggarna, eller var det grisspillning; Eric kunde inte avgöra.

"När vi ätit färdigt jag visa byn för dej."

"Tack, det skall bli intressant."

Vangs fru log trots att hon inte förstod ett ord av vad de sade. Hon hällde upp mer te till den främmande gästen och log igen. Ute började vinden röra om bland de torra löven så de rasslande. Låter som hösten hemma i Wisconsin, tänkte Eric, eller som i parkerna i Stockholm i min ungdom. Sedan började det regna, ett lätt regn, men en föraning om att monsunen snart skulle sätta in med betydligt häftigare skurar.

När de två männen klev ut ur huset regnade det fortfarande, men det kändes uppfriskande, tyckte Eric. Ett lätt regn sköljer

30

bort tröttheten och oron, tänkte han. De gick runt Vangs hus och sedan mot de hus som låg något närmare berget som bildade fond till den lilla byn. Chuc Vang gick fram till ett hus som nästan såg ut som hans eget. Vang stannade utanför och ropade något in genom den öppna ytterdörren. Snart kom en mager medelålders man fram, svarade Vang på hmong, nickade med ett leende mot Eric och bjöd dem kliva in. Husets interiör påminde liksom exteriören stark om Vangs hus: ett rum sparsamt möblerat, stampat jordgolv, några bilder på väggarna. Men Eric observerade något som tydligt avvek från Vangs hus. I ena hörnet stod nämligen ett stort vitrinskåp där ett flertal böcker syntes på ett par av hyllorna och på de andra låg föremål som såg ut som prydnadssaker av snidat trä.

"Detta är herr Cheng. Han är vår bys visaste", sade Vang.

"Säj att jag är mycket hedrad av att få träffa honom och för all hjälp jag fått i byn."

Vang sade något till herr Cheng. Eric kunde givetvis inte veta om översättningen var korrekt. Men när herr Cheng log mot Eric, gick fram och hälsade genom att sluta båda sina händer om hans högerhand och buga, tänkte Eric att översättningen nog säkert var korrekt. Cheng sade något till Vang som översatte.

"Han fråga om du vill ha te. Jag svarade att det du vill."

Eric log och satte sig på en av fem pallar som stod runt ett träbord mitt på golvet i rummet. De andra två männen satte sig mittemot Eric. Efter ett par minuter, då de två hmongmännen samtalade tyst mellan sig, kom en kvinna in och serverade te i några små koppar som redan stod på bordet. När alla tre under tystnad hade smuttat på sitt te harklade Vang sig och förklarade för Eric att herr Cheng hade frågat och fått all information om hela historien, hur Eric blivit nedskjuten över Nordvietnam och fram till att han nu satt här.

"Och herr Cheng säjer som jag säga igår, det bästa är om du kan resa till Vientiane och därifrån till Thailand."

Eric nickade och höll med igen.

"Herr Cheng är personen i vår by som har kontakter med andra byar med andra hmongledare. Han känna vår högste militärledare general Va Zeb."

Eric hade ofta hört talas om Va Zeb, generalen som ledde alla hmongsoldater mot kommunistgerillan och som var USA:s allierad i kriget. Han var både uppskattad och hatad som ledare, beroende på vem man pratade med.

"Herr Cheng kan hjälpa ta reda på när och hur det är bäst för dej att resa till Vientiane", fortsatte Vang.

Eric och Chuc Vang drack ur sitt te, tackade herr Cheng och gick ut ur huset. Nu hade det slutat regna och himmelen var nästan helt molnfri. Det skarpa solljuset ute blev en stor kontrast mot halvmörkret där inne, vilket fick Eric att kisa med ögonen i flera minuter innan han vant sig. Vang pekade runt på de närmaste husen och berättade kortfattat vilka som bodde där, vad familjerna hette. Men Eric hade inte en chans att komma ihåg alla namnen Vang rabblade upp. När de vandrat runt i hela byn fick Eric en uppfattning om dess storlek. Han hade räknat till ett tjugotal hus. Alltså bor här uppskattningsvis lika många familjer, tänkte Eric. Visserligen kan det bo mer en familj i varje hus, tänkte han vidare, men i vilket fall som helst är det en liten by, mindre än de få hmongbyar jag besökt i Thailand. Det Eric också observerat var att nästan alla hus var byggda direkt på marken; bara tre hus som låg en bit upp mot berget bakom byn stod på pålar. Inga hade plåttak, alla tak var täckta med palmblad eller gräs. När han tittade bakåt insåg han att byn var vacker med gröna buskar, bananplantor och träd mellan husen, små inhägnader för grisar och andra husdjur, och med det delvis skogsklädda berget bakom som en nästan klassisk fond.

Eric stod där och tittade en stund tills Vang föreslog att de skulle gå tillbaka. Piloten nickade och de gick iväg mot Vangs hus. En kvinna som kom gående med ett knippe ved i en korg på ryggen tittade på Eric. Vid det laget visste alla bybor vem främlingen som kommit dagen innan var. När de satt sig i rummet där Eric sovit och fått vatten serverat i glas, vatten

32

som någon kokat på morgonen och som fått svalna, förklarade Vang lite mer om läget.

"Pathet Lao rör sej nu i provinsen Xieng Khouang som gränsar mot Vientianeprovinsen. Därför svårt för dej att resa till Vientiane nu. Du får vänta tills kommunisterna inte kvar i Xieng Khouang. Du förstå?"

"Ja jag förstår. Hur länge har de opererat i Xieng Khouang."

"Vet inte, men inte så länge. De har förut varit längre norrut."

"Har ni en aning om vad de gör och hur länge de fortsätter att vara närvarande där i området?"

"De kanske bara är på väg någon annanstans. De inte gå nära provinsens huvudstad. De rör sej nu på Krukslätten. Kanske inte de planera stor attack."

Eric nickade. Krukslätten var känd som ett av världens mest bombade ställen.

"Tålamod. Du vänta några dagar." Vang tittade Eric i ögonen och fortsatte i en lite muntrare ton: "Nu vi äta lunch."

"På tal om mat, jag vill betala dej för uppehället här."

Eric tog fram en tiodollarssedel ur byxfickan och sträckte ut den till Vang, som stirrade på sedeln och skakade på huvudet.

"Jag kan inte ta emot pengarna. Vår plikt att hjälpa amerikanska piloter. Så säga general Va Zeb."

"Men ni skall inte ha kostnader som ni inte kan bära. Seså ta pengarna, om inte annat till någon gemensam pott som ni kan använda nästa gång ni behöver hjälpa en amerikansk pilot."

Vang ryckte på axlarna och tog emot sedeln. Sedan åt de sin lunch i tystnad.

På eftermiddagen kom det en häftig regnskur dånande in från öster, genom skogen och in över byn. Hönsen, hundarna och människorna flydde in under det skydd de kunde hitta när regnet öste ned i draperier och marken i byn förvandlades till en grund flod. Men efter bara en halvtimme lyste solen åter över byn Khum Sa, som sakta började torka efter den blöta attacken. Och på natten sov Eric lika djupt som natten innan,

33

trots att några hundar slogs med varandra och vid flera tillfällen skällde strax utanför Vangs hus.

***

Nästa dag gick Eric runt i byn och hälsade på invånarna han mötte. Åt en enkel måltid med Vang mitt på dagen och på kvällen. Inget nytt hade hörts om Pathet Lao fortfarande var kvar i grannprovinsen eller ej meddelade Vang när de intog aftonmålet. Sedan frågade han Eric om han kände till något om hmongfolkets kultur och historia.

"Inte så mycket. Besökte ett par hmongbyar i Thailand förra året", svarade Eric.

"Vi är bergsfolk du vet. Enligt myt gud säja han ge oss hälften av allt land men inte säga vilken hälft. Sedan våra förfäder se att det var det land som ligga över viss höjd i bergen som blev vårt. Därför vi bo i bergen. Enligt vår historia vi kommer från ett land där det är mörkt halva året och ljust halva och marken vit halva året. Därför man säja att vi kommer från Kina inland långt norrut. Jag inte veta om det sant."

"Men det kanske är så. Jag har också hört det där att hmong ursprungligen kommer från Asiens inland."

Efter att de fortsatt samtala en stund gick de båda männen och lade sig.

***

Och så förflöt dagarna utan att något speciellt hände. Kriget verkade långt borta. Men på den femte dagen hördes ett flygplan komma dånande över bergen på låg höjd. Det var en av Air Americas transportkärror, en Caribou, konstaterade Eric snabbt. Troligen på väg att "matbomba" några bergsbyar längre norrut som blivit isolerade av kriget och som hade svårt med matförsörjningen, tänkte han. Air Americas flygningar omfattade både denna typ av "bombningar" och riktiga bombräder mot förmodade Pathet Lao-fästen och mot Ho Chi Minh-leden i öster. Detta var de viktigaste operationerna i Laos, inga amerikanska marktrupper fanns närvarande i landet. Officiellt hade USA bara några rådgivare och biståndsar-

34

betare i detta "hemliga" krig, som från amerikanarnas sida sköttes helt av underrättelsetjänsten Central Intelligence Agency, CIA.

Cariboun avtecknade sin mörka profil mot morgonsolen för Eric där han stod och kisade mot himlen. Om jag satt däruppe i planet skulle jag vara i Vientiane inom högst ett par timmar, begrundade han, och följde planet med blicken tills det försvann bortåt den höga, taggiga Annamitiska bergsryggen som tecknade sig svart långt bakom de lägre bergen som utgjorde fonden till byn. Den skulle släppa några säckar ris nära någon bergsby om tecknet fanns där, tecknet från invånarna att Pathet Lao inte intagit byn.

Överflygningen av Air America blev den enda händelsen som avbröt vardagen i byn under nästan två veckor. Under dessa veckor meddelade Vang Eric varje dag att det inte kommit någon information om att kommunistgerillan dragit sig bort från Krukslätten och grannprovinsen. Men på den trettonde dagen efter överflygningen kom Vang fram till Eric som stod och tittade på när en av byborna handtröskade genom att slå ett knippe bergsris mot en liten cementplatta som gjutits mitt i byn.

"Har bra nyhet. Vi prata i kväll om din resa till Vientiane."

Vid kvällsmaten berättade Vang att man via herr Cheng fått reda på att det nu fanns ett sätt att ta sig till Vientiane utan att riskera att hamna i händerna på kommunisterna. Eric kände en stor lättnad. Under de senaste dagarna hade han funderat flera gånger på om hans fästmö och vänner hemma i Wisconsin hade fått reda på att han inte återkommit till sin flygbas efter ett uppdrag över Nordvietnam. Kanske trodde de att han satt fånge i Hanoi. Framme i Vientiane skulle han få möjlighet att rapportera hem på ett eller annat vis.

"I morgon du gå ungefär femton kilometer västerut till by. Pojke från vår by följa med och visa. Där lastbil kommer som ta dej till ett ställe med en liten landningsbana. Sedan Air America plocka upp dej och flyga till Vientiane."

35

Eric blev lite förvånad över att han nu skulle flyga en del av sträckan till Vientiane och undrade hur man organiserat detta. Hur hade någon kunnat kontakta Air America och informera att han befann sig här? Men han ställde inga frågor till Vang. Det är bäst att inte fråga något om deras kontaktvägar, tänkte Eric, de deltar ju faktiskt i ett hemligt krig.

"Jag väcka dej tidigt i morgon så du hinna till byn där du skall ta lastbilen. Så bäst gå och lägga dej nu."

Vang reste sig och sade till sin fru att plocka av på bordet. Männen sade god natt till varandra. Eric kröp ned i sin bädd och låg sedan vaken nästan en timme, funderande på hur morgondagen skulle bli.

***

Klockan fem på morgonen blev Eric väckt av Vang som sade att frukosten stod färdig i andra rummet. Frukosten bestod av samma rätter som tidigare morgnar. De åt medan dagern grydde utanför till ackompanjemang av hundskall, hönskackel, vedhuggning och alla andra tidiga morgonbestyr byborna höll på med. Luften var tung av fukt utan att det regnat en droppe under natten och det var redan varmt. Ett tecken på att monsunperioden var nära.

När de ätit färdigt kom en pojke in i rummet och bugade sig artigt. Eric uppskattade hans ålder till elva-tolv år. Vang presenterade honom som Dao och förklarade att det var han som skulle följa med Eric till byn där lastbilen väntade. Alla tre gick ut ur huset och Eric tog adjö av Vang samtidigt som han tryckte två tiodollarssedlar i hans hand. Eric visste att tjugo dollar var ganska mycket pengar på landsbygden i Laos och att hans värd väl behövde pengarna, men ändå troligen skulle lägga det i någon gemensam bypott. Pojken började gå mot byns utkant och Eric följde efter. Några bybor tittade länge efter dem. En av dem vinkade en hälsning som Eric besvarade.

Utanför byn följde de en stig som ledde nästan rakt västerut. Pojken gick mycket snabbt, nästan joggande, så att Eric med knapp nöd hann med utan att småspringa trots att han var betydligt längre. Snart försvann byn ur sikte bakom dem. Framför, mellan glest växande träd, skymtade några kala, böljande kullar. Stigen ledde mot kullarna och efter en halvtimme började den gå uppåt. Inga hus eller odlingar syntes. Bara den smala, rödbruna stigen som slingrade sig genom den allt glesare skogen påminde om att människor fanns i dessa trakter.

Efter att de passerat över kullarna och fortfarande inte sett en enda boning korsade de dock en odling med bergsris, ett tecken på att en by måste ligga någonstans i närheten. Mycket riktigt, när de kom ut på planare mark igen såg Eric hus på avstånd byggda på en bergssluttning. Men hans vägvisare tog inte ut riktning mot byn utan fortsatte i samma höga takt vidare västerut, sneglande nervöst flera gånger mot den avlägsna byn. Eric trodde att den kanske var bebodd av fientligt inställda människor. Stundom var det svårt att se stigen, men Dao fortsatte självsäkert tills den åter syntes tydligt, som en slingrande brun mask. De vandrade vidare i tystnad och passerade ytterligare ett par byar på långt avstånd. När de gått över flera kullar stannade pojken vid kanten av en brant sluttning och tittade ut över den delvis skogsklädda dalgången som låg framför dem. Han spanade en stund och pekade sedan, utan att säga ett ord, bort mot en öppning i skogen där en by skymtade långt bort.

"Ban Tajok", sade pojken och Eric antog att det var namnet på byn.

Ett par timmar senare när de närmade sig byn såg han att den var liten. När de befann sig mindre än hundra meter från byn började några hundar att skälla och folk komma ut från husen. Två män kom emot dem med automatkarbiner klara för användning. Pojken gick mot männen med Eric några meter bakom sig. När de kom närmare kände de två byborna igen Dao, sänkte ned vapnen och hälsade på honom. En av dem pekade på Eric och sade något. De två männen gick fram och

37

skakade hand med Eric och visade att de skulle fortsätta fram till byn.

Framme i byn blev de inbjudna att kliva in i ett hus som såg ut att fungera som förråd eller möteslokal, eller möjligen båda delarna. Där inne låg nämligen säckar staplade, som Eric antog innehöll ris, ett tiotal enkla trästolar stod i rad och ett lika enkelt träbord var uppställt framför stolarna. På väggen bakom bordet hängde ett porträtt av en man i uniform och med tydliga drag av hmong. General Va Zeb tänkte Eric omedelbart. En av männen visade med handen att de skulle sätta sig i varsin stol.

"Välkommen till Ban Tajok", sade han till Eric.

"Tack", svarade Eric, förvånad över att träffa en person här ute långt från huvudstaden som tycktes prata bra engelska.

"Du ska stanna här en eller två dagar så kommer en lastbil och plockar upp dej."

"Gott och tack för hjälpen", sade Eric.

"Jag ska visa dej var du kan tvätta dej och var du ska sova i natt."

Dao förklarade via mannen som kunde engelska att han måste ge sig iväg så fort som möjligt för att hinna hem före solnedgången. När Eric tackat honom gav han sig av omedelbart, nästan springande. Sedan tog mannen som talade engelska, som presenterat sig som Tao, Eric till det hus han skulle sova i. Huset skilde sig lite från de som fanns i Khum Sa så till vida att detta stod på höga träpålar och hade en rätt stor veranda på framsidan. Eric blev osäker på om han hamnat i en hmongby eller om det var hos något annat bergsfolk han befann sig nu. Inne i huset blev han anvisad ett litet rum med en tunn madrass på golvet. Tao sade att kvällsmaten väntade inom en timme och om han ville tvätta sig så fanns ett litet utrymme under huset där det var möjligt. Liksom i Khum Sa fanns det i utrymmet en tunna vatten och ett tygskynke som skyddade mot insyn. Några meter från huset stod också här ett enkelt dass som Eric nyttjade innan han blaskade av sig resdammet i "duschrummet". Tao hade lånat honom en sliten handduk. Det kändes, trots enkelheten, lyxigt med en sval dusch efter en så lång vandring.

Efter det att de intagit kvällsmåltiden på ris, ägg och lite kyckling förklarade Tao att man i en by cirka fyrtio kilometer från Ban Tajok hade kontaktat "grabbarna på Air America" i Vientiane några dagar tidigare och förklarat situationen med den amerikanske piloten. Eftersom Air America ändå hade planerat in en flygtur till byn denna vecka så kunde de lika gärna ta med Eric till huvudstaden hade ett befäl tyckt där. Medan de samtalat hade solen dalat och mörkret lagt sig över byn. Varken stjärnor eller måne lyste upp kvällen. Himlen var överdragen med moln. Tao föreslog att de skulle ta varsin mugg risvin ute på verandan. När de satt där kunde Eric bara skymta de närmaste husen och de närmaste träden som omgav byn. Röster hördes från lågt samtalande människor och gråt från ett barn längre bort. Fladdrande lågor kunde skönjas mellan brädorna i några av köksutrymmena. De håller på att laga mat och vi har redan ätit, tänkte Eric. Tao serverade Eric risvin. Redan efter en halvtimme började han känna sig trött och ursäktade sig med att han gått långt och behövde vila.

"Klart min gäst att du behöver vila efter allt du varit med om senaste veckorna", svarade Tao och gav honom ett mycket vänligt leende. "I morgon blir du upplockad av lastbilen och nästa dag kommer du att flyga till Vientiane", lade han till och log igen. Sedan bytte han samtalsämne.

"Om du varit här för tre dagar sedan skulle du fått sett en hjord av närmare tjugo elefanter alldeles utanför byn. Där borta passerade de." Tao pekade västerut. "Vi visste inte att det fanns så många vilda elefanter i hela landet. Konstigt med tanke på kriget och så mycket som ni amerikaner har bombat."

"Nej, jag har inte hört talas om stora hjordar med vilda elefanter i Laos", sade Eric.

"Det var fantastiskt att se. Men vi blev också lite rädda. Några barn grät av rädsla."

***

Nästa dag efter frukost satt Tao och hans gäst och samtalade om kriget i Laos och Vietnam, och om Thailand medan en häftig regnskur passerade. Eric blev förvånad över hur väl informerad hans värd var om krigen som pågick och om det politiska läget allmänt i Sydostasien. Det kändes som om byn Ban Tajok låg mycket isolerad från omvärlden, men tydligen inte så isolerad ändå, tänkte han.

De satt och talade länge tills de några hundra meter bort hörde mullret från en lastbil som jobbade sig fram på den smala vägen mot byn.

"Här kommer din transport", sade Tao och reste sig upp. När de kom ut ur huset hade lastbilen hunnit fram och Eric såg att det var en lättare, äldre, kamouflagegrön sådan. Den stannade framför Tao och Eric med gnisslande bromsar. Eric noterar snabbt att inne i hytten satt, förutom chauffören, en man med ett gevär som han höll med pipan pekande uppåt mot övre delen av vindrutan. Han bar civila kläder. På flaket satt två män, som bar kakifärgade uniformer, var tungt beväpnade med automatkarbiner och handgranater fullt synliga hängande i bältena. På hyttaket stod en lätt kulspruta uppmonterad. Det här blir ingen söndagsutflykt, tänkte Eric.

Chauffören hoppade ut och skakade hand med Tao som om de vore goda vänner (vilket de kanske också var). Chauffören pekade bortåt det håll de kommit ifrån och sade något till Tao som nickade och gick fram till Eric.

"Han säjer att det har förekommit eldstrider mellan Pathet Lao och rojalister i en by några kilometer från vägen ni skall åka. Men han tror att kommunisterna dragit vidare norrut."

"I Khum Sa sade man att Pathet Lao inte längre var kvar i de här trakterna. Att det skulle vara säkert att resa nu."

Tao ryckte på axlarna.

"Det är krig. Situationen kan ändra sej snabbt. Du måste åka iväg. Kommer de hit och du är kvar kan de ta hämnd på oss för att vi gömt en amerikansk pilot."

Eric nickade och svarade att han förstod och gick iväg för att hämta den lilla packning han hade. Efter ett par minuter kom han tillbaka, tog adjö av Tao och tryckte ett par dollarsedlar i hans hand. Denne sträckte fram ett litet paket, som skulle visa sig innehålla några bananer och lite ris. Eric hade tidigare fyllt sin fältflaska med kokt vatten.

"Tack för hjälpen Tao. Hoppas att allt går bra med er." Han satte sig i framsätet efter anvisning från chauffören. Mannen som suttit där tidigare hade hoppat upp på flaket och gjorde nu sällskap med sina uniformerade kompisar. När Eric satt sig sträckte chauffören ut en hand och hälsade med ett leende. Han sade något som Eric antog var ett namn, men uppfattade dock inte vad han sagt.

"Talar du engelska?"

"Lite", svarade chauffören, höll upp högerhanden och visade ett millimeteravstånd mellan tummen och pekfingret. Sedan lade han i ettans växel och lastbilen började krypa framåt på den smala, bruna, leriga vägen som skulle ta Eric till byn där landningsbanan fanns. Han hade ingen aning om hur långt det var dit, bara att Tao sagt att det skulle ta ett par timmar eller mer. Man räknar inte avstånd i kilometer när vägarna är dåliga och ett krig pågår. Nej, man får vara glad om man överhuvudtaget kommer fram, filosoferade Eric. Han lutade sig bakåt på sätet och försökte slappna av så gott det gick trots att fordonet krängde hit och dit. Han hörde hur männen på flaket konverserade med höga röster för att överrösta motorljudet. Nu hade landskapet skiftat utanför bilrutan, från att vara skogsbeklätt till att bestå mer av låga buskar och mycket högt gräs.

Eric såg att ett nytt regnväder höll på att byggas upp öster ifrån. Himlen var svart som på natten åt det hållet. Och efter tio minuter var ovädret över dem. Regnet hamrade mot hyttens plåttak och sikten framåt minskade med nittio procent, samtidigt som vägen framför började mer likna en rödbrun å än en färdled för motorfordon. Fem minuter senare var det hela över, himlen skymtade mellan moln som blev allt glesare och snart sken solen igen. Eric såg genom hyttens bakre fönster att männen på flaket kastade av sig plastskynkena som de

41

använt som skydd mot regnet och hörde att de tog upp konversationen igen, med lika höga röster som tidigare.

Färden fortsatte i samma makliga takt efter regnskuren och de lade några kilometer i taget bakom sig. Eric gjorde ett försök att samtala med chauffören.

"Hur långt kvar till byn?"

Chauffören bara tittade på honom, log och skakade på huvudet. Eric förstod att mannens engelska antagligen begränsades till ytterst få ord, kanske bara till ordet "lite". Istället för att göra ett nytt försök till konversation lutade han sig åter bakåt och försökte sova. Efter cirka en halvtimme kom en ny regnskur från samma håll och med samma intensitet som den förra. Regnets hamrande mot hyttaket fick Eric att nicka till några minuter. Han vaknade med ett ryck när lastbilen bromsade in. Först förstod han inte varför de stannat, men sedan såg han genom regnet på vindrutan en suddig siluett av en kvinna som satt på vägen framför dem med något i knäet. Chauffören gick ut ur hytten samtidigt som de tre männen på flaket hoppade ned på vägen spanande åt alla håll med fingrarna på avtryckarna på sina automatvapen. Eric klev också ut ur hytten och gick sakta fram mot kvinnan. Chauffören stod redan böjd över henne och sade något.

Nu såg Eric den mest tragiska scenen han sett i sitt liv. I leran satt en ung kvinna, håret stripigt och blött och med slitna leriga kläder som smetade mot kroppen av regnet. I hennes famn låg ett barn, kanske två år gammalt, att döma av kläderna en pojke. Om pojken levde eller inte gick inte att avgöra då han låg slapp och helt stilla i kvinnans knä. Kvinnan riktade en tom blick rakt framför sig samtidigt som hon matt svarade på några frågor som chauffören ställde. Detta var krigets fasor avspeglade i en ung mors två ögon. Krigströtthet kunde inte visas på ett tydligare sätt. Just där i detta ögonblick representerade hon under några sekunder alla civila offer i alla världens krig.

En av de två männen som bar uniform och han i civila kläder tog tag i kvinnan och hjälpte henne, först upp på fötter och

42

sedan upp på flaket. De lade henne och hennes barn på en presenning och täckte dem med ett plastskynke som skydd mot det intensiva regnandet. Chauffören vände sig mot Eric och försökte förklara vad som hänt.

"Pathet Lao, rojalister, by därborta," sade han och demonstrerade att hans engelska vokabulär omfattade något mer än ordet "lite". Han härmade en kulspruta, "tatatata" och pekar mot en kulle som stack upp en eller två kilometer från vägen. En rökpelare steg upp mot himlen vid kullen. Men inga ljud, ingen skottlossning hördes därifrån. Eric förstod att det var den där byn chauffören informerat Tao om innan de lämnat Ban Tajok. En av männen på flaket tecknade att de måste ge sig av. Han såg nervös ut. Eric och chauffören hoppade snabbt in i hytten. Med en rivstart for de vidare. Eric skulle egentligen velat undersöka kvinnan och barnet för att se om barnet var dött och om han kunde hjälpa kvinnan på något sätt. Men han insåg att de så fort som möjligt måste komma iväg från området, så han beslöt att lite längre fram skulle han be att få gå upp på flaket för att se efter. Han tog fram sitt matpaket och började skala en banan. Men bara efter några hundra meter och strax bakom en kurva såg han åter något som fanns på vägen. När de kommit nära kunde Eric se att det var en människa som låg helt stilla med ansiktet vänt nedåt i leran. Personen hade uniform, en grå maoistuniform, med den karaktäristiska runda huvudbonaden fortfarande kvar på huvudet. Trots regnet som blött ned jackan kunde en stor fläck av torkat blod skönjas på ryggen. Mannen måste vara död, för det var säkert en man, tänkte Eric. Chauffören svängde lastbilen runt liket och sade: "Pathet Lao." Men han stannade inte.

Efter att de hade färdats en längre sträcka (det var svårt att avgöra hur många kilometer det egentligen var) kom de fram till en större by. Låga byggnader fanns på båda sidor vägen med leriga tvärgator mellan, så smala att ingen lastbil skulle kunna komma fram där; troligen anlagda för att på sin höjd hästar och kanske vattenbufflar skulle kunna passera. Knappt

43

några människor syntes ute. Eric antog att det var för att invånarna kände till stridigheterna som förekommit inte så långt därifrån.

De stannade till framför ett lite större hus i trä, där en skylt med ett rött kors mot en vit bakgrund förkunnade att det var någon typ av sjukstuga. Det ser inte ut att vara ett lasarett i varje fall, tänkte Eric. Männen på flaket hjälpte kvinnan och barnet ned på vägen och in i byggnaden. När en av männen bar in barnet såg Eric att det rörde på sig. Det var alltså inte dött. I samma ögonblick kom han ihåg att han hade lovat sig själv att ta en titt på barnet och modern. Men nu spelade det ingen roll eftersom de tydligen skulle få någon slags vård och kanske skydd i byn.

När de tre männen kom ut ur byggnaden och klättrade upp på lastbilen startade chauffören motorn och drog iväg innan de ens hunnit sätta sig på flaket. Bråttom, tänkte Eric. Men strax utanför byn bromsade han in framför en liten, låg träbyggnad, som visade sig vara en enkel restaurang. Genom att föra högerhanden mot munnen tecknade chauffören åt Eric att nu var det matdags.

Restaurangens interiör var lika enkel som dess exteriör; några låga träbord med lika låga pallar runtom att sitta på. På en av väggarna hängde sex planscher med landskapsmotiv, som Eric tyckte såg ut att vara från Japan eller Korea. Inga andra gäster fanns i lokalen. En leende kvinna i medelåldern kom fram till bordet de satt sig vid. Hon tog ingen som helst notis om att gästerna ställt tre karbiner mot väggen bakom dem och hade handgranater i bältena. Tydligen något normalt här, tänkte Eric. Chauffören gjorde en beställning varefter kvinnan försvann in bakom ett tygskynke som halvt om halvt dolde köket där innanför. Efter en stund trängde en underbar doft av kryddad mat bort till deras bord. En doft som Eric kände igen från Thailand.

Tio minuter senare konstaterade Eric att maten smakade lika gott som den doftade. En av hans följeslagare hade beställt öl till alla. Att den knappt ens kunde kallas sval spelade ingen roll, alla njöt av den ljumma drycken. Medan de andra drack

44

te efter maten satt Eric och tänkte på att han fram tills den dag egentligen inte varit riktigt nära kriget. Han hade fotograferat förödelsen så högt uppifrån att han inte sett människorna, blodet och lidandet där nere i vrakspillrorna. En gång hade han sett hur några sårade besättningsmän burits ut ur ett bombflygplan som träffats men ändå kunnat återvända till hemmabasen. Det var den enda närbild av krigets sorger han haft fram tills han gav sig ut på denna resa, konstaterade han.

När chauffören tog upp några sedlar ur fickan för att betala visade Eric att chauffören skulle stoppa undan dem och istället lade han själv upp en dollarsedel på bordet. Den täckte mer än väl kostnaderna det visste han, men inte hur mycket mer än väl. Sedan släntrade alla fyra ut till lastbilen för att fortsätta färden mot den by som Eric inte hade uppfattat namnet på.

***

Efter en fortsatt händelselös resa anlände de till en by som var större än någon av de andra laotiska byarna Eric varit i. Den låg vid foten av ett berg. En namnskylt förkunnade att byns namn var Ban Nam.

Lastbilen stannade framför en byggnad som var något större än de flesta husen som syntes i byn. Det såg inte ut som ett boningshus, utan mer som en samlingslokal. När alla fem klivit ur lastbilen sade de tre männen som suttit på flaket adjö och gick iväg nedåt gatan. Chauffören knackat på den rödmålade ytterdörren till byggnaden och en kvinna i mörkgrå kläder öppnade och bjöd dem kliva in efter att ha utväxlat några ord med chauffören och kastat en snabb blick på Eric. Inne i byggnaden kunde Eric konstatera att det verkade vara någon slags möteslokal. Kvinnan bjöd dem att sitta ner på två av ett tiotal stolar som stod i lokalen, försvann sedan in genom en dörröppning i bortre ändan av huset och kom ut igen efter en halv minut tillsammans med en man klädd i en kakifärgad uniform av något slag. Mannen log när han hälsade på chauffören och gick sedan fram till Eric och sade på god engelska: "Välkommen till Ban Nam. Du får stanna här tills i morgon då flygplanet kommer."

45

"Tack", svarade Erik med viss förvåning i rösten eftersom han inte räknat med att åter igen träffa någon som talade så bra engelska.

"Jag heter Toby och är chef för den här byn. Vi slåss mot kommunisterna. Därför hjälper vi amerikanarna. Detta inkluderar nedskjutna piloter. Men du är egentligen den första pilot vi hjälper", fortsatte han med ett leende utan ett stråk av värme.

Eric ogillade Toby från första stunden och han trodde inte ett ögonblick på att han verkligen hette Toby. Det var något med hans ögon; ögon som sett mycket otäckt utan att vara sorgliga. Istället fanns där bakom den kalla, likgiltiga blick som de som ställt till med sorgligheterna har, de som inte har förmågan att känna empati med andra människor, de verkligt hänsynslösa. Så klassade Eric mannen redan efter någon minut.

"Det här är byns möteslokal, förråd, gästhus, med mera. Du får sova där inne i natt", förklarade han och pekade på en stängd dörr.

Toby gick fram, öppnade dörren och visade Eric in. Rummet liknade mest ett litet logement konstaterade Eric när han klivit in. Möblemanget bestod av en tvåvåningssäng, en stol och ett litet bord, som trängdes på några få kvadratmeter. En fönsterglugg täckt med moskitnät vette mot gatan. Det fanns en lucka att stänga om man inte ville ha insyn. I taket hängde en gammal dammig fläkt. Hoppas den fungerar, den behövs i den här kvava värmen, tänkte Erik medan han betraktade apparaten nerifrån golvet. Som om Toby läst hans tankar, sträckte han ut handen mot strömbrytaren och vred om, samtidigt som han riktade ytterligare ett leende som inte nådde ögonen mot Eric. Damm virvlade ned från fläktvingarna som tydligen inte hade roterat på länge.

"Madam Long kommer att se till att du får mat under din vistelse här", sade Toby och pekade med hela handen mot kvinnan som öppnat ytterdörren för Eric och chauffören tidigare.

46

"Tack. Kommer planet på förmiddagen eller på eftermiddagen, vet ni det?"

"Troligen på förmiddagen kanske vid tiotiden. Ban Nam ligger inte så långt från Vientiane, en till en och en halv timmes flygning."

Eric hoppades att Toby hade rätt. Han ville inte stanna i byn längre än nödvändigt.

"Jag har inte riktigt förstått varför jag måste flyga härifrån. Det finns ju en väg, eller hur?"

"Vägen har varit avskuren i flera veckor på grund av stridigheter."

Tonen i Tobys svar signalerade att han gett tillräcklig information, underförstått: inga följdfrågor tack! Eric frågade något annat istället.

"Var ligger landningsbanan?"

"En knapp kilometer härifrån. Utmed vägen som går till Vientiane", svarade Toby och pekade mot sydväst.

"Tar en promenad dit innan jag duschar." Eric hade sett att det låg en handduk på sängen han skulle sova i, samt att det fanns ett litet duschrum strax bredvid gästrummet.

"Gör det. Under tiden kommer Madam Long att laga kvällsmaten."

Eric promenerade på vägen som han färdats på tidigare på dagen, men åt motsatt håll. Han gick förbi rader av hus. Alla låga och de flesta byggda av trä, eller med bottenvåning av mursten och övervåningen av trä. Små sidogator ledde in mellan husen och vidare in mellan ytterligare husrader. Byn bestod av minst ett femtiotal hus uppskattade Eric. Med det branta, ganska höga berget i bakgrunden såg byn ändå inte så stor ut. Att döma av skallen tycktes det vara mer hundar än människor ute, men han passerade några bybor som hälsade vänligt. Konstigt att de inte ser förvånade ut över att se en västerlänning komma promenerande i deras by, tänkte Erik. Men han kom genast att tänka på landningsbanan och att det kanske ibland hände att någon pilot tog en promenad i byn

47

innan han flög vidare och att man därför var van att se västerlänningar på gatorna.

När bebyggelsen började tunna ut såg han landningsbanan ett par hundra meter framför sig. Han ökade stegen och var snart framme. Den var smal och kanske fem-sexhundra meter lång. Ingen beläggning fanns på den. Här gäller det små lätta flygplan som kan landa och starta på korta sträcker och på grus, konstaterade Eric snabbt. När han stod vid ena ändan av banan och blickade bort mot den andra fick han en stark längtan att flyga igen, att känna g-kraften vid fullt gaspådrag och att känna hur planet lyfter, hur molnen där uppe på himlen närmar sig snabbt och sedan se hur planet trasar sönder den mjölkvita dimman inne i molnen innan himlen öppnar sig ljusblå igen, ovanför. Hur länge sedan var det nu? Han räknade dagarna. Bara drygt ett par veckor sedan han hoppade ut från sin störtande Voodoo.

Solen hade börjat dala och sken på bergets västsida som glimmade regnvåt där borta i nordost. Eric promenera tillbaka till byn och huset han skulle övernatta i.

Efter kvällsmaten, som han ätit ensam vid det bord som tydligen användes både som skrivbord och matbord vid olika tillfällen, låg han på sängen och tittade i några veckotidningar. Han förstod inget av texten eftersom den var på laotiska, men han tittade på bilderna och försökte tyda vad artiklarna handlade om. Toby hade inte synts till sedan Eric kommit tillbaka från promenaden. Men vid åttatiden klev mannen in och frågade om allt var bra och vad Eric tyckte om landningsbanan.

"Gjord endast för små lätta plan, men den ser bra ut. Vi får se i morgon."

De satt och pratade om läget i landet ett tag. Eric försökte då göra sig en uppfattning om vem Toby var, men fick inget grepp om mannen, vad hans funktion i detta "hemliga" krig var. Eric konstaterade dock att Toby inte var någon person som man satt och småpratade förtroligt med. Det ligger som ett istäcke runt honom, ett istäcke som troligen inte går att komma igenom även om man skulle vara tillsammans med

48

honom i månader, tänkte Eric. Vid niotiden reste sig Toby upp och ursäktade sig med att han hade en del göromål. När han gått gick Eric in i gästrummet, lade sig i sängen och tittade igenom ytterligare några tidningar innan han somnade. Han sov ända till åtta på morgonen då oljud från gatan väckte honom. Det var några tyngre fordon som brummade, en flock gatuhundar som skällde och diverse andra ljud som fick honom att sätta sig upp i sängen och under några sekunder undra var han befann sig. Så fort han klätt sig och klivit ut ur gästrummet såg han Madam Long duka fram frukosten. Hon log och visade att han skulle sätta sig. Frukosten bestod av ris, två kokta ägg och surt kaffe. När han ätit färdigt dök Toby upp och meddelade att Eric skulle göra sig i ordning för att vara borta vid landningsbanan före tio.

Eric stod tillsammans med Toby vid sidan av landningsbanan, med blicken riktad bort mot horisonten västerut. I vänsterhanden höll han en grå tygpåse med de få tillhörigheter han hade kvar sedan han blivit nedskjuten. Toby höll ett stort paket under ena armen. Paketet hade brunt tygomslag hopbundet med snören. Eric frågade inte vad det var för paket, men förstod att det skulle med planet till Vientiane. Inget flygplan syntes till och inget motorljud hördes ännu.

"Han brukar komma vid den här tiden", sade Toby som också kisade mot himlen västerut.

Jaha, tänkte Eric, är det alltid "han" som kommer? Alltså regelbundet samma pilot. Han hann bara formulera tanken i huvudet så hördes det ett svagt brummande bortåt det håll de blickade. När ljudet ökat något såg Eric en mörk prick på himlen som snabbt växte i storlek och började ta formen av ett litet flygplan. Snart sänkte det sig ned mot landningsbanan och några sekunder senare nuddade hjulen den brunröda sanden på banan. En blandning av lera och grus stänkte upp. Det lilla flygplanet krängde betänkligt, nästan så att Eric trodde det skulle glida ut i terrängen. Snabbt identifierade han det som en av Air Americas Cessnor eller "Bird Dog", ett litet enmotorigt plan med högt placerade vingar. Planet hade laotiska flygvapnets beteckningar. Något som nästan alla Air Americas flygplan hade; officiellt befann sig ju inte amerikanarna i landet överhuvudtaget.

När planet stannat vid banändan och propellern nästan slutat snurra klev piloten ut. Han var ganska kortväxt och mager, klädd i en kort grå jacka med en mörkgrön t-shirt under och grå byxor. Han gick fram och tog Eric i handen och presenterade sig som Joe. Sedan vände han sig till Toby.

"Är det allt som skall med idag?" Han pekade på paketet Toby hade under armen.

"Ja, nästa gång blir det nog mer som skall till Vientiane." Toby räckte över paketet till Joe. Det Eric lade märket till då var att Piloten hade en tjock guldkedja runt handleden. Något som han sett hos en del piloter som kom från Laos till basen i Udorn. Laos var det land där guld var billigast i världen hade man sagt.

Piloten vände sig mot Eric: "Hoppa in, vi lyfter direkt." Eric tog Toby i handen och tryckte samtidigt en dollarsedel i hans hand.

"Tack för mat och logi."

"Ingen orsak", svarade Toby och stoppade sedeln i fickan.

Eric hukade sig in i planet och satte sig i sätet bredvid piloten. Denne startade motorn medan Eric satte på sig säkerhetsbältet. Piloten nickade mot honom, vände runt kärran och drog på full gas när landningsbanans hela längd syntes framför den snurrande propellern. Planet studsade och vibrerade när det hämtade lyftfart. Efter några sekunder hängde det i luften. Joe tog en lång sväng över byn innan han tog ut riktningen mot Vientiane. Eric tänkte att det här var en enorm skillnad mot kraften i hans Voodoo. Men känslan av att åter vara uppe i luften fick honom ändå att längta till att än en gång sitta vid spakarna.

När de hade varit i luften ungefär en halvtimme pekade piloten ned på höger sida, och för att överrösta motorbullret skrek han till Eric att där nere låg provinshuvudstaden Phonsavan. Eric såg en mindre stad där borta men kunde inte på så långt avstånd avgöra hur stor den egentligen var. Strax efter det att Phonsavan försvunnit ur sikte flög de in i ett regnoväder som fick planet att skaka och hoppa. Sikten var praktiskt taget noll under ett par minuter tills de plötsligt kom ut ur ovädret och himlen åter var blå och luftfärden blev lugnare. Fyrtiofem minuter senare tog de mark på Wattay Airport i Vientiane. Landningsbanan är inte så imponerande, men Vientiane är inte Udorn, tänkte Eric.

När de taxat in mot Air Americas terminal och piloten slagit av motorn vände sig denne mot Eric och sade: "Välkommen till Vientiane."

Båda männen tog av sig säkerhetsbältena och klev ut i den ångande värmen.

Vientiane, Laos, April-Maj 1967

En något rund man, under medellängd, med mörka pilotglasögon, klädd i kakishorts, kakiskjorta och med en keps på huvudet kom fram och skakade hand med Eric. Hälsade honom välkommen på ett hjärtligt vis.

"Jag är major Ken. Så du är piloten som blev nedskjuten där borta i commiland", sade han med ett leende och med en accent som Eric lokaliserade till någonstans i Mellanvästern."Vi hörde om det för någon vecka sedan."

Eric blev inte förvånad längre att man hade hört om honom redan för så länge sedan. Och han förstod att "Ken" inte var mannens riktiga namn; han visste att alla Air Americas personal arbetade under täcknamn. De var ju anställda av CIA.

"Ja, jag blev nedskjuten och tog mej in i Laos", svarade Eric kort.

"Vi tänkte så här, du får bo hemma hos en belgisk kille tills du åker tillbaka till Udorn. Vi har pratat med honom om det så allt är ordnat. Med betalning och allt. Killen hjälper oss med översättningar och en del annat. Han har bott här i flera år. Är gift med en laotiska."

51

"Tack. Jag skulle behöva kontakta basen i Udorn så fort som möjligt och anmäla att jag är här."

"Det har vi redan gjort", sade majoren.

Eric blev inte förvånad nu heller. Istället sade han: "Skulle behöva ringa hem till Staterna. Går det härifrån?"

"Det ordnar vi."

Eric hade blivit hjälpt av en laotier som amerikanarna kallade "Jim" och som majoren hade ställt till disposition. Mannen var tydligen chaufför åt CIA killarna och hade fått en Jeep till sitt förfogande för att transportera Eric runt i Vientiane. Först körde han till belgarens hus där Eric skulle få bo så länga han var kvar i staden. Nu stod de framför ytterdörren till ett lågt, vitmålat trähus, beläget i vad Eric uppskattade som ett övre medelklassområde; åtminstone med laotiska mått mätt. Hade det varit i Thailand skulle det med nöd och näppe räknats som medelklass, tänkte han. Jim knackade på dörren ett par gånger innan en ung man med mörkt hår och klädd i vit skjorta och ljusgrå säckiga byxor öppnade.

"Hej, jag heter Pierre och du är den amerikanske piloten som skall bo ett tag hemma hos mej antar jag", konstaterade han på en mycket bra engelska, men med en typisk fransk brytning.

Eric reagerade på att mannen var så ung, han hade räknat med att hans värd skulle vara åtminstone ett tiotal år äldre. Han svarade att visst var han den amerikanske piloten. Något förvånad över att belgaren inte sagt den *nedskjutne* amerikanske piloten, för så hade alla omnämnt honom ända sedan han kommit till Laos.

Pierre visade in dem i huset och sedan tog han Eric vidare in till ett litet, sparsamt möblerat rum: en madrass på golvet, ett litet bord, en stol och en tom hylla på ena väggen.

"Det här rummet är det jag kan erbjuda", sade belgaren nästan ursäktande.

"Det blir mycket bra, tack".

Eric lade ned sin lilla packning på madrassen, gick fram till det enda fönstret som fanns och tittade ut mot en bakgård med några låga träd och en annan bostad bakom. Det stod en stor vattentunna i trä under ett av träden. Bredvid satt en kvinna på en sten och ammade ett litet barn som var övertäckt av en tunn sidenschal.

"Hon är flykting från en by i norr som utplånades. Hennes man omkom och nu jobbar hon hos familjen som bor där", sade Pierre och pekade på huset tvärs över gården.

Han sade inget om vilka som utplånat byn; Pathet Lao, amerikanarna, den laotiska armén, eller några andra? Erik frågade inte heller.

"Vad vill du göra nu, vad behöver du?"

"Skulle behöva köpa lite kläder och några andra saker."

"Visst. Jag kan be Jim ta med dej till en marknadsgata där du kan handla det mesta du behöver. Men om du skall köpa byxor kan det kanske bli svårt att hitta några som är tillräckligt långa."

"Det gör inget. Jag kan ju alltid använda dom som långa shorts", sade Eric och log mot sin värd.

"Ni kan kanske passa på att ta en sväng och titta på staden också. Skall säja till Jim om det."

"En fråga, hur kommer jag in i huset om du inte är hemma?"

"Du skall få en nyckel. Där borta ligger badrummet. Vi har vatten för det mesta." Han pekade på en trädörr på andra sidan vardagsrummet.

***

När Eric hade gått igenom några butiker hade han lyckats hitta två par byxor som bara var lite för korta och ett par t-shirts som passade utmärkt, samt en uppsättning underkläder och strumpor. Han hittade också lite toalettartiklar som var användbara. Därefter gick han tillbaka till Jeepen där Jim hade väntat utan att behöva assistera med tolkhjälp mer än en gång. Eric kunde några ord på nordthai och eftersom nordthai i princip var detsamma som laotiska hade han tillsammans med lite teckenspråk lyckats klara inköpen nästan helt själv.

Därefter tog Jim Eric på en rundtur i den laotiska huvudstaden. De tittade på Vientianes egen triumfbåge som byggts för att hedra laoter som stupat i kampen för landets självständighet från Frankrike. De åkte också till templet Pha That Luang med den berömda gyllene stupan. Men det som fångade Erics uppmärksamhet mest och gjorde honom förvånad var att Pathet Lao hade en bas mitt i stadens centrum där gerillasoldaterna öppet gick omkring utanför byggnaden beväpnade och med maoistuniformer. Visserligen bakom ett staket och övervakade av regeringssoldater, men ändå. Och vad som också gjorde honom förvånad var att landets officiella flagga hängde från fönstren där de boende stödde regeringen, samtidigt som säkert lika många hade den laotiska kommunistflaggan hängande från fönstren där man stödde Pathet Lao. Alltså, inne i huvudstaden levde politiska fiender sida vid sida, medan man krigade bittert ute i landet! Något otänkbart i Vietnam. Det var det första Eric stötte på som visade hur bisarrt kriget var i detta land. Varför spränger ingen kommunisternas hus i luften?, undrade Eric i sitt stilla sinne när han satte sig i Jeepen bredvid Jim.

"Majoren ville att du passerar hans kontor på basen för ett samtal innan du åker tillbaka till Pierres bostad", sade Jim.

"Vi har talat med dina överordnade i Udorn. De tycker som vi att du stannar några dagar här i Vientiane och vilar upp dej. Lite avkoppling behövs efter det du varit med om, eller hur", sade Ken med en lätt frågande ton.

Eric nickade sakta och svarade utan direkt entusiasm att det kanske behövdes. Men innerst inne kände han en viss spänning över att få stanna några dagar på norra sidan om Mekongfloden, samtidigt som han längtade efter att vara "hemma" på basen i Thailand och få flyga igen.

De satt på majorens kontor inne på Air Americas avdelning på Wattay Airport. Ett sparsamt möblerat och enkelt, ja nästan spartanskt, rum. Ett skrivbord, tre enkla stolar och ett litet bord, allt i något mörkt träslag. Tillsammans med väggar och golv i samma mörka träslag (taket var målat i vitt) gav det ett dystert intryck. På väggarna hängde några flygkartor. Frånsett ett fotografi, som Eric trodde föreställde majorens familj, fanns inga andra dekorationer i rummet.

Han hörde hur ett flygplan landade på banan utanför. Låter som en Caribou, funderade Eric och tänkte på planet han sett flyga över byn Khum Sa.

"Åh, en sak till. Har du ditt pass kvar?"

"Ja, det fick jag med mej."

"Kan jag få det så ordnar vi formaliteterna med myndigheterna. Du måste ju befinna dej här lagligt", sade majoren med ett lite skevt leende.

Eric plockade fram passet som han burit på i en av byxfickorna eftersom han inte visste något säkert ställe att lägga undan det på. Eric frågade majoren om han visste var passet kunde förvaras säkert och det skulle han ordna.

"I kväll skall jag och ett par andra piloter ut och ta några drinkar. Vill du följa med?"

"Ja, skulle vara trevligt. Var träffas vi?"

"I en bar som heter L'Imprevu. Det är ett par franska främlingslegionärer som äger stället. Ligger inte långt från Pierres hus, där du bor. Du kan fråga honom hur du tar dej därifrån till baren. Vi ses där klockan åtta."

Hemma hos Pierre blev Eric presenterad för dennes fru. En mycket vacker laotisk kvinna som bar traditionella kläder, talade bra franska (åtminstone vad Eric uppfattade) men endast lite engelska, hade ett dystert leende på läpparna och kallades för Wan. Egentligen ett smeknamn. Eric visste att det var vanligt i Thailand att personer ofta gavs ett smeknamn eftersom många thailändska namn härstammade från sanskrit och därför kunde vara långa och lite svåra att artikulera. Och eftersom det laotiska och det thailändska språken, liksom hela kulturen, låg nära varandra, antog Eric att Pierres fru hade ett annat namn förutom Wan.

"Wan betyder söt på thai. Ett passande namn tycker jag. Hennes pappa var thai", förklarade Pierre och log.

55

"Ja det namnet passar verkligen bra", svarade Eric och tittade beundrande på Wan.

Han berättade för Pierre att han skulle träffa några andra piloter på en bar som hette L'Imprevu.

"Man kan nog säja att det är amerikanarnas vattenhål här i stan", sade Pierre, log igen och förklarade att det låg bara två och ett halvt kvarter därifrån.

"Lätt att hitta, följ bara gatan härutanför två kvarter så ligger den strax upp till höger".

Pierre visade med handen åt vilket håll Eric skulle gå.

"Men först skall vi äta kvällsmat. Den är klar om en halvtimme."

"Tack för inbjudan. En halvtimme, då hinner jag duscha först."

De åt kvällsmaten vid ett lågt bord sittandes på kuddar som låg direkt på golvet. Traditionell stil i denna del av världen. Pierres fru serverade dem maten och satte sig sedan själv på en kudde bredvid sin man. Hon försökte konversera på engelska med deras gäst. Det gick knackigt. Sedan frågade hon Eric om han kunde någon franska.

"Jag började studera franska på gymnasiet i Sverige men hoppade av efter ett par månader."

"Aha, du kommer från Sverige, trodde du var amerikan", sade Pierre direkt.

"Jag är född och uppväxt i Stockholm men är numera amerikansk medborgare".

***

Eric följde instruktionerna Pierre gett honom och hittade baren utan problem. Ovanför ingången fanns en neonskylt som förkunnade att detta var L'Imprevu. Han var fem minuter tidig men bestämde sig för att gå in utan att vänta på de andra. För att släcka törsten efter den kryddstarka middagen, men kanske mest för att ta sig en titt på hur stället såg ut på insidan. Och han blev lätt förvånad över att baren var så anspråkslöst inredd. Små bord med enkla trästolar, en bardisk-hörna utan särskilt mycket dekorationer (det brukade ofta vara överdekorerat på barer i alla hörn av världen visste han). En luftkonditionering, som lät som den hade astma, satt på väggen mot gatan, sög in den kvava luften från gatan och spottade ut den där inne några grader kallare. Belysningen var som sig bör dämpad, lätt rödtonad. På tre av de fyra höga stolarna som stod tätt framför bardisken satt tre unga kvinnor. Det gick inte att ta miste på vilket yrke de utövade. Han gick fram till disken och beställde en kall öl. En av flickorna sade "Olala!" när han blev tvungen att sträcka ut armen alldeles vid hennes sida för att nå ölglaset som bartendern ställt på disken. De andra flickorna skrattade och Eric log tillbaka och undrade om ägarna, de där två främlingslegionärerna som majoren talat om, brukade visa sig där i sin bar.

Han hittade ett bord som var tomt och där det fanns plats för majoren och hans två kompisar när de skulle dyka upp. Trots att det bara gått ett par minuter hade Eric ändå hunnit dricka ur nästan hela ölen när han såg dem komma in och titta sig sökande omkring i lokalen. När majoren fick syn på Eric nickade han och gjorde ett tecken att de först skulle hämta varsin öl borta vid bardisken. Flickorna hälsade igenkännande på de tre piloterna när de stegade fram till bardisken. De växlade några ord med damerna och gick sedan bort till bordet där Eric satt.

"Det här är Eric, han som blev nedskjuten över commiland och nu sitter här och sippar på en öl", sade Ken. "Det här är John och Pete", fortsatte han och visade med hela handen mot de två männen som stod bredvid honom.

Ytterligare några under täcknamn, tänkte Eric. Pete och John drog ut varsin stol och satte sig ned medan majoren stod kvar, lutade sig över bordet mot Eric och förklarade: "De här grabbarna flyger en Caribou med förnödenheter till isolerade byar i norr."

"Då var det kanske er jag såg över Khum Sa för ett några dagar sedan."

"Möjligt", svarade Pete och tog en klunk ur ölglaset.

57

"Jag tror faktiskt jag såg dej vinka åt oss", skojade John och tog också han en klunk öl.

De pratade om ditt och datt innan samtalet började närma sig Indokinakrigen. Om John, Pete och majorens uppdrag i Laos och Erics i Vietnam. De talar om flygningar, om maskinerna de flugit och de maskiner de flög nu. Men det är som om de inte direkt vill tala om uppdragen i sig, vilket kanske är försteåligt med tanke på att det är ett "hemligt" krig som utkämpas här, tänkte Eric. Men å andra sidan är Air Americas operationsbas för bombningarna i Laos Udorn och de vet ju att jag träffat flera av deras piloter där, tänkte Eric vidare. Alltid när han suttit och tagit en drink med andra stridspiloter hade det hängt en atmosfär av förtrolighet och kamratskap över träffarna, men han kände det inte så där han satt på denna bar i Vientiane. Det fanns ett avstånd, inte direkt kyligt men inte heller hjärtligt förtrolig.

"Berätta för oss Eric hur det var att bli nedskjuten där borta i fiendeland", frågade majoren.

"Jag gjorde ett misstag på väg tillbaka till Udorn och flög över en kulle som jag sett från en tidigare flygning, en kulle som man planat ut toppen på. När jag närmade mej den och blev träffad förstod jag att de hade satt upp en luftvärnspjäs där. Jag hoppade. Var skiträdd att bli tagen och misshandlad av bönder och sedan få sitta flera år i Hanoi Hilton. Men jag klarade mej till fots till Laos och vidare hit."

"Skål för det", sade John och höjde sitt ölglas och de andra gjorde likadant.

Nu började stämningen att sakta närma sig vad Eric var van vid i dryckeslag med pilotkollegor.

"Så fick du hjälp av invånarna i en hmongby, heller hur?" frågade Pete.

"Javisst, de var mycket hjälpsamma. Trevliga människor. Har träffat hmong tidigare, då i Thailand."

Eric lade i samma ögonblick märket till att alla tre av hans kompanjoner vid bordet bar lika tjocka och tunga guldkedjor runt handlederna som piloten som flög honom till Vientiane.

"Ser att du tittar på våra små armband", sade majoren och höjde högra armen. "Vi har dom som säkerhet ifall vi skulle blir tagna av Pathet Lao eller någon annan fiende. Det har hänt att det gått att köpa sig fri med guldet. På så vis kan man säja att det är en livförsäkring, men också naturligtvis en ekonomisk investering. Guld är billigt här."

"Jo, jag vet. Har träffat flera av era piloter på basen i Udorn som berättat."

"Har talat med hans bossar i Udorn om att Eric borde stanna ett tag här i Vientiane och vila upp sej. Och vi kanske kan ha lite nytta av honom", sade majoren och log lite underfundigt mot de andra två.

Eric undrade vad han egentligen menade, men ställde inga frågor.

När de suttit nästan en timme och konverserat gick de över till att dricka whisky, Johnnie Walker Black Label. En whisky som tydligen är favorit här i landet, åtminstone här i huvudstaden, tänkte Eric. Han hade nämligen sett flaskan på reklamaffischer och i några skyltfönster.

Efter ytterligare ett par timmars konversation om läget i Laos, Nordvietnam och Sydvietnam ursäktade majoren sig, sade att för hans del tyckte han det var dags att gå hem och sova. Eric sade att han kände likadant. Men varken John eller Pete gjorde en antydan om att de också skulle lämna baren. Eric hade noterat att var gång de gick fram och hämtade en ny drink växlade de några ord med barflickorna. När Eric och majoren gick ut genom dörren mot gatan vände sig Eric om för att kasta en snabb blick mot bordet de lämnat och mycket riktigt, två av flickorna hade redan satt sig hos piloterna. Eric log.

Tillbaka i bostaden fann han Pierre, Wan och en annan kvinna sittande på kuddarna på golvet vid bordet de ätit middag på några timmar tidigare, med varsitt, som det såg ut, glas juice framför sig. Eric noterade att den andra kvinnan hade drag av hmong eller något av de andra bergsfolken. Hon var vacker

59

med sina tydliga centralasiatiska drag och ganska mörka hy. Samtidigt visste han att just dessa drag betydde ett steg lägre ned på den sociala skalan i Laos, och likväl i andra länder runt om.

"Slå dej ner. Hur var kvällen på L'Imprevu?" frågade Pierre och visade med handen att Eric kunde slå sig ner bredvid kvinnan som ännu inte blivit presenterad. Men innan Eric satt sig förklarade hans värd att damen hette Kham, men att han kallade henne för Karin.

"Jag heter Eric", sade Eric.

"Trevligt att träffas", svarade Kham, eller Karin, på knackig skolengelska.

"Karin kommer från norr. Liksom så många andra civila har hon flytt stridigheterna", sade Pierre.

"Tragiskt."

"Jag är från en by i bergen, jag är hmong", berättade Kham.

"Liksom min fru talar Karin bättre franska än engelska." Pierre tittade runt på alla vid bordet och bytte ämne.

"Skall vi ha varsin drink till?" Han vände sig mot Eric och förklarade att de drack fruktjuice med någon lokal spritsort i.

"Vill du prova?"

"Ja tack."

Pierre gick bort till köket med de tre glasen, skramlade där ute en stund och kom sedan tillbaka med fyra glas fyllda med en gul vätska.

Han slog sig ned på kudden på golvet, lyfte sitt glas och sade:

"Skål för Eric som kommit hit, skål för min fru och skål för Laos."

Alla tre lyfte sina glas och skålade med Pierre.

"Tack för det", sade Eric och smuttade på drinken. "Det smakar utmärkt."

"I morgon Eric skall jag ta dej runt i staden, gående. Jag kan visa dej lite av den lokala andan här. Ja, egentligen är Vientiane en blandning av lite allt möjligt nu i krigstider. Vi har det gamla franska inflytandet, det nya amerikanska, blandningen av olika etniska grupper från höglandet, och förstås den genuina laotiska låglandskulturen med starka drag av thaikulturen på andra sidan Mekong."

Pierre tittade på Eric.

"Det blir toppen", sade Eric och höjde glaset igen.

De fortsatte att konversera. Mest var det Eric och Pierre som pratade. De båda damerna hade ju begränsade kunskaper i engelska språket, men de försökte lite då och då. Kham berättade på sin stapplande engelska (med viss hjälp av Pierre) att hon hade blivit tvungen att fly från sin by i norr när först konflikter mellan olika hmongbyar bröt ut om opiumodlingen och sedan när Pathet Lao anföll byn. Eric tyckte speciellt det där med stridigheter om opiumodling lät intressant, men kunde inte få ut särskilt mycket mer information än så. Pierre sade med låg röst att han skulle förklara för Eric vid ett annat tillfälle.

När klockan var över midnatt ursäktade Eric sig och sade att han behövde lägga sig.

"Det behöver vi alla. Men först skall jag och Wan följa Karin hem. Hon bor inte långt härifrån men det är inte säkert för en ensam kvinna att gå ute så här dags."

"Om ni inte har något emot det följer jag också med. Kan vara bra med en liten promenad för sömnen skull", sade Eric.

"Visst, följ med det tar bara tio minuter."

Ute på gatan gick de till vänster istället för mot det håll L'Imprevue låg. Kham bodde i ett kvarter där husen såg ett snäpp fattigare ut än de hus där Pierres bostad låg. Eric tyckte att husen, med sin blandning av asiatisk och fransk arkitektur, trots att de var dåligt underhållna hade en viss fransk charm över sig.

När alla sagt god natt till Kham och precis innan hon stängde ytterdörren uppfattade Eric en snabb blick som han inte visste riktigt hur han skulle tolka.

***

Under frukosten dagen efter frågade Pierre om Eric kom ihåg att han lovat att ta med honom på en rundtur i staden.

"Givetvis", svarade Eric. "När ger vi oss i väg?"

"Så fort vi ätit frukost."

En halvtimme senare stod Eric åter och tittade på Pathet Lao soldaterna som vaktade sin bas mitt inne i Vientiane. Åter blev han konfunderad över att här kunde han betrakta dessa krigare några meter framför sig, men om han var så där nära dem i någon by ut i landet skulle han troligen bli skjuten. Han blev väckt ur sina tankar av Pierre som stötte en armbåge lätt i hans sida och frågade om han ville ha ett glas risbrännvin. Bredvid Pierre stod en gatuförsäljare med en bricka på magen och sålde något lätt grumligt upphällt i små glas. Eric tog ett glas, smuttade på vätskan som inte smakade illa alls. En sådan sup kostade motsvarande ett par cent i amerikansk valuta. Eric gav mannen en endollarsedel. Denne tog genast upp ett par glas till och satte en i Pierres hand och en i Erics.

"En dollar räcker till allt han har där på brickan", sade Pierre.

"Det är okey, han kan behålla växeln", sade Eric och skrattade till. Försäljaren såg glad ut när han förstod att han fått så bra betalt för sin vara.

De gick runt i staden. Pierre förklarade att här satt vad som kallades den neutrala regeringen, norrut i Louang Phrabang satt rojalisterna och ute på landsbygden avancerade Pathet Lao som försökte erövra makten från de andra. Försök till koalitioner hade gjorts vid flera tillfällen under åren men misslyckats.

"Ibland vet man inte vem som egentligen regerar."

De gick närmare inpå avspärrningen mot gerillans byggnad. En man, klädd helt i maoistuniform med den karakteristiska kepsen på huvudet, blängde ilsket på dem och lyfte en knuten näve. Efter några sekunder kom en regeringssoldat som övervakade avspärrningen och vinkade bort dem.

"Ska vi gå in någonstans och ta något kallt att dricka", frågade Pierre.

"Gärna, känner mej varm och dammig."

De hittade en liten restaurang som vid denna tidpunkt på förmiddagen inte serverade mat men dock drickbart av alla sorter. De beställde in varsin läsk. När de druckit ur hälften och talat om sevärdheterna i Vientiane, om stadens historia och om dagens komplicerade politiska läge, påminde Pierre om att han lovat förklara vad Karin menat med det hon hade sagt kvällen innan om bråk mellan olika hmongbyar om opiumodlingen.

"Det är så att Va Zebs soldater tvingar unga män i byarna att gå med i hans armé och slåss mot Pathet Lao. Han har en armé med uppåt fyrtiotusen män som delvis finansieras av CIA, men också genom opiumförsäljning. Och han tvingar hmong i byarna att odla opiumvallmo. Om invånarna i en by nekar till att leverera unga pojkar till armén eller nekar till att leverera råopium blir de anklagade för att stödja kommunisterna och byn kan bli attackerad av hans soldater. Massakrer har förekommit. Det var rädslan för en sådan massaker som fick Karin att lämna sin hemby."

"Varför fortsätter CIA att finansiera någon som håller på med olaglig opiumodling?"

Pierre log mot Eric, tittade sig omkring i lokalen, sänkte rösten och började förklara närmare.

"Det viktigaste för CIA här i landet är att bekämpa Pathet Lao och att bomba Ho Chi Minh-leden." Han tog en klunk av läsken och fortsatte. "Och då är Va Zebs armé mycket viktig för att genomföra det första och då blundar man för att deras allierade producerar råopium."

Han tittade sig runt i restaurangen en gång till och sänkte rösten ytterligare.

"Men jag har också hört att flera av CIA killarna är involverade i utsmugglingen av färdigraffinerat opium, det vill säja heroin, till Thailand och Sydvietnam. Men har inte fått det verifierat från någon säker källa ännu."

63

Eric hade visserligen hört rykten om detta han också, men visste inte vad han skulle tro. Han satt bara tyst och lyssnade. "Korsikanska maffian är också involverad. Dom finns här i landet, men håller på att förlora mark. Pathet Lao har erövrat vissa områden där korsikanerna tidigare kontrollerade opiumproduktionen. Kommunisterna behöver också pengar för att slåss. Som du ser, det är en jäkla röra här."

"Ja, det kan man säja, och hur hamnade du här?"

"Jag reste runt i Sydostasien. Först i Indonesien och Malaysia och sedan i Thailand. Ville gärna stanna i regionen, men behövde en inkomst för att kunna bosätta mej här. När jag var i Bangkok fick jag reda på att i Vientiane fanns möjligheter att försörja sej som översättare, franska till engelska och vice versa. Har lite jobb främst åt amerikanarna och franska ambassaden. Hankar mej fram på det. Och nu har jag bott här i snart tre år."

"Du är gift med en laotiska och tänker tydligen stanna länge?"

"Ja, egentligen är Wan och jag inte gifta, fast vi presenterar oss som det. Det låter bättre så. Du vet, Wan var gift med en officer som försvann någonstans i kriget, men eftersom hon inte har någon skriftlig bekräftelse på att han är död kan hon inte gifta om sej. Så vi lever i synd", sade Pierre och skrattade.

Han har lätt att skratta och det behöver man kanske för att kunna bo i ett sånt här land, tänkte Eric.

"Tänker du flytta hem till Belgien någon gång?"

"Någon gång, men vet inte när. Jag trivs här men blir kanske tvungen att lämna landet beroende på hur konflikten utvecklas."

De avslutade samtalet, betalade kyparen och gick ut i den fuktiga värmen. Där inne hade luften varit lite svalare och lite mindre fuktig.

Eric kisade upp mot övervåningarna i bostadshusen som kantade gatan. Där hängde regeringsflaggan ut från några fönster och Pathet Laos flagga från några andra. När Pierre såg att Eric tittade på flaggorna förklarade han.

64

"Regeringen som sitter här i Vientiane är officiellt neutrala i konflikten. Därför får de som är kommunister hissa sin flagga."

"Jo jag vet, men det verkar lite absurt att man kan bo sida vid sida här inne samtidigt som kriget rasar därute i landet." De flanerade runt lite i staden innan de gick tillbaka till bostaden. Hemma berättade Pierre att han och en bekant skulle gå ut på kvällen och ta några drinkar.

"Jean-Paul heter han. Fransman. Har bott här i många år. Han hör till dom som blev kvar när franska armén flyttade hem efter det att kolonierna blev självständiga. Du vet sådana där lite halvt vinddrivna människor man kan hitta i före detta kolonier runt om i världen. Sådana människor som har varit borta så länge att de inte har någon eller något att återvända till i sitt hemland. De blir kvar. Jag tror att Jean-Paul var med vid Dien Bien Phu nittonhundrafemtiofyra då fransmännen led sitt totala nederlag här i Indokina. Han var officer och hur han hamnade här i Laos vet jag inte riktigt, men det är en trevlig kille. Vill du följa med oss i kväll på en runda?"

"Ja, gärna. Ser fram emot att få träffa en gammal fransk krigare. När skall ni mötas?"

"Klockan sju på en bar inte långt härifrån."

***

Baren var liten, småsjaskig, med väggar målade i grönt och mycket dämpad belysning. Jean-Paul syntes inte till ännu enligt Pierre som spanat runt bland alla borden, sex stycken närmare bestämt. De satte sig vid det enda lediga av dem och beställde in varsin calvados.

Borta vid bardisken satt det vanliga gardet av barflickor och dinglade med benen på de för dem alltför höga stolarna, spanande efter potentiella kunder.

Efter tio minuter kom en mager, ganska lång man in, klädd i grå opressad skjorta och lika grå men inte lika opressade byxor. På huvudet bar han något som liknade en panamahatt med lite för små brätten. Han var ganska orakad, och såg ledsen

65

och sliten ut. Innan han fick syn på Pierre och innan denne sagt något förstod Eric att det där var Jean-Paul. När han såg Pierre sken han upp och gick med snabba steg mot bordet.

"Jean-Paul, detta är Eric, amerikanen jag berättade om."

"Trevligt att träffas", sade Jean-Paul sakta och med tydlighet att engelska inte var ett språk han behärskade särskilt bra.

"Jean-Paul talar bara lite engelska. Men jag tror ni skall kunna förstå varandra ändå", sade Pierre vänd mot Eric.

"Det tror jag säkert", sade Eric och skakade hand med fransmannen.

"Vad vill du dricka", frågade Pierre denna gång vänd mot Jean-Paul.

"Samma som ni, calvados."

De satt ett tag och konverserade så gott det gick med hjälp av Jean-Pauls dåliga engelska och Erics i det närmaste obefintliga franska. Fransmannen drack ur sin calvados och beställde snabbt en till. När Pierre och Eric druckit ur sina och Jean-Paul sin tredje föreslog Pierre att de skulle dra till ett annat ställe. Ett lite större och trevligare, enligt honom.

Det visade sig att det stämde att stället var trevligare, så tillvida att inredningen var något mer avancerad och väggarna målade i lite fler kulörer än grönt, men så mycket större var inte baren; åtta bord istället för sex. De slog sig ned vid ett bord som var ledigt närmast bardisken och beställde in varsin whisky den här gången. När Jean-Paul druckit ur sin whisky först av dem och med hjälp av Pierre lyckats förstå lite av Erics bakgrund, inklusive att han ursprungligen kom från Sverige, ställde han sig upp och högtidligt förklarade för alla gäster att denna person var från Sverige och att kungen där härstammade från Frankrike, Jean-Pauls hemland. När Pierre översatte åt Eric kände sig denne lätt förlägen trots alkoholen från en calvados och en whisky i blodet.

Efter en tredje whisky reste Jean-Paul sig åter upp och nu med hög röst proklamerade han att Eric var son till den svenska kungen som härstammade från Frankrike. De flesta av gästerna tittade upp från sina drinkar med lätt förvånade miner; åtminstone de som förstod franska. Nu tyckte Pierre att det nog var dags för sin vän att gå hem. Pierre reste sig och viskade något i hans öra, och efter en kort stund, som om han tänkte efter vad hans vän sagt, lommade han iväg på ostadiga ben ut genom ytterdörren.

"Vad sa du till honom?" frågade Eric och höll tillbaka ett skratt.

"Att det nog var bäst att han gick hem nu annars skulle han bli utskälld av sin fru. Han är gift med en laotisk kvinna som tycker att han ibland dricker lite för mycket och därför läxar upp honom om han kommer hem sent och är full".

När de suttit en stund och kontemplerat servitrisen som sprang mellan borden och bartendern som fyllde på glasen till ackompanjemang av sorlet från gästerna, föreslog Pierre att de skulle gå iväg till ett ställe och röka opium. Eric tvekade först, men när Pierre förklarade att man inte kan lämna det enda landet i världen där opiumrökning var tillåtet utan att besöka en opiumhåla, samtyckte Eric.

Stället de gick in på var något helt annat än de två barerna de besökt tidigare. Om de hade haft dämpad belysning så hade det här stället nästan ingen belysning alls. Det låg en tung doft av opiumrök och söta rökelser i rummet de kommit in i. Eric skymtade en man som låg på en träbrits utmed en av väggarna. Han rörde sig inte och åt vilket håll personen hade ansiktet gick inte att se. Smygande på tofflor och utan att säga ett ord visade ägaren dem till ett annat rum, bakom det de kommit in i först. Det var lika mörkt där med bara en liten lykta som spred ett ytterst dämpat rött ljus. Ägaren pekade att de skulle lägga sig på varsin av två britsar som stod bredvid varandra med en smal gång i mellan. På britsarna fanns "huvudkuddar" i form av träklossar. Ägaren gick bort till ett hörn och började preparera två långa pipor snidade i trä.

"Det är egentligen bara tillåtet att röka opium om man har ett tillstånd från polisen på att man är beroende. Om, mot

67

förmodan, polisen skulle dyka upp på kontroll tar jag din pipa eftersom jag har ett sådant tillstånd", viskade Pierre mycket lågt till Eric som låg på britsen mittemot.

Denne tittade med förvånad min på Pierre, men yttrade inget. Istället tänkte han att det skulle vara grant om han åkte dit för olaglig opiumrökning nu. Men han kom att tänka på att han hört att flera av CIA-killarna använde opium ibland, så det var nog ingen större risk att han skulle bli tagen av polisen.

Ägaren gick först fram till Pierre och tände pipan med hjälp av en låga från något som såg ut som en oljelampa i miniatyr. Pierre låg med huvudet på sidan på "huvudkudden" och sög in medan lågan tände en liten klump opium som satt fasttryckt på en skålformad buktning på pipan. Eric iakttog noga hur Pierre gjorde och när det var hans tur gjorde han likadant.

"Du måste suga hårt hela tiden annars slocknar det", sade Pierre, fortfarande med samma viskande röst.

Eric lyckades hålla klumpen glödande tills han fått i sig ordentligt med rök. När opiumet hade brunnit färdigt låg båda på rygg, stirrande i taket, medan ägaren preparerade två pipor till.

"Man måste röka flera pipor innan man känner av det ordentligt", viskade Pierre. Eric nickade till svar.

När Eric rökt tre pipor började han känna effekten av drogen. Han låg och stirrade mot det svaga röda skenet från lyktan borta på väggen och efter ett tag kändes det som om han satt på, eller kanske inne i lyktan och iakttog sig själv och Pierre där de låg på sängarna. Men kände inte det som något konstigt. Han kände bara en stilla frid och ett lugn att se sig själv sådär på avstånd. Eric tyckte han också såg sin fästmö Mary hemma i USA ligga på sängen där i det dämpade röda skenet. Men hon liksom försvann efter bara någon minut. De båda männen låg kvar nästan en timme innan Pierre reste sig upp och sade viskande till Eric att de skulle betala ägaren och ge sig av. Ute på gatan gick de långsamt mot bostaden i ett svagt töcken av välbefinnande.

Hemma väntade Wan när de anlände. Hon tog emot dem med ett leende och frågade Pierre om de haft trevligt. Wan hade omedelbart märkt att de rökt opium. Att män gick ut och tog ett par pipor opium såg hon lika naturligt som att de gick ut och tog ett par drinkar. När de gick in i den kombinerade matsalen och vardagsrummet satt Kham där på en kudde och såg ut som om hon väntat på dem. De slog sig ned medan Wan frågade om de ville ha varsin öl. Det ville de. Strax kom hon in med två flaskor kallt fransk öl. Sedan satt de och pratade en stund varefter Wan påpekade att det var sent. När Pierre och Eric hade kommit tillbaka från sin runda var det redan midnatt och nu pekade klockans visare på att småtimmarna börjat.

"Det är sent för Karin att gå hem och jag har ingen lust att följa henne hem så hon får sova över här", sade Pierre med rösten fortfarande dimmig av opium, och pekande mot kuddarna på rumsgolvet.

"Det går bra", svarade Kham.

När Eric lagt sig mellan lakanen och legat vaken en stund med opiumets lugnande verkan ännu cirkulerande i kroppen, öppnades sovrumsdörren sakta och försiktigt. Det var Kham som tyst smög in i rummet och smidigt gled ur sina kläder, varefter hon kröp ned hos Eric utan att säga ett ord. Eric vände sig om på sidan och lade sin ena arm om henne.

Morgonen kom med ett hundskall som väckte Eric och Kham vid åttatiden. Snart hördes värdarna pyssla med morgonbestyren, som mest bestod i att göra i ordning frukosten. Hur kommer det här att se ut om vi två kommer ut från sovrummet tillsammans? tänkte Eric. De låg kvar tills Wan meddelade att frukosten var serverad. Men då de gick ut i vardagsrummet lyfte varken Wan eller Pierre ens ett ögonbryn. Det var som om de inte bara visste, utan också fullständigt accepterade att Eric och Kham tillbringat natten tillsammans. Ja, Eric kände det nästan som om allt på något vis var planerat, med att Pierre föreslagit att Kham skulle sova över där istället för att han och Wan följde henne hem som de brukade göra.

"God morgon. Hoppas frukosten blir bra. Hugg in mina vänner", sade Pierre hurtigt och svepte med handen över matbordet.

De satte sig runt bordet alla fyra, på varsin kudde. Medan tekannan gick runt sökte Eric efter några miner eller tecken hos värdfolket på att de tyckte det var pinsamt att Kham tillbringat natten i Erics rum. Men inget sådant gick att urskilja i varken Pierres eller Wans vänliga ansikten; de bara pratade på om än det ena än det andra.

"Vad ska du göra idag Eric?"

Det var Pierre som frågade medan han hällde upp en tredje kopp te åt sig.

"De vill att jag ska komma över till flygbasen nu på morgonen fick jag meddelande om i går."

"Då skall jag ordna en transport åt dej."

"Tack, men de skulle skicka Jim med Jeepen."

Klockan nio kom chauffören med Jeepen, stannade utanför ytterdörren och tutade en gång. Eric sade hej då till Pierre och Wan, men han såg inte till Kham så han bad dem hälsa till henne. Sedan gick han ut och satte sig på passagerarstolen fram, hälsade god morgon och frågade om Jim sovit bra. Det hade han. Sedan åkte de genom staden som var full med folk. Kvinnor i traditionella kläder från olika delar av landet, munkar i saffransfärgade rober (många såg väldigt unga ut tyckte Eric), män i uniform, män utan uniform, samt en och annan vattenbuffel. De åkte förbi den laotiska triumfbågen och några andra byggnader som Eric kände igen, men knappt noterade. Han tänkte mest på natten som gått och sedan, under några sekunder, på Mary där borta i Staterna. Men det kändes så långt bort, en helt annan värld.

När Jeepen bromsade in framför major Kens kontor var han plötsligt tillbaka till nutid. Han gick själv in och knackade lätt på dörren.

70

"Kom in", hördes bakom den mörka trädörren. Eric klev in och hälsade på majoren.

"Kaffe eller te."

"Kaffe tack", svarade Eric.

När kaffet var serverat (båda tog kaffe) frågade majoren om Eric hade njutit av ledigheten och dagarna i Vientiane. Jo, det hade han.

"Kan meddela att jag kontaktat Udorn igen och dina överordnade tycker det snart är dags att du kommer tillbaka i tjänst. De föreslog att du återvänder om fyra dagar. Vad säjs om det?"

"Jag lyder. Skall bli bra att få flyga igen", svarade Eric, men tänkte på att det samtidigt inte var så roligt att bli tvungen att lämna Laos, speciellt inte nu efter det där med Kham.

"I morgon skall några av grabbarna på ett uppdrag norrut, till en hmongby för en leverans. Tänkte att du kanske skulle vilja följa med och se lite av vår vardag i fält. Vad säjs?"

"Gärna. När flyger vi?"

"Åtta i morgon bitti. Du måste vara här en halvtimme innan så jag skickar Jim med Jeepen. Han kan plocka upp dej klockan sju."

"Vad blir det för maskin?"

"En Caribou. De skall flyga in lite förnödenheter och prata med några från ledningen i byn."

"Jag kommer att vänta på Jim klockan sju. Tack för att jag får följa med och tack för kaffet."

Major Ken log och hoppades att Eric skulle få en trevlig dag och kväll, samt en trevlig flygtur norrut dagen efter.

På kvällen vid sjutiden satt alla fyra runt bordet och åt. Eric berättade om sin förestående tur med Air America till en by i norr. Han tittade på Kham och underströk att det bara var över dagen han skulle vara borta. Han nämnde inget om att man ville ha honom tillbaka till Udorn om fyra dagar. När de ätit färdigt dukade Wan och Kham av och ställde fram varsin öl till Pierre och Eric, inget till dem själva. De satt och pratade, men inte till efter midnatt som kvällen innan. Varken Wan eller Pierre sade något om att följa med Kham hem. Det verkade som om de inte räknade med något annat än att hon skulle sova över. Och det gjorde hon.

***

På morgonen kravlade Eric ur bädden klockan sex, kysste Kham och gav sig ut i köket för att hitta något till frukost. Men efter två minuter kom Kham ut och började laga till en ordentlig frukost åt Eric och sig själv.

"Jag inte tycka om du resa norrut", sade hon när de suttit tysta flera minuter vid frukostbordet.

"Det är ingen fara. De skall bara leverera några säckar ris och sedan flyger vi tillbaks direkt. Är tillbaka på eftermiddagen."

Men hon såg inte särskilt lugnad ut.

Jim kom punktligt. Efter femton minuters kryssande mellan människor, handdragna kärror, militärfordon och civila klev Eric ur Jeepen på Wattay Airport. En man i medelåldern kom omedelbart fram till dem. Han var klädd i något som liknade fältbyxor i gul khakifärg och en tunn, ljus skjorta uppknäppt en bra bit ned på bröstet där en guldkedja syntes hängande, men han bar ingen huvudbonad. Innan mannen presenterade sig hann Eric tänka att här är en till som räknar med att kunna köpa sig fri om han skulle bli tagen av fienden.

"Jag är kapten Willy och du är Eric antar jag, som skall med oss på flygturen idag", sade han med ett svagt leende.

Eric kunde inte bedöma om det var ett vänligt leende eller ej.

"Där står kärran, den bruna", fortsatte kapten Willy och nickade bort mot betongplattan där två Caribou stod uppställda, en silverfärgad och en brun. De höga breda stjärtfenorna stack upp som om två jättelika fiskar låg på betongen där borta. Fenan på den silverfärgade reflekterade solskenet som en spegel. Eric lade märket till att båda flygplanen hade laotiska flygvapnets tecken på sidorna. Vid den bruna gick två mekaniker och förberedde planet för start.

72

"Det kommer snart en skur. Vi går in och tar en kopp kaffe tills kärran är färdig för start", sade kapten Willy och tittade mot himmelen österut, samtidigt som han pekade på ingången till baracken bakom dem.

Just när en laotisk kvinna ställt fram två koppar svart kaffe på bordet framför dem kom en av mekanikerna in och meddelar att flygplanet var klart för start.

"Drick ur ditt kaffe i lugn och ro medan jag hämtar de andra två i besättningen."

Kapten Willy tog en smutt av kaffet och gick ut ur baracken medan Eric satte sig på en stol med sin kopp i ena handen. Sakta drack han av kaffet som smakade bra. Precis lagom starkt så där på morgonen. Någonstans på flygplatsen varvades en flygmotor upp som sedan slogs av. Det blev tyst någon minut innan den startades upp igen och en till gick igång efter några sekunder. Någon värmer upp en tvåmotorig kärra, tänkte Eric och gick fram till fönstret. Långt bort på uppställningsområdet såg han ett mindre transportplan som sakta taxade ut mot startbanan. Han kunde inte avgöra vilken flygplansmodell det var på det avståndet.

Strax kom Willy tillbaka med två unga män, klädda i likadana khakibyxor och skjortor som han själv bar. Den ena hade en mörkblå keps på huvudet, medan den andre visade en kortsnaggad hjässa.

"Det här är Ben och Charlie", sade Willy och nickade med huvudet mot de två unga männen.

"Hej. Så ni är besättningen på Cariboun som står där borta?"

"Japp, stämmer", sade han med kepsen, och som Eric hade uppfattat var Ben.

"Vi bordar snart", sade Willy och gick in i baracken igen för att hämta kartor, loggbok och en del annat.

Tio minuter senare hade alla fyra tagit plats inne i maskinen med säkerhetsbältena fastspända. Willy och Ben, som var förste- respektive andrepilot, satt i cockpiten medan Charlie och Eric satt på de utmed väggarna längsgående sätena i det

73

rymliga lastutrymmet där bak. Stora kraftiga lastnät var upphängda på väggen bakom dem.

Willy lyfte handen mot taket i cockpiten och sköt gasreglaget något framåt för att värma upp motorerna. Reglagen var nämligen fästa i taket ovanför piloterna, något som bara Cariboun hade. Efter några minuter började planet att sakta rulla iväg mot startmarkeringen vid banändan. Precis klockan åtta och femton drog kapten Willy på för fullt och snart hängde planet i luften. Ben, med sin keps fortfarande på, tog ut kursen mot byn Ban Lan i den nordligaste delen av landet. Det var dit man skulle flyga med en stor trave rissäckar som låg där bak i lastutrymmet. Men också för att uträtta några andra ärenden i byn som man inte hade specificerat för Eric. Ban Lan var en bergsby med främst hmong som hade blivit isolerade på grund av stridigheter och inte hade tillräckligt med mat för att överleva, hade Willy förklarat för Eric. Och Charlie hade försäkrat Eric att invånarna var på amerikanarnas sida.

"Skönt att höra", hade Eric då svarat med ett leende.

Byn Ban Lan, Norra Laos, Maj 1967

När de flugit närmare en halvtimme norrut började Eric verkligen inse hur bergigt Laos var. Då han varit på väg på sina spaningsuppdrag över Nordvietnam och sneddat över Laos hade det rört sig om en ganska smal remsa av landet han sett från Voodoon, men nu fick han en bredare vy.

Efter ytterligare fyrtio minuters flygning frågade kapten Willy, nästan skrikande för att överrösta bullret från motorerna, om Eric flugit en Caribou någon gång.

"Nej, aldrig, men jag har flugit en Hercules flera gånger som andrepilot hemma i Staterna under pilotutbildningen. Den påminner ju lite om den här kärran fast betydligt större."

"Stämmer kapten Anderson. Jag har också rattat Hercules åtskilliga gånger. Åh, vi skall snart landa, tio minuter kvar."

Det sista kom som en kommentar direkt efter det att Ben tittat på Willy och pekat på avståndsmätaren.

74

"Ok. Jag går bak och förbereder mej för landning" sade Eric, som stått på trappsteget upp mot cockpiten större delen av flygningen och intresserat iakttagit vad som hänt därinne.

Flygning hade varit ovanligt lugn för att vara över ett så bergigt område och över ett land i fullt krig, ingen häftig turbulens eller minsta tecken på fientliga aktiviteter från marken. Det visade sig att landningsbanan vid byn Ban Lan i det närmaste liknade en byväg över en lerig åker nu när monsunregnen börjat så smått. Dessutom lutade banan ganska brant uppåt mot en bergsrygg som tornade upp sig cirka en halv kilometer framför. Här var det inte frågan om att kunna välja från vilket håll man ville landa eller starta. Det fanns bara ett håll som var möjligt, det vill säga mot den lägst belägna delen av banan.

Eric satt väl fastspänd i sätet och väntade på en mycket häftig landning, kanske så häftig att de skulle åka av banan och in i den omgivande djungeln. Men Cariboun var byggd för sådana förhållanden och klarade landningen galant. Den här typen av flygplan har inte beteckningen STOL (det vill säga "Short Tak Off and Landing) för intet, tänkte han när Willy bromsat in planet vid banändan och låtit motorerna gå ned på tomgång. Utanför började byborna närma sig Cariboun. Barnen springande och de äldre lite mer värdigt gående.

Nu befann de sig alltså långt norrut i Laos. Eric hade inte studerat några kartor ingående och visste inte exakt var Ban Lan låg. Men det var inte så långt till gränsen mot Kina och mot Burma hade han i varje fall förstått.

När de alla fyra klivit ur planet och byborna samlats runt dem kom en äldre man omedelbart fram och skakade hand med Willy. Han tycktes känna honom. Eric antog att det var byäldsten, som ofta också var hövding i hmongsamhällena. Willy och den gamle mannen talade med hjälp av en yngre man som översatte.

Efter en stund visade gamlingen in dem i byn. Alla följde med utom Ben som klev tillbaka in i Cariboun. Skall antagligen fylla i loggboken, se över maskinen och låsa kabindörren

75

så att inte nyfikna barn skulle klättra in och ställa till med något, trodde Eric.

Byn låg utspridd i ett mycket kuperat område. Husen låg utströdda med träd, palmer, bambusnår och buskar mellan som hindrade en besökare från att få en komplett vy av byn. Det var därför också svårt att få en uppfattning om hur stor den egentligen var. Inne i byn blev de inbjudna till äldstens hus. Som nästan alla hus i byn var också hans byggt på sluttande mark och stod därför på pålar, låga på ena sidan och höga på den andra. De satte sig på golvet ute på verandan som stack ut utanför själva huskroppen, på den höga sidan med tätt växande träd utanför, inga väggar på sidorna, men ett palmbladstak ovanför som skyddade dem från den heta middagssolen.

De satt i en halvcirkel, Eric, Willy, Charlie, byäldsten och fem andra bybor. Te serverades gästerna och cigaretter bjöds på. Samtidigt som denna inledningsceremoni pågick började svarta moln närma sig borta över skogsranden och efter några minuter störtade regnet ned. Det gick knappt att konversera alls så länge regnet slog mot palmbladstaket ovanför deras huvuden och piskade marken nedanför verandan. Men regnet upphörde lika fort som det börjat och snart satte konverserandet igång. Willy förklarade via en bybo som kunde engelska att man hade rissäckar i planet. Snart skulle säckarna lastas ur försäkrade majoren och sedan kunde riset distribueras till familjerna i byn.

"Jag skulle gärna vilja tala med byäldsten mellan fyra ögon om några saker. Vi kan kanske gå in i huset, han och jag medan ni andra sitter kvar här ute. Kan du översätta det", sade Willy och tittade på tolken. Byäldsten nickade när tolken översatte. Alla tre försvann in i huset.

Ett par minuter senare smällde det plötsligt till när något exploderade i utkanten av byn. Sedan brakade helvetet löst. Eldgivning från automatkarbiner hördes och flera bybor började springa, några skrikande, för att ta betäckning bakom hus och träd. Eric och de andra som suttit på verandagolvet rusade

76

nedför trappan som ledde ner till markplanet och sprang också de för att söka skydd. Nere på marken snubblade Eric och föll. Han reste sig snabbt, men kände att han skadat högra handleden.

Några bybor hade hämtat vapen och besvarade elden som kom bortifrån skogen på andra sidan byn från landningsbanan räknat. Men eldkraften från bybornas enkla handeldvapen förmådde inte mycket mot de attackerandes mer sofistikerade och numerärt överlägsna arsenal. Eric, Charlie och en yngre man som suttit med dem på verandagolvet tog alla tre betäckning bakom ett stort klippblock som stack upp mitt i byn. Den unga bybon vände sig mot Charlie och med rädsla i blicken nästan viskade: "Pathet Lao".

Eric tittade försiktigt ut från det skyddande klippblocket ett par sekunder för att försöka få en överblick över situationen. Det var då han såg Ben komma springande ett tiotal meter från dem med riktning mot en skogsdunge på höger sida. Eric hann uppfatta att Ben hade något i handen som inte var ett vapen, sedan försvann han ur sikte in bland träden. En kulkärve från något automatvapen rikoschetterades mot klippblocket och Eric var tvungen att ta skydd igen.

"Skall vi försöka komma härifrån innan de kommer för nära?" frågade Charlie Eric, som nickade till svar.

Charlie tog tag i den unge mannens ena axel och pekade bakåt, mot landningsbanan. Denne nickade och sade något som varken Eric eller Charlie förstod. Men alla tre började springa med klippblocket bakom sig som skydd. De rusade förbi två människor som låg på marken, en man och en kvinna. En hastig blick räckte för att se att de var döda då båda blivit träffade i huvudet. Eldgivningen fortsatte bakom de tre springande männen men ingen sköt direkt åt deras håll.

När de närmade sig landningsbanan och Cariboun som stod vid slutet av banan såg de med oro att planets ena motor hade träffats av en projektil av något slag. Plåtar hängde ned mot marken och propellern var helt deformerad. Det droppade olja från den skadade motorn. De tre männen sprang in under planet för att ta skydd bakom ett av landningsställen. Sedan titta-

77

de Eric och Charlie försiktigt fram under flygplanskroppen för att försöka få en bild av vad som pågick där borta i byn. Plötslig hördes någon av de anfallande männen skrika ut något som lät som en order, samtidigt som han pekade mot Cariboun. Tydligen en slags officer eller ledare av något slag, tänkte Eric. Eldgivningen upphörde med ens och de anfallande männen drog sig hastigt tillbaka. Snart hade alla lämnat byn och förödelsen bakom sig. Efter några minuter vågade sig några bybor fram från sina gömställen. Och efter ytterligare ett par minuter började fler och fler visa sig. Sedan hördes skrik och gråt. Det var när bybor hittade någon familjemedlem, släkting eller vän död. Sedan började man bära iväg med de sårade. De lades inomhus för att få vård. Nu hördes hundar yla från olika håll i byn. De kanske var skadade eller ylade när de också fann en död familjemedlem.

Det var när Eric och Charlie också de höll på att hjälpa till att bära in sårade som två bybor kom bärandes på en provisorisk bår med Bens döda kropp liggande ovanpå.

"Skit! Han som klarat sig så länge utan att råka ut för något skall dö här", sade Charlie när han såg att Ben var död. Och tillade efter några sekunder: "Vi var kompisar. Jobbade ihop under flera år. En bra kille. Skit!" Han såg bedrövat på Eric.

Ben hade genomborrats av ett flertal kulor och förblött. Eric försökte få reda på var de hittat honom, men ingen av de två byborna som bar båren förstod engelska. De bara skakade på huvudena och tittade på Eric och Charlie. Men när den unge mannen som fungerat som tolk tidigare under dagen dök upp blev frågan översatt. De båda bårbärarna pekade in mot skogen bakom byn. Det var åt de hållet Eric tidigare hade sett Ben springa, då skottlossningen var som värst.

Det fanns ett par utbildade sjukvårdare i byn, men inga läkare eller sjuksköterskor. I en avlägsen by som Ban Lan var det dock många av invånarna som hade baskunskaper om hur man tog hand om skadade, och förbandsartiklar fanns lite här och var i husen. De bodde trots allt i ett land som befann sig i krig.

"Har någon sett Willy?" Det var Eric som kastade ut frågan utan att titta på Charlie men den var tydligt riktad till denne.

"Nej, men jag hörde att han skulle vara borta hos byäldsten i hans hus", svarade Charlie och tillade: "Vi går bort till Cariboun och inspekterar skadorna."

På vägen dit nästan snubblade Eric på en död man som låg bakom en grästuva, ansiktet uppåt och med skottskador både i bröstet och i huvudet.

"En av de som anföll. En Pathet Lao", sade Charlie och pekade på liket.

Men Eric noterade att soldaten inte bar den traditionella maoistuniformen, som alla Pathet Lao krigare han hittills sett hade burit.

Framme vid flygplanet började de att undersöka skadorna. Babords motor var helt obrukbar och omöjlig att reparera på plats. Sedan hittade de andra mindre skador på flygkroppen som inte direkt gick att bedöma hur allvarliga de var. Elledningar och andra vitala delar kunde vara skadade.

"Den här maskinen går inte att flyga hem till Vientiane. Vi måste få hit en annan transport så vi kan ta oss tillbaka och det så fort som möjligt, ifall byn blir anfallen igen", sade Charlie och tittade med bekymrad min på Eric.

"Hur skall ni få hit ett annat plan?"

"Skall se om radion är intakt."

Charlie hoppade in i Cariboun, som var olåst. Eric blev förvånad då han trodde att Ben hade låst kabindörren innan han rusade iväg in i byn och vidare bort i skogen, där han sedan blev skjuten.

Efter ett par minuter ropade Charlie triumferande från cockpiten att radion fungerade.

"Vi letar rätt på Willy så får han anropa om hjälp med transport. Bäst att bossen gör det."

De hittade mycket riktigt Willy i byäldstens hus, där de båda satt och diskuterade vad som egentligen hänt under anfallet och vad man skulle göra nu. Tolken som tidigare under dagen assisterat satt bredvid och översatte. Charlie ursäktade sig och avbröt dem med frågan om Willy kunde följa med dem bort till flygplanet en kort stund. Denne nickade, reste på sig och sade att han strax skulle vara tillbaka igen.

Ute ur huset förklarade Charlie vad som hänt med maskinen och berättade sedan att Ben var död.

"Att Ben blivit dödad visste jag, men inte att Cariboun var skadad."

Eric var inte säker på vilket Willy var mest ledsen över, den döde Ben eller det skadade planet, men det lät som om det var det sista.

När de befann sig inne i planet satte sig Willy i cockpiten och vred på radion. Han fick kontakt med hemmabasen i Vientiane nästan direkt. De lovade att de skulle skicka en helikopter som befann sig på uppdrag inte så långt från Ban Lan, cirka en halvtimmes flygning därifrån. Alla fyra skulle vara beredda att ge sig iväg så fort helikoptern anlände för det var inte dagsljus så många timmar till, påpekade man från basen. Ännu visste de inte i Vientiane att Ben var död.

"Ok, grabbar. Ni inväntar helikoptern här. Jag måste bort till byäldsten och fortsätta prata med honom ett tag. Jag skickar ett par bybor att bära ombord Bens död kropp. Jag kommer så fort jag hör helikoptern."

"Vi väntar här", svarade Eric och tog sig på den skadade handleden som nu var ganska svullen. Charlie observerade först nu att Eric hade en svullen handled.

"Vill du jag skall lägga om den där", sade han och pekade på Erics hand. "Det finns förbandslådor här i planet."

"Tack. Det kanske skulle vara bra med ett stöd runt handleden."

Genom ett av kabinfönstren såg de att det börjat blåsa en bris som fick träden i byn att vaja svagt. Och i öster varslade en svart himmel om att det snart skulle bli regn. De såg också Willy försvinna med snabba steg in i byn där människor fortfarande skyndade fram och tillbaka sökande efter anhöriga som inte dykt upp efter anfallet.

Efter tjugo minuter kom två bybor bärande på Bens kropp på samma bår som Eric sett de två andra bära kroppen på tidigare. Den här gången var dock Ben helt övertäckt av ett vitt tygskynke. De lade den döde inne i flygplanet tills vidare; det vill säga tills helikoptern skulle komma. Efter ytterligare tjugo minuter kom Willy från sitt möte med byäldsten. Han satte sig åter i en av pilotstolarna. Den här gången tände han en cigarett (trots att det egentligen var förbjudet där inne i cockpiten), tittade ut genom vindrutan utan att yttra ett ord och såg nästan filosoferande ut.

Nästan en halvtimme satt Willy på samma sätt och tittade ut genom planets vindruta, då smattret av roterande helikopterblad fick honom att återvända till verkligheten.

Det var en kamouflagegrön Sikorsky S-58, konstaterade Eric på långt avstånd när den kom svepande ovanför trädtopparna. Det var den omisskännliga bulliga fronten som stack ut under cockpiten som främst avslöjade modellen. Han hade sett flera av Air Americas helikoptrar landa och starta från basen i Udorn. Eric var nästan helt säker på att den här dessutom hade Udorn som hemmabas. S-58:an var en ganska stor helikopter som kunde ta tolv passagerare om den var inredd med stolar.

Charlie vinkade ned maskinen strax bredvid Cariboun. När den stod på marken och rotorbladen nästan stannat gick han fram till helikoptern. De två piloterna kom ut ur kabindörren och hälsade.

"Vad i helsike hände i byn egentligen", frågan en av dem så fort han såg Charlie.

"Den blev anfallen. Troligen Pathet Lao. Vi vet inte ännu hur många bybor som blivit dödade. Men vi vet att Ben blev dödad."

"Va? Ben! Stackars sate. Vad hände?"

"Vi kan dra hela historien sedan."

"Har ni kroppen?"

"Ja, den ligger inne i Cariboun."

"Kanske bäst att vi ger oss av så fort som möjligt. Vi har inte mycket att försvara byn med om de kommer tillbaka." Det var den andre piloten som tyckte detta. Han vände sig mot Eric med oroad min.

"Vi är klara för att lätta. Skall bara be de där två byborna att lasta ombord kroppen", sade Charlie och pekade mot två hmong som stod lutade mot Caribouns ena landningsställ.

"Tjenare Bob och Greg. Tur att ni hängde i närheten." Det var Willy som nu tagit sig ur flygmaskinen och skakade hand med de två helikopterpiloterna.

"Ja, men vi var ju inte så nära ändå. Tog i varje fall en dryg halvtimme att flyga hit", sade Bob.

När de två männen från byn kom bärande på den döde Ben tittade Bob först på Eric och sedan på Willy.

"Ben antar jag", konstaterade han med en sorgsen min.

"Ja, Ben", svarade Willy och fortsatte: "Byäldsten frågade om vi kan ta tre skadade bybor med oss så de kan få vård i Vientiane. Den här byn är verkligen på vår sida."

Det sista lade han till med en nästan vädjande min mot Bob.

"Ok, men skynda på att få in dem i maskinen!"

Två av de skadade fick hjälp att borda helikoptern, medan den tredje lyckades ta sig in själv. Alla var män och omlindade med blodiga bandage, två hade bandage runt huvudet och en hade vänster ben omlagt. Bob lade ut filtar på durken där de sårade skulle kunna ligga under resan.

När Eric klev in i helikoptern efter de sårade fick han till sin förvåning se att på sätena längst bak satt två unga män och såg rädda ut. Det syntes på deras ansiktsdrag att de tillhörde något bergsfolk.

"Dom skall med till Vientiane. Deras by blev attackerad för några dagar sedan", sade Greg och nickade mot pojkarna.

Ingen ställde några frågor om varför de måste följa med till huvudstaden. Kanske deras föräldrar blivit dödade, eller kanske de behövde sjukhusvård.

"Du Eric får titta till de här tre", sade han och pekade på de sårade på durken. "Det finns förbandslådor där borta om så skulle behövas", fortsatte han och pekade nu på väggen bakom cockpiten.

Kolvmotorns ettusenfemhundra hästkrafter brummade igång och gav ifrån sig ett moln av blå avgaser. När Greg varvade upp och rotorbladen som hängt ned som vissnade kronblad på en blomma rätade ut sig lyfte maskinen ett par meter från marken. Sedan gasade han på och det smattrande ljudet från bladen drog till sig några barn som kom springande (de vuxna hade antagligen fullt upp att ta hand om förödelsen efter anfallet). Greg lät helikoptern hänga några sekunder ovanför trädtopparna innan han tog ut riktningen mot Vientiane och gav mer gas. Landskapet började rulla under dem, fortare och fortare vartefter piloten gav ytterligare gas. Maskinen skakade och bullrade, och de två pojkarna som satt längst bak såg vid det laget nästan skräckslagna ut.

Eric tittade ut genom sidofönstret där han satt och konstaterade åter att Laos var ett mycket bergigt land och mer skogsbeklätt än Nordvietnam. Inte ett perfekt landskap för flygoperationer som det Air America höll på med, tänkte han. Starter och landningar på ofta mycket primitiva banor.

När de flugit några minuter gjorde Eric en snabb kontroll av de tre sårade på durken. Han med det skadade benet stönade lätt, medan de andra två låg med händerna mot sina huvuden och tittade tomt framför sig. Eric konstaterade att inga bandage var i akut behov av att läggas om. Bäst om det kan vänta tills vi är i Vientiane, tänkte han.

Vientiane, Maj 1967

Det tog helikoptern nästan en och en halv timme att nå Vientiane och det var skymning när de landade. Så fort de stigit ur kom major Ken fram och gav order om vart man skulle bära Bens kvarlevor och vart de sårade laoterna skulle skjutsas. Sedan gav han order att Eric, Willy och Charlie, omedelbart skulle samlas i mötesrummet i baracken för att tillsammans med Ken muntligen gå igenom vad som hade hänt där uppe i Ban Lan.

De satte sig alla runt ett avlångt träbord i något som liknade ett mötesrum. Majoren vid ena bordsändan med ett stort anteckningsblock framför sig. Ett naket lysrör i taket spred ett kallt, nästan blått sken över de sex männen vid bordet. Genom de två myggnätsförsedda fönstren som fanns på ena långsidan av rummet trängde ljudet av staden och flygplatsen in. Ibland lyckades cikadornas gnissel och grodornas kväkande överrösta de av människor skapade ljuden, men bara för några sekunder då och då. Fortfarande landade enstaka, sent inkomna transportplan, eller möjligen mindre bombplan. Eric lyssnade på motorljuden och försökte avgöra vilket, men det var svårt.

När var och en muntligen beskrivit hur han uppfattat vad som hänt i Ban Lan under de timmar de befunnit sig där sade majoren att han väntade sig en skriftlig sammanfattning från Willy under morgondagen. På väg ut ur rummet observerade major Ken att Eric hade handleden omlindad.

"Skadade du dej där uppe?"

"Ja, när vi rusade ut ur byäldstens hus för att ta skydd. Men det är inte så allvarligt", svarade Eric.

"Någon får titta på det i morgon. God kväll mina herrar. Vi ses i morgon bitti."

Majoren lyfte handen till någon slags hälsning och försvann bort över uppställningsområdet som nu var fullt av flygplan. Området var ganska svagt upplyst, men man kunde se att där stod flera Caribous, helikoptrar, små enmotoriga flygplan, ett stort Herkulesplan, samt några andra flygplan som var svåra att identifiera i halvmörkret. En del blänkte i silverfärg, en del var kamouflagemålade och reflekterade mycket lite ljus. De flesta hade det laotiska flygvapnets beteckningar på sidorna.

***

"Gör det ont när jag klämmer här?" Den lokalt anställda sjuksköterskan satt på en pall och undersökte Erics handled.

84

"Ja, men inte så förfärligt mycket."

"Vrid på handleden."

Eric vred på handleden.

"Ni har inte brutit den i varje fall. Men den är fortfarande svullen så ni får inte anstränga den på något vis under de närmaste dagarna så får vi se hur den ser ut då. Behåll bandaget på." Hon syftade på det bandage hon nyss lagt om Erics handled.

Hon är söt och snäll tänkte Eric, tackade och reste sig up.

"Med en svullen handled kan du nog inte flyga på ett bra tag. Om du vill kan du stanna här några dagar till. Vad säjer du om det? Jag kan kontakta Udorn och meddela i så fall."

Eric och Ken hade träffats på majorens kontor strax efter det att sjuksköterska lagt om Erics handled.

"Du har nog rätt. Svårt att styra ett flygplan med en hand obrukbar. Och om jag inte kan flyga kan jag lika gärna stanna här."

Trots att han längtade efter att åter sitta bakom spakarna på en Voodoo gladde det Eric att han skulle få några extra dagar med Kham.

"Då kontaktar jag din boss i Udorn", sade Ken och fortsatte med något helt annat: "Skall vi ta ett par drinkar på L'Imprevu i kväll? Vi kan träffas där klockan sju som förra gången."

"Ja, jag kan behöva lite avkoppling efter händelserna igår."

***

Även den här gången var Eric först på plats i L'Imprevu. Stället var sig likt, förutom att det satt två flickor vid baren istället för tre som förra gången, och möjligtvis att luftkonditioneringen hade blivit reparerad eftersom den inte lät som den hade astma längre. Den tredje flickan har nog gått iväg med en kund, tänkte Eric och beställde en öl. Sedan gick han och satte sig vid samma bord som vid förra besöket. Major Ken dröjde. Men det gjorde ingenting då Eric roade sig med att iaktta gästerna och gissa vilka de var och var de kom ifrån.

För de gäster som klev in från gatan tycktes alla vara utlänningar. När en muskulös man klädd i shorts och t-shirt, och med tatueringar på både armar och ben, kom in, gick direkt bakom bardisken och började prata franska med bartendern förstod Eric att det var en av de två främlingslegionärerna som ägde stället.

Undrar om han var med vid nederlaget i Dien Bien Phu nittonhundrafemtiofyra och blev kvar här i Indokina när fransmännen övergav sina kolonier, funderade Eric. Tretton år sedan, ja mycket troligt att döma av legionärens ålder, funderade han vidare. Han tänkte på Pierres kompis Jean-Paul som också blivit kvar sedan dess och undrade hur många av sådana vinddrivna människor det fanns i denna del av världen.

Efter tio minuter stegade major Ken in i baren, tittade sig snabbt omkring och fick omedelbart syn på Eric som lyfte handen och nickade mot honom. Han gick direkt och beställde en öl och satte sig sedan mittemot Eric vid bordet.

"Måste släcka törsten först innan jag tar en drink. Den här förbaskade kvavheten så här vid monsunens början gör att man blir jäkligt törstig."

"Instämmer. Skål!", sade Eric och höjde sitt ölglas mot majoren.

"Skål själv. Måste säja att du hade otur igår där uppe att hamna mitt i en attack från kommunisterna. Samtidigt måste man ju säja att du hade tur som klarade dej med en svullen handled. Kunde gått mycket värre. Till exempel som det gick för Ben. Vi förlorade en bra pilot där."

"Ja visst, sorgligt med Ben. Du har rätt, vi hade kunnat gå samma öde till mötes allihop."

Ken drack snabbt ur sin öl och gick mot bardisken. Men efter några steg vände han sig om och frågade Eric om han också ville ha en whisky.

"Senare. Har kvar av den här", svarade Erik och höll upp ölglaset.

När Ken kom och satte sig igen tog denne en stor klunk av den skotska whiskyn. Halva glaset i ett svep, i kväll är han törstig, tänkte Eric.

"Vad tror du om det här kriget Eric?"

"Vilket krig? Kriget här eller det i Vietnam?"

"Det är samma krig här eller där borta. Det är egentligen ett Indokinakrig, inte ett Vietnamkrig och ett Laoskrig." "Vi är här för att stoppa kommunisterna från att ta över Sydvietnam och Laos. Gör vi inte det kommer de att ta över hela Sydostasien."

"Vi kan aldrig vinna det här kriget. Vet du varför?" frågade Ken retoriskt och svarade själv: "Därför att de här folken slåss för och i sitt land. De är mer eller mindre hjärntvättade av fosterlandspropaganda. De är motiverade att slåss. Det är däremot inte våra allierade, den sydvietnamesiska armén och den laotiska. Speciellt de sydvietnamesiska soldaterna är ointresserade och odugliga krigare."

Han börjar bli full tänkte Eric, måste ha druckit innan han kom hit.

"Om det är så, varför är vi då kvar här och slåss?"

"Därför att ett krig är lätt att sätta igång, men mycket svårt att avsluta på ett värdigt sätt. Det är som en projektil som tar en förutbestämd ballistisk bana när den lämnat mynningen, den går inte att stoppa, den stannar inte av förrän dess energi avtagit och den slår ner med ett brak. Det finns stora ekonomiska och politiska intressen bakom som gör att detta krig kommer att fortsätta länge till. Men jag tror inte vi kommer att befinna oss i det vinnande laget när det väl tar slut."

"Men varför är du kvar här då och slåss?"

"Därför, som jag sa, det finns stora ekonomiska intressen att fortsätta detta krig", svarade major Ken utan att precisera vad han egentligen menade.

"Du menar att du får så bra betalt att det lönar sej att vara kvar och riskera livet några år?"

"Inte direkt. Man kan tycka det är värt att stanna och riskera livet av andra orsaker än en lön."

Han talar nästan i gåtor, tänkte Eric och kom ihåg vad Pierre sagt om att det gick rykten att vissa av Air Americas piloter tjänade mycket på att smuggla heroin söderut till Thailand

87

och Sydvietnam. Det var detta han antydde, kom Eric fram till.

"Jag stannar här i denna del av världen några år till för jag tror att vi kan stoppa den kommunistiska expansionen just här", sade Eric.

"Ja, stanna och kämpa du. Det är bra, mycket bra att det finns såna som du. Jag stannar också. Skål!" Han höjde rösten när han uttalade det sista och lyfte sitt whiskyglas mot Eric. Denne svarade med att höja sitt ölglas.

"Nu ska jag också ta en drink", sade Eric, gick fram till baren och kom tillbaka efter ett par minuter med en whisky och soda i vänster hand, drog ut stolen med den högra och satte sig.

"Hur är det hos Pierre?" frågade Ken så fort Eric satt sig.

"Bra. Trevlig kille. Känner till mycket om det här landet."

Eric tog en rejäl klunk av sin drink, tittade halvt omedvetet på en av barflickorna som gick iväg med en gäst som såg ut att vara minst dubbelt så gammal som hon, och definitivt inte laot.

"Hörde också att hans fru har en trevlig väninna", sade Ken och blinkade förtroendefullt mot Eric.

"Jaså, du har hört det."

"Det här är inte en jättestor stad. Skvaller om folk i den utländska kolonin löper snabbt."

Eric skrattade till.

"Ja, men tydligen inte bara i Vientiane. Jag blev förvånad hur snabbt man i byn Khum Sa hade fått informationen om mej och min störtade Voodoo", sade Eric och tog en smutt av whiskyn.

"O ja, sånt vet dom snabbt där bortåt gränsen. Dom måste hålla koll, det är livsviktigt."

"Så sa dom i byn också."

"Kontaktade din chef i Udorn. Han samtyckte till att du stannade ett par dagar till eftersom du skadat handleden. Men han sa att sedan ville han se dej där borta på basen. Det är en order lade han till."

"Det förstår jag och jag kommer att lyda ordern."

"I övermorgon eftermiddag skall en av våra helikoptrar till Udorn. Du får följa med den."

"Ok, jag kommer att vara ombord. Skål igen. Tror jag drar mej till min bostad. Har varit en lång dag."

Eric drack ur det sista i glaset.

"Förstår."

De båda männen gick ut på gatan och upptäckte att det regnade ganska kraftigt. Luftkonditioneringsapparaten måste nog ändå ha väsnats ganska mycket eftersom jag inte hörde något av regnandet, tänkte Eric.

"Jag tar en taxi härifrån", sade majoren och tackade Eric för sällskapet och diskussionen.

Eric började gå mot Pierres hus. Efter bara några meter dök två pojkar i sex-sjuårsåldern upp och tiggde pengar. Han gav dem några mynt och klev vidare i rask takt, samtidigt som han tänkte att grabbarna borde vara hemma hos sina mödrar och sova så här dags. Men de kanske inte har några föräldrar alls eller något ställe att sova på överhuvudtaget, tänkte han vidare.

När Eric kom tillbaka till Pierres hus fann han alla tre, Pierre, Wan och Kham, sittande i vardagsrummet runt bordet igen. Pierre med en öl i handen, medan kvinnorna inte ens hade ett glas vatten framför sig.

"God kväll. Hur var det på L'Imprevu den här gången," hälsade Pierre.

"Ungefär som förra gången. Fast nu var det bara major Ken och jag."

"Slå dej ner. Vill du ha en öl?"

"Ja tack, jag är fortfarande törstig."

Kham tassade ut i köket och kom tillbaka med en kall öl med en etikett som såg fransk ut. Eric satte sig bredvid Kham och läppjade på ölen direkt ur flaskan.

"Jaha Eric, berätta vad som hände däruppe i Ban Lan."

Eric drog hela historien från det att de landat utanför byn tills helikoptern kom och hämtade dem.

89

"Men Eric, det var inte Pathet Lao som anföll Ban Lan när ni var där. Det var Va Zebs soldater."

"Varför det? Varför skulle de anfalla en hmongby som är på vår sida?"

"Byn hade inte levererat tillräckligt med unga pojkar som kunde slåss i general Va Zebs armé. Tyckte åtminstone generalen själv. Han börjar få svårt att hitta soldater i rätt ålder, så nu rekryterar han yngre och yngre pojkar, en del nästan bara barn."

"Men varför anfalla när vi var där?"

"De gjorde ett misstag, de hade inte blivit informerade om att ni var där!"

"Hur i helvete vet du allt det där?"

"Det är krig Eric, man måste hålla sig informerad och jag har mina kontakter."

Eric hade hört det förut.

"Tack för informationen. Vi kanske får mer klarhet senare när någon slags sammanställning finns. Skall gå till sängs nu. Det är sent och det har varit en lång dag."

Kham hade krupit närmare Eric. Hon reste sig samtidigt som han och sade något på laotiska till Wan.

"God natt Eric. Vi ses i morgon, men jag tror inte att du kommer att få mer klarhet än det jag sa nyss." Pierre log mot Eric.

Eric och Kham gick till sovrummet. Han vände sig om innan de gick in och nickade mot sitt värdfolk som satt kvar vid bordet. De såg dock inte denna hälsning eftersom de redan tycktes vara djupt inne i en diskussion om något mycket viktigt.

***

När Eric och Kham på morgonen dagen efter klev in i matsalen/vardagsrummet satt redan Pierre och Wan där med frukosten dukad framför sig.

"God morgon. Sitt ner och njut av frukosten", sade Pierre och svepte ena handen över bordet som en inbjudningsgest.

"God morgon. Ser gott ut."

Eric såg både yrvaken och hungrig ut noterade belgaren, medan Kham vigt satte sig ned på en av kuddarna vid bordet.

Eric satte sig ned han också, men eftersom han var både längre och tyngre blev det inte med samma vighet som hon visat. När kvinnorna intagit sin frukost och försvunnit ut i köket satt de två männen kvar några minuter vid bordet och konverserade om vardagliga saker när Pierre plötsligt sköt in en fråga.

"Nå Eric, tror du att ni kommer att vinna det här kriget i Indokina?"

Eric blev lite förvånad att få nästan samma fråga denna morgon av Pierre som han fått av Ken kvällen innan.

"Vi måste för att kunna hejda kommunismen från att sprida sig här i Sydostasien och kanske i hela världen. Det var därför jag tog värvning i flygvapnet och utbildade mej till pilot. Ville göra en insats."

"Du tror alltså att det är möjligt? Att vinna kriget menar jag. Men jag tror inte att ni kommer att klara det. Vet du varför?" och han svarade själv: "Därför att ni spelar på bortaplan. De andra spelar på hemmaplan och försvarar vad de anser vara sina fosterländer."

Man kan inte skylla på att han är full, som man kunde skylla Ken för att vara när han sa nästan samma sak i går kväll, tänkte Eric lite dystert.

"Dessutom, ni stoppar inte världskommunismen genom att bomba och kriga här. Tvärtom, för varje gång pressen och TV världen över rapporterar att ni bombat civila, några bostadshus eller en skola ökar stödet för kommunismen."

Eric trodde inte att det var så enkelt, men samtidigt kände han att Pierre kanske hade rätt till viss del.

"Vi bombar inte civila. Vi bombar inte skolor. Vi bombar militära installationer och tung industri."

"Det har förekommit bombningar av skolor och civilbefolkning. Det har jag läst och hört om. Dessutom börjar vanligt folk i USA att protestera nu när fler och fler unga män kommer tillbaka i liksäckar. När antalet ökar, vilket det säkert kommer att göra snart, kommer givetvis protesterna också att

91

öka. Det är inte lätt att föra krig om folk hemma inte stöder det. Det är ju till syvende och sist de som betalar krigföringen med sina skattepengar, eller hur?"

"En majoritet av det amerikanska folket stöder kriget. Det finns det undersökningar som visar."

"Än så länge, ja. Men vi får se vad som händer om kriget drar ut på tiden. När *body count* blir för hög."

"Varför jobbar du för oss om du inte tror vi gör det rätta."

Eric tittade frågande på Pierre.

"Åh, jag tar översättningsjobb för att jag gillar det här landet och vill stanna här och då måste jag försörja mej. Men missförstå mej inte, jag vill inte heller att kommunisterna tar över. Jag vill att laoter, vietnameser och andra folk skall få leva ifred utan inblandning av alltför mycket västerländskt. Detta inkluderar kommunism. För Marx var ju i högsta grad västerlänning. Tysk vill jag minnas. Betänk att vietnameserna hade universitet för flera tusen år sedan. När folk i norra Europa fortfarande bodde i grottor. Det är ingen kultur man kan bomba sönder." Han log mot Eric.

"Ni amerikaner är ganska godtrogna ibland. Vet du att dina pilotkompisar här ofta blir lurade av unga vientianebor."

"Vadå menar du? Lurade på vilket sätt?"

"Jo, det är så att om man skall sätta in pengar på en bank här i stan måste man fylla i summan man sätter in på insättningsblanketten med skrift på franska. Det duger inte med siffror. Eftersom inte många av dina landsmän kan skriva franska så hänger unga killar runt banken och erbjuder sig att fylla i blanketten och sköta insättningen. Om en av amerikanarna skall sätta in till exempel femhundra dollar skriver den laotiske killen ned trehundra dollar på blanketten och smyger ned tvåhundra i sin ficka och behåller det. En stor summa i detta land"

Eric begrundade allt vad han hört från Pierre, speciellt det där med att kriget här inte stoppar världskommunismen, men sade inget. Istället satt han tyst en lång stund och smuttade på frukostkaffet (idag var det kaffe inte te) medan solen försvann bakom ett moln där ute och regndroppar började smattra på hustaket. Eric reagerade inte på regnet, han fortsatte att sitta försjunken i tankar ytterligare ett par minuter. Pierre sade inget han heller.

"I morgon måste jag återvända till Udorn", sade Eric plötsligt och bytte därmed ämne drastiskt.

"I morgon! Så snart. Vet Kham om det?"

"Inte än. Vet inte hur jag skall säja det till henne. Men å andra sidan kommer jag inte att vara så långt från Vientiane."

"Du måste berätta det så fort som möjligt. Hon måste vara beredd. Du kan ju inte bara ge dej iväg."

"Det tänker jag inte heller. Jag skall säja det till henne nu idag."

De satt på sängen i Erics rum. Hon med blicken sänkt mot golvet, men inga tårar eller ord. Hon bara satt där och stirrade på golvplankorna. Eric bredvid som inte förmådde säga mer, bara det han sagt nyss, att han måste åka i morgon.

***

Ken kom ut från byggnaden där hans kontor låg och gick med några snabba steg mot Eric som stod ensam utanför och tittade bort mot helikoptern. Varken Kham, Pierre eller Wan hade följt med. Pierre och Wan hade sagt adjö vid ytterdörren till deras bostad. Kham hade inte synts till överhuvudtaget när han tog sin packning och gick ut.

"Det är den där du skall med", sade Ken och pekade mot den Sikorsky S-58 som stod uppställd på cementplattan trettio meter längre bort. Piloterna höll på att värma upp motorn.

"Jag förstår det. Samma modell som tog mej från Ban Lan. Fast den här har en annan färg."

Han tittade på Ken med en nästan sorgsen min.

"Ledsen för att lämna Vientiane?"

"Ärligt talat, ja. Men samtidigt har jag längtat efter att åter få vara pilot. Flyga in över fiendeland och utföra mina uppdrag."

"Så skall det låta, grabben."

Major Ken dunkade Eric lätt i ryggen.

93

"Tror den är klar för bordning nu", fortsatte han och tittade mot helikoptern. Sedan pekade han på Erics lätta packning bestående av en militärgrön bag som stod på asfalten. "Glöm inte den där."

Han följde med fram till helikoptern.

"Tack för allt och hoppas vi ses i Udorn", sade Eric.

"Trevligt att ha dej här. Ja, vi ses säkert där borta. Lycka till på dina spaningsuppdrag."

"Tack igen", sade Eric och klev in i helikoptern.

Flygningen blev lugn. Eric satt mest och undrade varför Kham inte kommit och sagt adjö. När de landade på flygbasen i Udorn kände Eric det som att komma hem. Han tyckte också att det kändes som om det var många månader, ja nästan år, sedan han lyfte med sin Voodoo och gav sig iväg på den ödesdigra flygningen då han blev nedskjuten. Annars var allt sig likt, inklusive hans rum.

Nordvietnam, Juni 1967

Han sänkte ned Voodoon till betydligt lägre höjd när han fått hamnstaden Hai Phong i sikte. Några mil norr om staden kunde Eric från sin höjd se de märkvärdiga kalkstensformationer som stod i vattnet som jättelika pelare. De stod där från stranden och vidare långt ut till havs. Men Eric hade inte tid att beundra dessa av naturen skapade skulpturer. Han befann sig i krig. Istället svepte han snabbt över staden Hai Phong och fotograferade hamnområdet som blivit bombat tidigare under dagen. Steg sedan till tiotusen meters höjd på några sekunder med hjälp av efterbrännkammaren. På den höjden låg han kvar tills Mekongfloden syntes ett par mil framför honom då han dök ned till tretusen meter samtidigt som han kom in över thailändskt territorium.

Udorn, Nordöstra Thailand, Juni 1967

Han gick mot byggnaden där hans rum låg. I handen höll han ett brev med färggranna laotiska frimärken. Inkommen på rummet sprättade han upp kuvertet och ögnade hastigt igenom brevet. Det var Kham som skrivit det men hon måste ha fått hjälp. Det konstaterade han omedelbart. Troligen av Pierre eftersom engelskan är så perfekt, tänkte han. Han satte sig på sängkanten och läste brevet noga den här gången.

Del 2

Stockholm, September 2002

Han tittade upp mot klockan på Högalidskyrkan. Halv tre denna sköna höstdag, då sommaren tog sina sista andetag och när en något kylig vindpust då och då erinrade huvudstadens invånare om att snart kommer vintern, strosade han omkring utan brådska och egentligen utan något mål. Men när han såg slutet på Västerbron där Långholmsgatan började kom han på tanken att gå ner och ta en titt på huset där han bott som barn. Det var ganska många år sedan han gått förbi där, trots att det inte låg särskilt långt från hans nuvarande bostad. Inte med storstadens mått mätt i varje fall.

Ytterporten ser likadan ut åtminstone, frånsett att sist jag var här behövdes ingen portkod för att komma in, tänkte han. Han stod en stund utanför och tittade in genom det tjocka glaset på dörren och undrade hur han skulle göra. Då såg han att hissen kom ner och en kvinna i övre medelåldern klädd i en mörk höstkappa och svarta läderstövlar klev ut, och gick nedför halvtrappan som ledde rakt mot porten. Han tog några steg framåt i samma stund hon öppnade den, nickade, log och gick in som om han bodde i huset. Så lätt, tänkte han. När han gått uppför halvtrappan stod han ett ögonblick och tittade på dörren till lägenheten på höger sida om hissen. Där inne hade han spenderat sina första tolv år i livet. På vänster sidan om hissen gick en annan, mycket kort trappa upp mot den andra lägenheten som fanns på samma plan. Han satte sig på andra steget, vänd mot den lägenhet där han en gång bott med sina föräldrar och sin bror. Medan han betraktade ekdörren med mässingshandtag, mässingslås och namnskylt också i mässing, sjönk han i tankar, förflyttade sig många år bakåt i tiden. Därinne hade han och hans bror Eric lekt, bråkat, ätit och sovit i över ett decennium. Otroligt.

Han tänkte också på åren efter det att de flyttat därifrån till Vasastaden och hur svårt han hade haft det att anpassa sig till en ny skola. Medan brodern, som var äldre och börjat på gymnasiet direkt efter flytten, inte hade haft några anpassningsproblem alls. Senare blev det högskolestudier. Först Eric och sedan han själv. Båda valde studier inom data. Något som då var en växande bransch med goda framtidsutsikter.

Brodern fick jobb på ett dataföretag i Stockholm när Bengt fortfarande studerade på högskolan. Strax efter det att Bengt tagit examen fick Eric ett erbjudande om en tjänst i USA hos samma företag han jobbade för i Stockholm. Brodern tackade omedelbart ja och flyttade till Chicago. Han lämnade två ledsna föräldrar och en lika ledsen bror på Arlanda flygplats en kall vinterdag i februari. Alla tre kände det som om han var förlorad, borta. Men helt förlorad blev han emellertid inte. Det visade sig att Eric skulle komma över till sitt forna hemland lite då och då, och Bengt reste över till USA för att besöka brodern ungefär en gång vartannat år. Föräldrarna företog dock aldrig någon resa över Atlanten trots Bengts övertalningsförsök.

När han suttit i kanske fem minuter och funderat hörde han att hissen satte igång däruppe, på översta våningen kanske. När den stannat sköt en äldre dam den gammalmodiga gnisslande grinden åt sidan och klev ut i trappuppgången. Hon hade en liten hund med sig. Hunden började genast skälla på Bengt som reste sig upp och förklarade att han satt här och betraktade dörren till den lägenhet där han bott som barn.

"Å, då är du Eric eller Bengt Andersson."

"Det är jag som är Bengt", svarade han något förvånad. Han kom först inte ihåg damen från tiden han bodde där.

"Du kanske inte kommer ihåg mej. Jag bodde här redan när din mamma och pappa flyttade hit."

Sakta började han komma ihåg ett par som bodde på fjärde våningen. De hade inga barn men hundar. När han tittade på henne från sidan började han minnas någon som de brukade kalla för "snälla tanten på fjärde våningen", hon som gav dem godis ibland. Han följde med henne ut på gatan med hunden hoppandes mot hans ena ben, medan den fortsatte att skälla på honom.

"Sluta Fiffi!" Hon rykte i kopplet så att hunden ylade till, men lugnade ned sig.

"Jaså, Bengt kommer för att minnas sin barndom. Ja, det var ju trevligt."

"Ja, jag var ute och flanerade när jag kom på tanken att åtminstone titta in i trappuppgången. Men inte så mycket har förändrats. Åtminstone inte vad man kan se sådär utifrån."

"Jo, men lägenheterna blev renoverade och moderniserade för några år sedan."

De vandrade mot Långholmsparken och Bengt började förstå att damen gärna ville ha sällskap och prata på sin hundpromenad.

"Ursäkta men jag kommer inte ihåg ert namn. Kommer bara ihåg att jag och Eric kallade er 'den snälla tanten på fjärde våningen'."

Hon log nästan lite sorgligt tyckte Bengt.

"Ja, jag kanske var lite för snäll ibland. Gav er godis och jag tror att er mamma egentligen inte var så förtjust i det fast hon sa inget. Förresten, jag heter Helena Lundmark. Kommer han ihåg det?"

"Ja", svarade Eric fast han nog inte gjorde det.

"Vad arbetar Bengt med nu då?"

"Jag har haft en datorfirma tills nyligen, men sålde för ett par veckor sedan. Nu går jag omkring och funderar på vad jag skall ägna resten av mitt liv åt", svarade Bengt med ett leende mot damen.

Nu hade de nått fram till parken. Hunden Fiffi blev märkbart glad av att vara där istället för på gatan. Den viftade på svansen och gnydde förnöjt. Damen böjde sig ned och lossade kopplet.

"Man får egentligen inte ha hundar lösa här men Fiffi springer ingenstans, det vet jag."

Hunden sprang glatt iväg till närmaste träd och lyfte på benet.

"Jaha, så han går och funderar på vad han ska bli när han blir stor."

Hon skrattade åt sitt lilla skämt, och det gjorde Bengt också.

"Säj mej, vad gör Eric då? Bor han kvar i stan?" fortsatte hon.

"Nej, han flyttade till USA för många år sedan. Han höll på med datorer han också. Först. Men blev sedan pilot. Nu har han pension"

"Jaså, minsann. Pilot det kunde jag inte tänka mej. Säj hur många år äldre än Bengt är han? Kommer inte ihåg."

Bengt tänkte att hon ändå har bra minne, måste vara en bra bit över åttio.

"Han är fyra år äldre än jag", svarade han.

Han undrade för sig själv om Helena Lundmark var änka. Han hann knappt tänka tanken färdigt förrän hon sade att hennes man dog för tio år sedan.

"Lever era föräldrar då?"

"Nej", svarade Bengt utan att specificera.

De gick runt i parken och pratade om hur det var då, när han bodde där som pojke. När hon började gå tillbaka mot bostaden sade Bengt att han var tvungen att säga adjö.

"Jag förstår. Tack för sällskapet. Kom förbi någon gång."

"Tack gärna", svarade Bengt.

Sedan gick han upp till Långholmsgatan för att ta tunnelbanan hem.

***

När han kom hem gick han igenom posten som låg på golvet vid ytterdörren i trerummaren. Inte mycket av intresse, konstaterade han snabbt, mest reklam som vanligt. Sedan han sålt företaget kom det inte så mycket kuvertpost. Inte alls lika mycket mejl heller för den delen. Han påminde sig själv om att han inte ringt till brodern i USA på ganska länge. Bengt brukade ringa sin bror på kvällen svensk tid, så att han inte skulle väcka honom ifall han sov länge på förmiddagen. Han sov längre nu det senaste halvåret sedan cancern förvärrats.

Bengt lyfte av den trådlösa telefonen från laddaren och satte sig på sängkanten efter att ha slagit numret till Eric i Milwaukee. Det ringde minst sex signalen men inget svar. Han gick ut i köket, tog ut en öl ur kylen och satte sig sedan i vardagsrumssoffan. Ingen idé att slå på teven då det ändå bara är skit

101

de visar, tänkte han, och slog på teven för att bekräfta sin teori. En såpopera på en kanal, en dålig romantisk komedi på en annan, en ännu sämre romantisk komedi på en tredje, och så vidare. Han suckade och slog av teven och satte på Beethovens nia på stereon i stället, vred upp volymen nästan så högt att grannarna hade rätt att klaga och sjönk sedan åter ned i soffan med ölglaset fortfarande i handen. Så satt han och lyssnade en lång stund, djupt försjunken i tankar tills telefonens ringsignal ryckte upp honom.

"Andersson!"

"Det är Mary", sade en röst på engelska.

Det var Erics fru och han hörde direkt på tonfallet vad det var frågan om.

"Bengt jag är ledsen, din bror har dött", fortsatte hon.

Trots att han egentligen var förberedd på att det snart skulle hända visste han inte vad han skulle säg. Det blev bara: "Mary vad kan jag göra för dej?"

"Inget just nu. Men om du kan komma hit ett par dagar före begravningen skulle jag bli mycket tacksam."

"Givetvis Mary. När är begravningen?"

"Om tio dagar."

"Jag kan vara där om en vecka om det blir bra?"

"Perfekt. Tack."

"Jag ringer så fort jag bokat flyget."

"Jag är så tacksam Bengt. Adjö."

Han tänkte på att brodern och Mary inte hade några barn och det kanske just därför var ännu viktigare att han flög över och var hos broderns änka några dagar. Bengt visste att de så gärna hade velat ha barn men att de inte kunde få några av någon anledning, Eric hade aldrig sagt varför.

Han funderade på Eric och Marys långa äktenskap och på hans eget med Siv. Ett betydligt kortare. En vinglig flygning som slutade med en kraschlandning efter bara tre år. Sedan ensamheten utan några kontakter alls med Siv, förutom de första veckorna med formaliteterna kring skilsmässan. Efter tre månader bytte han bostad för att lättare kunna glömma de tre åren med henne.

Ett år senare fick han ett tillfälligt jobb på en tidning. Han hade tidigare fått några artiklar publicerade. En av redaktörerna, som kände Bengt sedan dess, kontaktade honom och frågade om han inte kunde tänka sig att ta ett sommarvikariat. Det var inom samma ämnesområde, kriminaljournalistik, som hans tidigare artiklar publicerats. Han var då utan arbete sedan några veckor och gick omkring och funderade på att starta det dataföretag som blev verklighet lite senare. Det blev mer än bara ett sommarvikariat; han blev kvar ett år. Under den tiden lärde Bengt sig en hel del om journalistik.

När Bengt suttit nästan en timme framför datorn fann han att det fanns två vettiga möjligheter att flyga till Milwaukee i Wisconsin. Antingen med SAS till Chicago och sedan ta en buss därifrån till Oak Creek i södra förorterna av Milwaukee, där broderns och Marys bostad låg. Eller så kunde han ta vilket flyg som helst från Arlanda till New York och sedan vidare med inrikesflyg till Milwaukee.

Efter att ha gått igenom priser, rutter och avgångar beslöt han sig för det sista alternativet, att flyga via New York. Han bokade en plats på Continentals flyg från Stockholm till New York den tredje oktober och vidare till Milwaukee samma dag. Återresan bokade han in den åttonde oktober, men på en öppen biljett så att han kunde ändra ifall han skulle behöva stanna några dagar till.

Wisconsin, Oktober 2002

Frånsett krångliga och tidsödande kontroller på Newarks flygplats utanför New York hade allt gått bra. Han hade haft nästan tre timmar på sig för att byta till inrikesflyg. Gott om tid (efter kontrollerna) att gå runt och titta i butikerna, ta en öl och äta en flottig hamburgare, samtidigt som han betrakta stressade resenärer rusa förbi. Jaha, då är man tillbaka i USA igen, tänkte Bengt. Det var inte första gången han var på väg till sin brors hemstad.

103

Några timmar senare tittade han ut genom kabinfönstret på Lake Michigans blyfärgade vatten när planet sänkte sig ned mot Milwaukee. Fasten Seat Belt - skylten hade tänts några minuter tidigare och piloten på Uniteds flight till Wisconsins största stad hade meddelat att det regnade och var bara tio grader varmt denna höstdag. När han satt där och nästan tryckte näsan mot kabinfönstret och såg det grå vattnet på sjön, vågorna och regnet kom han plötsligt att tänka på en melodi som den kanadensiske folksångaren Gordon Lightfoot sjöng. Sången handlade om fartyget Edmund Fitzgerald som gick under i en storm med hela besättningen och allt utanför Wisconsins kust 1975. En av världshistoriens mest omtalade fartygskatastrofer. Undrar om det var en sån här dag det hände, tänkte Bengt. Sedan kom han på att det inte var i Lake Michigan som fartyget gått under utan i den nordligare Lake Superior, men ändå utanför Wisconsins kust ville han minnas.

Nu hade regnvattnet format mängder med vågräta rännilar på kabinfönstret vid hans sittplats så att sikten nästan var obefintlig. Samtidigt skrek hjulen till vid markkontakten och han befann sig i Wisconsin igen. Passagerarna nästan hängde i säkerhetsbältena vid inbromsningen när piloten reverserade motorerna kraftigt för att kunna svänga in på taxibanan direkt utan att behöva vända planet. Det där måste ge några extra poäng bland piloterna, att på vissa flygplatser där taxibanorna låg så till att det kunde vara svårt att hinna bromsa in kärran i tid, att där klara konststycket att ändå kunna bromsa i tid och svänga in direkt på taxibanan, tänkte Bengt.

Milwaukees flygplats bar namnet General Mitchell International Airport. General Mitchell anses som grundaren av USA:s flygvapen. Bengt hade alltid undrat om det var en slump att hans bror som stridspilot just bosatt sig nära den där flygplatsen. Han hade aldrig frågat Eric om detta, och nu var det för sent.

Väl utanför flygterminalens byggnad kände han att det verkligen var höst i Wisconsin. Det kändes som om det bara var ett par plusgrader och inte tio som piloten sagt. Men det berodde nog på den kalla råa vinden från sjön, trodde Bengt. Han beslöt sig för att ta en taxi till Oak Creek. Det fanns andra, billigare sätt att ta sig dit men han hade ingen lust att vänta på någon buss i kylan.

Taxichauffören visade sig vara av den pratsamma typen. Först frågade han Bengt var han kom ifrån. När Bengt svarade Sverige tänkte chauffören några sekunder och svarade sedan stolt att det är det där lilla landet som ligger mitt i Europa och tillverkar så bra klockor.

"Nej det är Schweiz ni menar", sade Bengt. "Sverige ligger i norra Europa, i Skandinavien."

"Jaha, vikingar."

"Just det, vikingar."

När detta blev klargjort frågade taxichauffören om det var första gången han besökte Milwaukee. Det var det ju inte. På frågan vad han skulle göra denna gång i Milwaukee blev svaret att han skulle besöka sin bror; en halvsanning i varje fall, tänkte Bengt.

Det tog inte så många minuter att ta sig till huset i Oak Creek. Han betalade chauffören vad taxametern stod på, plus dricks. Denne såg glad ut och tackade, vilket tydde på att Bengt hade betalat lite mer dricks än vad som var vanligt i trakten.

När han stod framför ytterdörren och skulle ringa på insåg han att han inte tänkt på vad han skulle säga till sin brors nyblivna änka. Men nu var det inte tid att tänka på det.

Han tryckte två gånger på knappen till ringklockan. Bredvid knappen fanns en skylt med efternamnet Anderson ingraverat och Bengt hann under några korta sekunder komma ihåg när han fick första brevet från brodern sedan han flyttat till USA. Som avsändare stod det Eric Anderson. Han hade börjat stava efternamnet med ett s redan från början i det nya landet. En indikation på att han nog tänkte stanna där för resten av sitt liv, hade Bengt tänkt då och fått rätt.

Mary öppnade efter bara några sekunder, som om hon hört taxin komma. Det första han gjorde var att ge henne en kram och sedan beklaga vad som hänt.

105

"Tack för att du kunde komma." Hon snyftade lite och ursäktade sig med att hon så fort hon sett Bengt där ute hade börjat tänka på när de alla tre suttit i vardagsrummet och pratat vid hans sista besök, för inte så länge sedan.

Hon visade in honom i huset, först till hallen för att han skulle kunna hänga av sig den lätt blöta jackan och vidare ut i köket där hon frågade om han ville ha en drink att värma sig med. Det ville han. Det blev en whisky on the rocks och hon hällde upp en till sig själv också.

"Det blir snart mat. Den där köttstuvningen du tyckte var så god sist du var här. När Eric fyllde år. Kommer du ihåg?"

"Givetvis Mary."

Nu log hon och tårarna hade slutat att rinna på kinderna.

"Skål Bengt. Vi kan sätta oss några minuter i vardagsrummet innan jag går ut i köket och värmer stuvningen."

Vardagsrummet var stort och rymligt. Det var också smakfullt möblerat i gammaldags stil utan att vara så där överdrivet utsmyckat som han sett i en del andra hem i Amerika. Kanske Eric hade haft vårt barndomshem i minnet när de möblerat, tänkte Bengt. Deras far och mor hade smak för inredning och även om lägenheten på Söder varit mycket mindre än Eric och Marys villa så fanns det en del som påminde om vardagsrummet där.

"Det gick fort med Eric."

"Egentligen inte. Han låg bortom medvetande i flera veckor. Men jag ville inte kontakta dej och oroa i onödan."

"Det hade inte gjort något Mary. Men jag anade något när vi talades vid per telefon för några veckor sedan och du sa att Eric var på sjukhuset igen. Du lät dej inte riktigt lik."

"Jag har fått stöd från våra vänner och min syster. Flygvapnet har också hört av sig. Men det känns ändå som det största stödet är att du kunde komma. Trots att ni sågs bara då och då så är nog du den person som kände honom bäst ... förutom jag kanske."

"Vi växte upp tillsammans och jag tror jag blev minst lika ledsen som våra föräldrar när han lämnade Sverige."

"Jo, det har jag förstått." En tyst paus och Mary meddelade att hon skulle gå ut i köket och ordna med maten. "Sitt kvar här och drick klart din drink i lugn och ro. Jag säjer till när maten är klar." Bengt satt kvar i soffan och smuttade på whiskyn samtidigt som han betraktade några bilder på en av väggarna. De hade hängt där vid alla hans tidigare besök hos brodern, men nu när Eric inte fanns längre kändes fotografierna annorlunda. Ett föreställde Eric stående vid sitt flygplan på basen i Thailand för nästan trettiofem år sedan. En annan från samma tid visade Eric bland ett gäng, som Bengt antog, var andra piloter på basen. På det tredje fotografiet stod hans bror bredvid en man i kakikläder och med en keps på huvudet. Mannen såg väldigt amerikansk ut. Att döma av bakgrunden var fotot definitivt taget någonstans i Sydostasien. Något sa Bengt att det var i Laos och att mannen som stod bredvid brodern var någon av de beryktade CIA cheferna där nere under Indokinakriget. Bengt hade aldrig frågat sin bror om bilderna. Kanske han skulle fråga Mary.

Stuvningen var minst lika god som förra gången och Mary såg nöjd ut när han påpekade det. Efter middagen satte de sig åter i vardagsrummet och pratade om de mer praktiska sakerna nu efter Erics bortgång. Dels var det bra för Mary att distrahera sig lite och dels behövde hon lite råd, insåg hennes svåger.

De pratade om tider som flytt, om Bengts tidigare besök i Milwaukee och om Erics fåtal resor till Sverige sedan han flyttat till USA.

"Du vet ju att de som hade varit och krigat i Vietnam inte togs emot som några hjältar här hemma om man så säjer. Och jag tror att Eric misstänkte att det kanske var ännu värre att komma till Sverige om man var bosatt i USA och dessutom Vietnamveteran. Speciellt efter den ståndpunkt som Sveriges regering hade intagit mot kriget och den antiamerikanska stämningen som rådde där."

"Jo, han sa så till mej första gången han besökte Sverige, fem år efter kriget."

107

"Han försökte trösta sig med att han aldrig bombade något, varken skolor eller militära mål, utan bara fotograferade. Men jag sa att han ändå hjälpt till med bombningen. Att han fotograferade målen åt bombflygarna. Det var inte samma sak som att bomba sa han då. Jag lät honom tro att det var så. Men han insisterade på att han hade gjort en insats för att stoppa kommunismen att sprida sig i Sydostasien. Sedan att vi amerikaner inte vann kriget var inte hans fel framhöll han ofta."

"Det bästa hade kanske varit om han aldrig utbildat sig till pilot utan bara fortsatt som datatekniker inom flygvapnet", lade Mary till.

"Kanske det. Men man vet inte." Bengt såg väldigt eftertänksam ut när han sade detta.

Mary bytte samtalsämne.

"Eric pratade flera gånger under sina sista veckor om att han skulle vilja resa på den svenska landsbygden igen för att se de gamla vita kyrkorna och de röda stugorna med vita hörn. Jag har aldrig förstått det där med röda stugor. Charmen med det. När vi var i Sverige för fem år sedan såg jag många röda stugor, men att det hade en sån stor betydelse för er svenskar, nästan som en nationalsymbol, det förstod jag först när Eric bara hade en kort tid kvar att leva och pratade om röda stugor titt som tätt."

De satt tysta ett par minuter och begrundade det de just talat om. Sedan bytte Mary samtalsämne igen.

"Jag tänker sälja huset."

"Varför det?"

"Jag vill inte bo kvar här ensam."

"Vart skall du då flytta?"

"Vet inte riktigt, men kanske till Minnesota där jag föddes."

Bengt satt tyst en stund och begrundade detta.

"Det kanske blir bra för dej", var allt han kom på att säga.

Fast han egentligen ville övertala henne att stanna så att han kunde komma och hälsa på i Milwaukee och minnas brodern på ett helt annat sätt än han skulle kunna om Mary bodde någon annanstans.

***

Så fortsatte de första två dagarna med mycket prat om det som varit. Men också med praktiska bestyr, såsom att gå igenom dokument och annat. Vad kunde slängas av papper och av prylar som Eric samlat på sig under åren och vad skulle sparas. De rena juridiska processerna skötte en jurist som Mary och Eric fått hjälp av tidigare. Dock mycket dyr, tyckte Bengt (men det här var ju USA och inte Sverige). Mary lagade maten med Bengts assistans. En gång stod Bengt för hela matlagningen och då blev det *swedish cuisine*. En gång åt de ute på en liten restaurang som låg några kvarter från bostaden. När de gick förbi ett av grannhusen längre ned på gatan frågade Bengt om den norskättade äldre mannen som han talade med sist han var på besök bodde kvar.

"Ja, han bor kvar med sin fru och sina två hundar om du minns. Och den svenskättade familjen du talade med för ganska många år sedan, tre hus längre bort, bor också kvar."

"Verkar finnas ganska många med nordisk bakgrund här i Oak Creek."

"Vet inte hur många, men det finns några. Vet du om att det bor ganska många människor från Laos här i Wisconsin. Från hmongfolket som flydde från landet när kommunistgerillan tog makten nittonhundrasjuttiofem. De slogs på USA:s sida under kriget och kunde inte stanna kvar då de blev förföljda. Jag tror det finns uppåt fyrtiotusen av dem här nu."

Bengt hade hört talas om att många hmong flydde till Staterna, men visste inte att det fanns så många av dem i hans brors hemstat.

***

På tredje dagen var begravningen. Ceremonin genomfördes i en liten luthersk kyrka i Milwaukee. Eric hade varit den lutheranska kyrkan trogen sedan han flyttat till USA. Hemma i Sverige hade han inte brytt sig så mycket om religionen. Men kanske det var ett sätt att ha någon slags anknytning till Sverige kvar, trodde Bengt. Eller möjligen hade han skrivit in sig i församlingen bara för att Mary tillhörde den.

109

Allt hade ordnats väl av begravningsbyrån. Från själva begravningsakten till dekorationer, kistan och mötet efteråt på en liten restaurang i närheten. Allt hade varit mycket enkelt med amerikanska mått mätt. Inget överdådigt prål. Prästen var ganska ung och trevlig, tyckte Bengt. Han fick också tillfälle att träffa några av Marys släktingar som han inte sett på flera år, samt några som han aldrig träffat förut. Likaså fick han skaka hand och växla några ord med ett par av Eriks vänner från flyvapnet som Bengt träffat för sådär fem-sex år sedan under en bjudning hemma hos Mary och Erik. Förutom dessa två flygarkompisar hade en högre officer klädd i uniform (Bengt kunde inte avgöra vilken grad han hade) hållit ett vackert tal om Eriks insatser, inte bara i Vietnam utan också innan och efter denna kommendering.

Mary grät sig igenom ceremonin i kyrkan. Hon såg mycket nedstämd ut. Bengt och Marys syster satt på varsin sida om henne och tröstade. Hon ryckte upp sig när själva jordfästningen skedde.

Efter kaffet på den lilla restaurangen tog alla avsked utom systern som följde med hem. Systern stannade till dagen efter då hon tog ett tåg tillbaka till Minnesota där hon bodde.

De återstående två dagarna gick fort. Återresan var ju bokad till den åttonde oktober. Han och Mary hade diskuterat om han skulle ändra bokningen och stanna några dagar till, men kommit till slutsatsen att det inte var nödvändigt då en stor del av arbetet med genomgång av dokument och annat var klart.

Planet till New York skulle lyfta ganska tidigt på morgonen. Kvällen innan hade de talat om nästa besök Bengt skulle göra. Också om möjligheten att Mary skulle kunna komma över till Sverige för att få lite omväxling. Det var strax efter det samtalet som Mary sade att Eric hade lämnat ett USB-minne som var viktigt att Bengt skulle få. Innehållet var låst med en kod. Koden skulle Bengt komma på om han tänkte på namnet på helgdagen då de två bröderna var små och cyklade tillsammans ned till Långholmen (fast hon sade Langholmen). Bengt

110

kom ihåg att de begrundat fångvaktaren som suttit i kuren på fängelsemuren och som hade vinkat åt dem.

"Det var mycket viktigt att du tog USB-minnet och läste i lugn och ro hemma sa Eric för en månad sedan. Han kände nog att han inte skulle leva så länge till." "Jaha", var allt Bengt kom på att säga, konfunderad som han blev av vad hon sagt. Han grubblade på vilken helg det var de hade cyklat till Långholmen. Han kom i varje fall ihåg att solen sken och det var varmt, så det måste ha varit på sommarhalvåret eller på våren. När han kom hem till Stockholm skulle han prova med några namn på helgdagar som infaller under de årstiderna.

***

Flygresan till New York, eller rättare sagt Newark, gick utan problem. Den här gången hade han mindre tid för bytet, men behövde inte gå igenom samma rigorösa kontroller som på ditresan. Han hann ledigt med att köpa en flaska fin Cognac i en av taxfreebutikerna. "Skuttet" över Atlanten gick också som en dans. Han sov under minst halva resan så det kändes som om den inte hade varat mycket längre än resan från Milwaukee till Newark.

Stockholm, Oktober 2002

Väl hemma i sin lilla trerumslägenhet fick han kliva över en hög med post som låg innanför ytterdörren. Dock mestadels reklam kom han underfund med, när han väl fått tid att titta igenom allt. Han satte sig vid köksfönstret, tittade ut på ett minst lika trist väder som det var när han landade i Milwaukee, ringde en kompis och aviserade att han var tillbaka i Sverige. Kompisen tyckte de skulle träffas på kvarterspuben dagen efter och att han över en kall öl skulle få höra Bengt berätta om resan. Bengt samtyckte.

111

Efter att ha packat upp resväskan, duschat och satt sig i vardagsrummet med USB-minnet i handen tänkte han att det nog kunde vänta att se efter vad det innehöll. Han hade ju gott om tid då han inte behövde gå till ett jobb i morgon. Men sedan tog nyfikenheten överhand och han startade upp sin stora fasta dator på det som fungerat som kontor när han hade haft sin datorfirma. Medan den brummade igång funderade han på det där med koden och någon helg då det kunde ha varit ganska varmt. Kanske påsk, pingst eller Kristi himmelsfärdsdag, eller möjligen hade det varit midsommar. Nej, midsommar hade det nog inte varit då familjen alltid brukade fira den helgen ute på morbror Johannes sommarställe i skärgården. Inte heller trodde han det kunde ha varit påsk då det sällan var så varmt under den högtiden som han ville minnas att det varit den där dagen då det cyklat till Långholmen. Han satte in USB-minnet i datorn och ett meddelande kom snart upp som bad om en kod. Han knappade in ordet *Pingst,* men då kom ett *Fel kod* meddelande upp. Han knappade då in orden *Kristi Himmelsfardsdag*, och si nu öppnades minnet upp. Det fanns bara ett enda stort dokument där.

Först stod där en hälsning till Bengt: "När du läser det här, käre broder, vandrar jag inte längre på Jorden." Sedan lite om hur fint de hade haft det när de var små och bodde på Söder i Stockholm, och därefter som tonårsgrabbar. Han läste snabbt igenom sidan som var en nostalgisk återblick till tiden i Stockholm. Därefter, på sidan två, började en lång berättelse om tiden då brodern varit stationerad i Sydostasien. När Bengt kom till dagen då Eric blivit nedskjuten började han läsa sakta och noggrant. Han hade tidigare under åren fått bitar av vad som hade hänt när brodern tog sig till Laos och tiden där. Men bara några bitar, inget sammanhängande. Mest korta episoder såsom: "Du skulle varit med på L'Imprevu, tio cent för drink och tre för en öl", eller "Du skulle ha sett lastbilen och killarna jag åkte med. Inte precis ett lyxfordon och inte precis några mönstersoldater."

112

Här i den nedskrivna berättelsen var tonen en helt annan och beskrivningarna mycket mer detaljrika. När han kom till den delen som berörde attacken i byn Ban Lan, uppe i norra Laos, saktade Bengt läsandet ytterligare, och tittade bort från datorn då och då för att fundera över vad han läste. Brodern hade omsorgsfullt beskrivit hela händelseförloppet, från det att de landat utanför byn till att de blivit upplockade av en av Air Americas helikoptrar. Det som Bengt fastnade vid var hur brodern sett CIA-piloten Ben rusa in i skogen bakom byn, in bland bambusnåren, med en metallcylinder i handen och lite senare blivit buren ut från skogen, död på en bår och fram till det sönderskjutna planet. Metallcylindern hade inte funnits varken på liket, på båren eller på någon av de två bybor som burit båren. Eric hade också frågat laoterna om de sett en cirka tjugo centimeter lång metallcylinder som Ben haft i handen strax innan han blev skjuten. Men de hade bara skakat på huvudena och sett ytterst frågande ut, påpekade Eric i texten.

Sedan gick berättelsen vidare tills han återkommit i tjänst i Udorn, och vidare tills han kommit hem till USA igen, och hur Mary och han gifte sig. Det som hände därefter, att Eric fick ett nytt jobb inom flygvapnet strax efter hemkomsten etcetera, var redan väl känt för Bengt.

Sist i dokumentet skrev brodern att han var ganska säker på att cylindern innehållit något värdefullt, kanske guld eller ädelstenar som av någon anledning skulle ha lämnats i byn.

Om du har möjlighet att åka ned till Laos, besöka Ban Lan och på något vis försöka ta reda på vart cylindern tog vägen, och kanske hitta den, så gör det. Jag tror han gömde den därinne i bambuskogen någonstans. Det finns en kille som heter Fwam som bodde i Ban Lan när attacken skedde. Numera bor han i Vientiane. Jag hade lite kontakt med honom flera år efter det att jag lämnat Laos och har via en annan laot fått reda på att han lär finnas kvar i Vientiane. Han borde vara omkring femtiofem år nu. Mycket hjälpsam. Fråga efter Fwam på hotell Gold. Den kontakten återknöt jag under mitt besök i Thailand 2001, om du minns? Kunde ju inte åka in i Laos då och besöka Ban Lan som du kanske förstår. Jag skulle bli mycket nöjd om du kunde resa ned dit och ta reda på det där om cylindern.

"Mycket nöjd. Hur då?", tänkte Bengt.

Han gick fram till bokhyllan i vardagsrummet där cognacflaskan han köpt på flygplatsen i Newark stod, hällde upp ett generöst tilltaget mått av drycken i ett glas, satte sig i soffan och tänkte igenom broderns ord från andra sidan graven. Medan han smuttade på den dyrbara drycken funderade han på vad det egentligen var frågan om. Att hans bror bara ville att han skulle åka ner för att se vad cylindern innehöll verkade ganska långsökt. Vad i helsike låg bakom det här! Första tanken var att det skulle vara vansinne att åka ned dit och leta efter en cylinder. Sedan tänkte att det var något som han nästan var tvungen att göra eftersom det var broderns sista önskan riktad mot honom. Dessutom blev han tvungen att erkänna att en stark nyfiken hade börjat växa inom honom.

Så det stora tvivlet gick snart över i en blandning pliktkänsla och nyfikenhet. Han hade ju både tid och pengar att genomföra resan dit ner. Efter att han svept sista klunken av cognacen sade han till sig själv: "Nu Bengt skall du ut på ditt livs resa!"

Han satte sig omedelbart ned vid datorn för att hitta flyg till Laos. Eftersom han aldrig hade varit i landet tidigare hade han inte en aning om vilka flygbolag som flög på Vientiane. Han hade varit på semester en gång i Thailand tio år tidigare och då hade han köpt en charterresa och inte behövt bry sig om att boka flyg separat.

Han knappade in *flyg till Vientiane* och fick snabbt upp på skärmen att det gick ett flyg från Stockholm till Bangkok med Thai International och vidare ett annat flyg med samma bolag till Laos huvudstad. När han bestämt sig för flygbolag gällde det att hitta en avresedag. Han bestämde att redan flyga ned en vecka senare. Svårare var att veta hur länge han behövde stanna. Så bäst var att köpa en biljett med öppen returresa. Han gick genast till verket och bokade biljetterna.

114

Veckan fram till avresan behövde han för att ordna med en del administrativa ärenden rörande företaget han nyligen sålt, samt hälsa på en gammal moster i Falun som han inte besökt på ett tag. Han brukade åka dit upp tre fyra gånger om året. Så behövde han också läsa in sig på Laos. Bland annat landets historia, inte minst om landets roll under Vietnamkriget och vad som hänt därefter. Kriget hade han läst och hört om ganska mycket, bland annat genom brodern. Men vad hade hänt sedan krigsslutet? Hur såg det politiska och ekonomiska landskapet ut? Och hur tar man sig runt i landet? Ytterligare en sak kom farande i hans tankar: visum! Till Thailand behövdes inget visum det visste han, men hur var det med Laos? Mycket att tänka på, konstaterade han och började googla på *Laos*. Det verkade som om att man kunde få ett visa gällande i trettio dagar med multipel ut- och inresetillstånd. Han kontaktade det Laotiska konsulatet för att få information om hur han kunde ordna det.

***

Thai Internationals avgång från Arlanda var nästan punktlig. Eftersom han ville ha en biljett med öppen retur hade det inte varit så stor skillnad i pris mellan ekonomiklass och businessklass, så han hade valt det sista. Nu satt han där bekvämt tillbakalutad i den breda flygstolen och tittade ut genom kabinfönstret medan planet började närma sig marschhöjd. Han tänkte på mostern som han besökt tre dagar tidigare. Hon hade sett mycket gammal ut och hade haft svårt att komma ihåg vissa händelser som hon vid tidigare besök hade mints klart. Men när flygvärdinnan kom och tog upp beställningar på drinkar glömde han snart mostern i Falun. Istället började han fundera (för hundrade gången) på vad som egentligen låg bakom allt det där som broder Eric hade skrivit i dokumentet.

När flygvärdinnan ställde ned den gin och tonic han beställt glömde han också bort dokumentet och ägnade tiden åt ett allmänt filosoferande medan han försökte se marken långt där nere någonstans. Men moder Jord var helt draperad av ett vitt molntäcke. Han somnade snart. Men vaknade efter en halvtimme av att flygvärdinnan (en annan den här gången) frågade vad han ville ha för dricka till middagen. Han tog rött vin. Maten var utsökt och likaså vinet. Efter måltiden somnade han om och drömde att han som barn gick på en gata i Sverige, troligen i Stockholm, medan det regnade och med brodern, tätt bakom sig, gnällande över hur blöt han blev. Sedan vaknade han igen. Belysningen i kabinen var kraftigt dämpad och han satt länge med tankarna på brodern, Laos, kriget och metallcylindern.

Bangkok, Oktober 2002

När planet tog mark på Don Mueang International Airport i Bangkok var han vaken, men kände sig inte utvilad. Proceduren att komma igenom flygplatsen gick snabbare än han kom ihåg från förra gången. Till sin förvåning hade han fått se sin väska komma ut på bandet bland de fem första; annars brukar den komma bland de fem sista. Passkontrollen gick snabbt och snart stod han utanför flygplatsbyggnaden och tittade efter en taxi som såg hyfsad ut. Det tog två minuter att hittade en. Han hade bokat rum på ett hotell på Sukhumvit road mitt inne centrum och det tog över en timme att ta sig dit. Egentligen skulle han ha kunnat vänta på flygplatsen några timmar och flugit vidare till Vientiane, men han ville se lite av Bangkok och hade därför bokat två nätter på hotellet. Vilket innebar att han skulle få en och en halv dag i jättestaden.

Hotellet hade fyra stjärnor och var riktigt bra, tyckte Bengt. Men det var ett livligt område med restauranger, barer och nattklubbar. Och gott om sådana såg han att det fanns då han gick ut från hotellet och letade efter ett ställe att äta middag på. Han hittade en restaurang som serverade mat från olika delar av Fjärran Östern. Soppan från Korea var stark som batterisyra. Ett par Singha öl hjälpte att få bort den brinnande känslan i munnen. Den thailändska huvudrätten var dock mer i hans smak.

Efter restaurangbesöket gick han runt i de närmaste kvarteren. Discomusik skrålade från lite varstans och neonljusen blinkade och lockade överallt. Turister i olika åldrar, och från alla världens hörn, flanerade runt och letade efter något att spendera pengar på. Fast egentligen behövde de inte leta, det fanns massor med ställen som inte ville något annat än att få turister att bränna av reskassan så fort som möjligt. Bengt ledsnade snabbt på glittret och sorlet och gick tillbaka till hotellet. Väl inne på sitt rum lade han sig i den breda sängen och trött som han var efter resan somnade han inom några minuter till det sövande, svaga brummandet från luftkonditioneringen. Ljuden från nattlivet där nere på gatan trängde igenom dämpat men bekom honom intet.

**

Klockan nio på morgonen satt han och åt frukost på hotellets restaurang på femte våningen. Det regnade utanför och han kände sig surrig i huvudet efter tidsomställningens sex timmar. Han hade insett att Bangkok inte var hans stil, inte ett ställe för honom att tillbringa en semester på. Bra att jag inte bokade för att stanna mer en två nätter här, tänkte han. Vid förra besöket i landet hade han bara bytt plan i Bangkok och flugit vidare till en liten turistort på en ö i södra delen av landet.

Dagen tillbringade han med att gå runt och titta på gatuförsäljningen och att besöka butiker. Det mesta av utbudet såg ut att vara billiga kopior på kända europeiska kläder, klockor och annat. När han vid sjutiden på kvällen återvände till hotellet gick han omedelbart till baren och tog en kall öl. Sedan åt han thailändskt till kvällsmat på hotellrestaurangen på femte våningen. Hyfsat, tyckte han och gav lite extra i dricks innan han gick till rummet och slog på teven för att se engelskspråkiga nyheter (CNN och BBC). Planet till Vientiane skulle gå tio på morgonen och eftersom han var tvungen att vara på flygplatsen två timmar i förväg behövde han lämna hotellet före sju. Han ringde till receptionen och beställde en taxi till

117

sex och trettio för säkerhets skull. Sedan ställde han mobiltelefonen på ringning och lade sig för att sova. Ljudet från en ilsket skällande hund hördes svagt från gatan, men även denna andra kväll i Bangkok brummade luftkonditionering honom till sömns.

***

Planet till Vientiane var försenat nästan en timme. Bengt fördrev tiden genom att promenera omkring på flygplatsen och titta i butikerna. Tiden gick fort och snart satt han i business class på väg mot ett land han aldrig varit i tidigare. När de efter ungefär en timmes flygning gick ned för landning på Wattay Airport regnade det. Regnperioden var inne på sina sista dagar så Bengt hade räknat med att det inte skulle bli så mycket mer än en och annan kortare skur då och då.

Vientiane, Oktober 2002

Flygplatsen i Vientiane gick inte att jämföra med den i Bangkok, varken byggnaden eller banorna kom i närheten av storleken på Don Mueang Airport. Den gav intryck av att vara mer av en småstadsflygplats än en internationell sådan. Bengt gillade den. Betydligt mer avstressad än någon huvudstads flygplats han varit på tidigare.

Han tog en taxi direkt till hotellet. Så fort Bengt hade satt sig i baksätet hade han stuckit åt chauffören en papperslapp med hotellets namn på, skrivet både med latinska bokstäver och laotiska. Men det visade sig att det egentligen inte hade behövts då chauffören kunde prata lite engelska. Framme vid hotellet betalade han med laotiska kip som han växlat in på flygplatsen i Bangkok. Att döma av vad taxiresan kostar verkar det vara ett billigt land, tänkte Bengt, när han klev ut ur bilen och tittade upp mot det vita tvåvåningshotell han bokat rum på hemifrån. Byggnaden, i fransk kolonialstil, såg mycket välvårdad ut. I trädgården vid sidan av huvudbyggnaden växte prydligt skötta buskar och blommor. Han tyckte också att han skymtade några mangoträd längre in.

Det visade sig att hotellet var lika välvårdat inuti som utanpå, och rummet såg mycket bra ut. Han sträckte ut sig diagonalt i den breda sängen. När han låg där och tittade upp i taket började han fundera på vad han verkligen gett sig in i. Vad skulle första steget bli? Hur skulle han ta sig till byn Ban Lan? Efter ett par minuters funderande beslöt han att börja med att fråga i hotellets reception om de kunde tipsa om hur man tog sig dit upp, till byn.

Den unga damen i receptionen som han frågade visste inte var byn låg. Hon lyfte en telefonlur och efter ett ögonblick kom en medelålders man ut från ett utrymme bakom receptionen. Hon sade något på laotiska, varav Bengt endast uppfattade orden Ban Lan. Mannen tittade på Bengt, log och sade (på bra engelska):

"Ban Lan ligger långt norrut inte långt från gränsen till Kina, sir. Jag tror att det bästa sättet att ta sig dit är att flyga till Phongsali och sedan hitta en taxichaufför som kan ta er till byn. Tror inte att jag kan rekommendera er att ta en lokal buss."

Han tog fram en karta och pekade ut vad Ban Lan låg. Det såg avlägset ut, tyckte Bengt.

"Får jag fråga vad ni skall göra i en så undanskymd by som Ban Lan?"

Egentligen inte, tänkte Bengt, men svarade att han skulle hälsa på en person som kände hans bror som dog förra månaden.

"Jag beklagar, sir." Han såg verkligen ut som han var ledsen för att Bengts bror dött.

"När tänker ni resa dit, sir?"

"Har bokat tre nätter här så jag stannar till onsdag."

"Det går inte flyg varje dag dit upp. Jag kan kolla upp när det går om ni vill. Jag kan också boka biljetten åt er, om ni vill det."

"Tack. Först vill jag se vilka dagar flyget går."

"Givetvis, jag återkommer så fort jag fått uppgifter."

"Det var vänligt. Jag tar en promenad och tittar lite på stan så kanske ni har informationen när jag kommer tillbaka."

När han vandrade runt i staden tänkte han att här gick min bror för trettiofem år sedan. Undrar vad han tänkte på då: att han klarat sig från att dö när han blev nedskjuten, att han också hade klarat sig från fångenskap? Längtade han efter att få flyga igen, längtade han till sitt hem i USA, eller längtade han tillbaka till Sverige och Stockholm kanske?

När han betraktade pagoden Pha That Luang, Laos national-symbol från 200-talet, beläget mitt inne i staden vid en öppen plats med bulevarder på båda sidor om en liten vacker park, förstod han djupet i detta lands historia; att kolonialtiden och Indokinakriget egentligen bara var korta ögonblick under historiens gång. Och det kriget deltog min bror i, tänkte han.

Tillbaka på hotellet fick han besked att det faktiskt gick ett flyg till Phongsali på onsdagar. Fast egentligen ligger flyg-platsen fyrtio kilometer från Phongsali, i Boun Neua, förkla-rade receptionisten. Han bad denne att boka en biljett med detsamma. På kvällen åt han middag på den lilla restaurangen på hotellet. Utbudet på menyn var inte stort men det blev ändå en mycket fin middag. Han drack en stor öl till maten. Ölen tillsammans med tidsomställningen, som fortfarande efter tre dagar surrade i huvudet, gjorde att han bestämde sig för att krypa till kojs tidigt.

***

Följande dag på eftermiddagen, strax efter det att han återvänt till hotellrummet efter en rundtur i staden, ringde receptionis-ten upp och sade att en person väntade på honom nere i lob-byn. Bengt undrade om det var den där personen från Ban Lan som hans bror skrivit om i dokumentet han fick av Mary. Han var på sista trappsteget ner mot lobbyn när en äldre man gick fram mot honom. Mannen var kort till växten, till och med för att vara laot. Han hade centralasiatiska drag och Bengt antog att han var från något bergsfolk, kanske hmong, gissade han.

Mannen bar en oklanderligt vit skjorta, något skrynkliga grå byxor och välputsade svarta skor.

"Herr Bengt Anderson förmodar jag. Mitt namn är Fang Tsai", sade han på en formell skolengelska och skakade hand med Bengt. Denne förstod då att det inte var samma person som hans bror nämnt. Mannen fortsatte: "Välkommen till Vientiane. Hoppas ni haft en intressant dag".

"Tack. Vad kan jag stå till tjänst med."

"Jag har något viktigt att säja er, sir. Kan vi gå ut och ta en öl tillsammans på något ställe där vi kan prata ostört?"

"Visst. Det finns ett litet ställe ett kvarter nedför gatan. Blir det bra?"

"Det stället känner jag till, det blir utmärkt, sir. Vi går direkt om ni inte har något emot det."

När de satt sig vid ett bord i ena hörnet av den lilla lokalen och beställt varsin öl av kyparen, började mannen direkt att förklara att han tillhörde hmongfolket och att han kom från Ban Lan, men numera bodde i huvudstaden.

"Jag träffade er bror som hastigast den där ödesdigra dagen nittonhundrasextiosju. Dagen då vår by blev attackerad." Han kisade mot Bengt som om han väntade sig en kommentar.

"Jag har förstått att ni inte är Fwam. Min bror uppgav honom som en person som jag skulle kunna få hjälp av här i Laos?"

"Nej. Olyckligtvis dog han för sex månader sedan. Jag vet att er bror hade vissa kontakter med herr Fwam fram till för ett par år sedan."

Han förklarade inte vad Fwam dött av eller hur han dött.

"Men han, ja Fwam alltså, var en bra människa. Han hade sitt hus bredvid mitt i Ban Lan. Men nog om det. Jag skulle kunna hjälpa er istället om ni skall dit upp. Med kontakter menar jag. Hörde att ni tänkte resa dit. Stämmer det?"

Bengt undrade från vem mannen hört att han skulle till Ban Lan, och hur mannen visste att han var här i Vientiane och på det här hotellet. Han började bli på sin vakt och insåg att han behövde pumpa mannen som satt framför honom på mer information om vem han var och vad han egentligen ville. Men denne hann före med en fråga.

"Varför vill ni besöka min hemby?"

Redan innan han lämnade Sverige hade Bengt funderat ut vad han skulle svara om någon frågade varför han rest till Laos. "Min bror talade ofta om den där dagen i Ban Lan. Så ofta att jag gärna skulle vilja besöka byn. Men jag har inte kommit hit bara för att besöka er hemby. Jag har kommit hit för att jag också vill se det land som min bror berättade så mycket om. Jag har varit i Thailand tidigare men aldrig i Laos. Aldrig på den här sidan Mekongfloden så att säga. Av vad jag sett hittills verkar det vara ett trevligt land."

"Om ni skall resa till byn kan jag ordna så att ni får sova över där. Jag kan kontakta en pålitlig person. Jag kan tyvärr inte följa med er dit då jag har mitt arbete att sköta här i Vientiane."

"Får jag fråga vad ni jobbar med?"

"Jag har min egen business. Jag importerar varor från Thailand och Kina."

Det lät som om det inte var meningen att Bengt skulle fråga vad det var mannen importerade, så han lät frågan han haft på läpparna stanna där. Istället sade han: "Jag flyger till Phongsali på onsdag. Man har sagt mej att det bästa är att ta en taxi direkt från flygplatsen i Boun Neua."

"Det stämmer. Bussarna däruppe är inte de bästa." Tsai skrattade till. Det var första gången som Bengt sett mannen visa en glad min sedan de träffats på hotellet. "När ni kommer till byn skall ni fråga efter Va Leej. Alla vet vem han är. Han kommer att hjälpa er runt i byn, att hitta en plats att sova på och annat viktigt."

"Talar han engelska?"

"Ja. Det är därför han kan hjälpa er. Det finns bara ett par personer till i byn som kan någon engelska och de kan mycket lite. Va Leej kan lika mycket som jag. Men han var inte med när attacken skedde den där dagen." Tsai tittade sig försiktigt om i lokalen, sänkte rösten något och fortsatte."Han var aldrig

122

inblandad i något samarbete med amerikanarna, eller något annat som regeringen ogillar. Därför är det inget problem att ta hjälp av honom."

"Varför gör ni det här för mej? Varför hjälper ni mej med mitt besök i er hemby? Och hur visste ni att jag var här i Vientiane?"

Tsai tittade Bengt i ögonen några sekunder innan han svarade.

"Jag börjar med den sista frågan. Min kusin jobbar på hotellet ni bor på här i Vientiane. Han nämnde för mej att en svensk ville åka till Ban Lan. Lite ovanligt för en vanlig turist, så jag tänkte på er bror, att han sagt till Fwam att han en dag skulle återvända till Laos för att besöka Ban Lan. Jag trodde att det var er bror som kommit. Och varför jag hjälper er trots att ni inte är Eric?"

Åter tittade han sig omkring och sänkte rösten ytterligare.

"Er bror var en god människa som stödde folk från vår by som flytt till USA efter det att kommunistgerillan segrat och bildat regering. Han hjälpte dem med en del pengar så att de kunde etablera sej där borta."

"Det visste jag inte."

"En annan kusin. Jag har många kusiner", Tsai log en gång till och fortsatte: "berättade det för mej när han varit i Thailand för många år sedan och besökte släktingar där. Tror det var nittonhundraåttiofem. Tio år efter det att Pathet Lao segrat. Förstår ni nu varför jag vill hjälpa er?"

"Ja, nu förstår jag."

"Jag kontaktar Ban Lan så fort som möjligt, så man kan förbereda ert besök."

"Tack."

Tsai reste sig upp och tog Bengt i handen.

"Jag är glad att ni, Erics bror, vill resa dit upp och hälsa på. Och ni kommer att förstå hur tacksamma många är i byn för den hjälp Eric gett deras släktingar i USA. Tack vare att de kunde starta ett nytt liv där och börja arbeta har många kunnat skicka hem pengar till sina familjer i byn. Jag kontaktar Va Leej i morgon. God natt, herr Andersson."

123

"Tack och god natt, herr Tsai."

På kvällen gick Bengt ned till Mekongfloden som flöt bara några kvarter från hotellet. Han stod länge och betraktade solnedgången som lyste röd mot det virvlande gulgrumliga vattnet. Hon kommer att flyta långsammare om ett par, tre månader då monsunperioden definitivt är över och inget regn fyller på, tänkte han.

Dagen efter vaknade han tidigt. Han började sakteligen hämta in tidsskillnaden och den där surrande känslan han hade haft i huvudet sedan han landat i Bangkok var nästan helt borta nu. Det första han gjorde var att ta en promenad ned till Mekong och åter titta på det gulgrumliga vattnets färd från Tibets snöklädda berg, långt, långt norrut, till Sydkinesiska sjön i sydöst. Han visste inte om han misstog sig, men han tyckte floden flöt något lugnare idag. Efter att ha betraktat scenen i några minuter gick han tillbaka till hotellet för att äta frukost.

"Hoppas ni hade en trevlig dag igår herr Andersson", sade kyparen då han några minuter senare serverade Bengt kaffe och rostat bröd.

"Mycket trevlig dag, tack", svarade Bengt och undrade om det var denne man som var kusin till Tsai och berättat om svensken som skulle till Ban Lan. Antagligen inte, det var nog någon som jobbade i receptionen som informerat om honom, slöt han sig till.

När han precis avslutat frukosten kom en av personalen fram till hans bord och meddelade att en kvinna som väntade i foajén ville tala med honom. Bengt gick ut och såg omedelbart att det förutom personalen endast fanns en person där, en kvinna i medelåldern som stod lite vid sidan om receptionsdisken. Hon var lite slarvigt klädd, mycket kort, mörk hy och med samma centralasiatiska drag som Tsai. Hon tittade nervöst mot trappan upp till andra våningen och växelvis mot entrén, men inte mot matsalen som Bengt kom ut från. När hon fick syn på honom gick hon några steg framåt och nästan viskade på en knackig engelska.

124

"Ni är herr Andersson antar jag?"

"Det stämmer. Vad kan jag stå till tjänst med?"

"Kan vi sätta oss där borta i hörnet?"

Hon pekade mot två fåtöljer som stod i ena hörnet fyra-fem meter från receptionsdisken. När de satt sig tog hon till orda med mycket låg röst. Det var knappt som Bengt hörde vad hon sa.

"Jag vet ni tänka resa till Ban Lan i övermorgon. Men innan måste ni åka över till Nong Khai i Thailand. En person där vill prata med er. Mycket viktigt herr Andersson. Det inte ta lång tid att åka dit. Bussar går hela tiden. Jag kan visa var. Snälla åk idag."

"Men varför? Och vem är det som det är så viktigt att jag träffar?"

"Här herr Andersson. Hon skrev ett meddelande jag lämnar till er."

Kvinnan räckte över ett litet kuvert. Bengt öppnade det direkt och läste snabbt igenom vad som där stod på perfekt engelska.

Till herr Bengt Andersson,

Mitt namn är Lorene. Jag är släkt med er bror Eric. Det är mycket viktigt att vi får tala med varandra innan ni åker till Ban Lan. Var snäll och kom till följande adress i Nong Khai:

Därefter följde en adress skriven först med latinska bokstäver och sedan, med vad Bengt antog, thailändska bokstäver. Nu kommer den där känslan av en blandning av tvivel, undran och nyfikenhet igen, tänkte han. Till kvinnan sade han att han skulle åka över till Thailand om några timmar. För åter var det nyfikenheten som vann av Bengts känslor. Speciellt var det nog det där med att "Jag är släkt med er bror Eric" som fällde avgörandet. Vadå släkt med Eric? Då måste hon ju också vara släkt med mej! Hans nyfikenhet ökade ju mer han tänkte på detta.

Nong Khai, Thailand, Oktober 2002

Klockan elva på förmiddagen satt han på en buss på väg över Vänskapens Bro, som förbinder Laos med Thailand, och såg åter Mekongs vatten flyta och virvla. Kvinnan, som hette Lee visade det sig, hade hållit sitt löfte och följt med till bussterminalen för att visa var bussarna till Nong Khai gick. Hon var märkbart lättad att han hade följt uppmaningen och åkt för att träffa denna Lorene. Och Bengt började åter undra vad han gett sig in på. Resan tog drygt två timmar. När han kom fram till busstationen i den thailändska staden tog han en taxi till den adress som stod i meddelandet han fått av Lee. Porten där numret till huset syntes otydligt ovanför ledde till ett slitet hyreskomplex. Det såg ut som lägre medelklass, tyckte Bengt. Åtminstone vad han kunde uppskatta var lägre medelklasstil i Thailand. Enligt beskrivningen skulle det vara lägenhet nummer 215, som alltså låg på andra våningen. Han hittade lägenheten nästan direkt när han gått de två ostädade trapporna som ledde till andra våningen. En katt jamade någonstans, en man som lät arg pratade högt i lägenheten bredvid och musik skrålade från våningen ovanför, samtidigt som en het vind virvlade upp damm från gatan (det hade inte regnat på hela dagen). Han hittade ingen knapp till någon ringklocka så han knackade på dörren. En kvinna ropade något på thailändska inifrån lägenheten. Antagligen "jag kommer strax", tänkte Bengt. Och det dröjde någon minut innan dörren öppnades. En kvinna i trettiofemårsåldern, ganska lång, med ett ansikte som skvallrade om en blandning av asiatiskt och västerländskt ursprung, klädd i jeans och en vit blus, stod några sekunder i dörröppningen och betraktade Bengt.

"Bengt Andersson antar jag", sade hon på en mycket bra engelska, men med den där typiska brytningen folk i norra Sydostasien har.

Bengt hann inte mer än nicka innan hon sade: "Stig in." och visade med handen in mot lägenheten. "Jag heter Lorene som du såg i mitt meddelande", fortsatte hon.

Bostaden var liten. Köket var inte mer än ett pentry och vardagsrummet i storlek med ett normalstort svenskt sovrum. En dörr som var stängd ledde till vad Bengt antog var sovrummet och en annan, smalare dörr som stod på glänt, ledde till ett duschrum (Bengt såg det genom dörrspringan). Vardagsrummet var sparsamt möblerat, ett bord med två stolar, en tvåsitssoffa vid ena väggen och en liten bokhylla fastskruvad en och en halv meter upp på väggen ovanför. Det stod ett tjugotal böcker på de två hyllorna; Bengt kunde inte läsa någon av titlarna från där han klev in i rummet. Inga fotografier fanns i rummet. Bengt undrade om hon inte hade en pojkvän. Kanske det fanns ett foto på honom i sovrummet i så fall, tänkte han.

"Varsågod, sitt ner." Hon visade mot en av stolarna. "Vill du ha något att dricka?"

"Tack gärna."

Hon gick ut i pentryt och tog fram en tillbringare med något som hon hällde i två dricksglas. Sedan gick hon och ställde båda glasen på bordet i vardagsrummet.

"Lemonad", sade hon förklarande. Bengt hade visserligen räknat med en kall öl men lemonaden smakade bra och släckte törsten han fått under de stekheta timmarna på väg från Vientiane.

"Du är förstås nyfiken på varför jag ville träffa dej innan du gav dej upp till Ban Lan."

"Ja, det måste jag erkänna."

"Vet inte hur jag skall börja. Det är så mycket att berätta. Men om jag börjar rakt på sak. Du är bror till Eric Andersson. Och då är du min farbror."

Bengt nästan studsade till vid denna plötsliga upplysning.

"Så du menar att Eric har haft en dotter här under alla dessa år?"

"Ja, det menar jag och det är jag."

127

Hon reste på sig och gick mot pentryt, men vände sig om i öppningen och föreslog att Bengt skulle ta en drink medan hon berättade.

"Tack, det är precis vad jag behöver nu."

"En kall gin och tonic. Blir det bra?"

"Utmärkt, tack."

Två minuter senare stod ett glas med drinken och med isbitar som svagt klirrade mot glaskanten. Hon hade inte blandat någon till sig själv. Han tog en försiktig smutt och sade: "Smakar förträffligt. Berätta din historia nu."

Hon log lite och Bengt såg att hon var mycket vacker. Det är den där blandningen av europé och asiat som gör det, tänkte han.

"Min mor var hmong och hette Kham. Hon hade en väninna i Vientiane och bodde nära henne under flera år då kriget pågick. Väninnans man var belgare. Hon, väninnan alltså, var egentligen gift med en laotisk officer. Men han hade försvunnit under kriget och var inte dödförklarad, så belgaren och hon kunde inte ingå äktenskap officiellt. Men sånt var man inte så noga med under den röra som rådde under kriget."

"Ursäkta. Får jag avbryta dej och fråga en sak. Du sa att din mor *var* hmong. Lever hon inte längre?"

"Nej. Hon dog för tre år sedan."

"Jag beklagar detta."

Hon fortsatte sin berättelse utan att kommentera Bengts beklagan.

"Hon kom från en liten by i norra delen av landet. Men inte från Ban Lan. När hennes by blev attackerad flera gånger i bråk med grannbyar om opiumodlingen och sedan av Pathet Lao flydde hon till huvudstaden. Hon försörjde sej genom att ta lite olika arbeten som dök upp. Till exempel jobbade hon som städerska hos rika laoter och utlänningar. Hon var även barnflicka ibland åt samma kategori av människor. Det var hos sin väninna hon var i april 1967 när hon träffade Eric, min blivande far, som då några veckor tidigare blivit nedskjuten över Nordvietnam och bodde tillfälligt hos väninnan och Pierre. De hade ett kort förhållande innan han blev tvungen att återvända till sin bas i Udorn. Frukten av denna korta förbindelse är jag. Vad jag vet har din bror aldrig varit tillbaka till Laos. Han skickade inte ens något brev till min mor. Däremot skrev hon ett brev till honom strax efter det han kommit tillbaka till Udorn och berättade att hon var gravid. Så han borde ha vetat att han hade ett barn i Laos."

"Hur hamnade du här? I Nong Khai menar jag."

"Det är en ganska lång historia och jag kommer till det. Jag var bara sju år när Pathet Lao tog makten i landet och bildade regering. Min mor tog mej med och flyttade tillbaka till sin hemby i norra Laos. Vi bodde där några år men livet blev inte lätt. Svårt att hitta försörjning och den nya regeringen såg med misstro på hmongfolket generellt eftersom flera hade krigat mot Pathet Lao. Många gav sej av från Laos. Samtidigt var jag, hennes barn, inte en riktig hmong. Så efter tre år flyttade vi tillbaka till Vientiane. Mor fortsatte med ströjobb och lyckades försörja oss två tills jag var fjorton då hon hade problem att få jobb. Hon beslöt då att det vore bäst för mej att flytta till Thailand. Hon hade en släkting i Bangkok som lovade att ta hand om mej och försöka skaffa mej ett jobb där. Jag blev både glad och ledsen. Ledsen för att lämna min mor och samtidigt glad att få lämna Laos."

"Varför var du glad att få lämna ditt land?"

"Jag fick ständigt höra att hmong hade förrått vårt land genom att slåss på amerikanarnas sida under kriget. Dessutom hade min far varit en amerikansk stridspilot. Något som hade spridits utanför hmongkolonin i Vientiane. Samtidigt, när vi var tillsammans med andra hmong, kände jag att jag inte riktigt tillhörde dom heller."

"Det måste varit en mycket hård tid för dej."

"Det var det och just i de yngre tonåren är det svårt ändå att hitta sin identitet. Nu blev det mycket värre. Hursomhelst, mor satte mej på en buss till Bangkok. När jag kom fram stod min släkting där i bussterminalen och väntade. Jag fick ett dåligt intryck av honom från första början. Det var något falskt med honom. Jag kände att jag inte skulle kunna stanna där i hans lilla lägenhet någon längre tid. Men han sa att han hade ordnat ett jobb åt mej och att vi redan dagen efter skulle åka dit och presentera mej. Det var frågan om att arbeta i en bar och hjälpa till med städning och diverse andra saker. Stället låg i ett område som inte skulle kallats för trevligt och säkert, om du förstår." "Jag förstår", sade Bengt och tog en smutt av sin gin och tonic.

"Så fort jag blivit presenterad för en man och en kvinna, vilka jag antog var ägarna till stället, sa min släkting adjö och försvann. Då började jag ana oråd. Första dagen fick jag verkligen hjälpa till med diverse sysslor i baren och på kvällen visade de mej ett litet utrymme under en trapp där jag skulle sova på en smutsig madrass på golvet. När jag frågade när min släkting skulle komma och hämta mej svarade de 'i morgon'."

"Det var dagen efter, när jag skickades att städa bakom rummet där baren låg, som jag förstod att verksamheten var något mycket mer än bara en bar. Där bakom fanns något som i det närmaste liknade ett hotell. En korridor med flera små rum på bägge sidor där män och lättklädda flickor gick ut och in. Och när ägarinnan sa att jag skulle hjälpa bargästerna när de ville gå till något av rummen förstod jag hela vidden av min situation; min släkting hade sålt mej till en bordell."

Bengt blev tvungen att ta en rejäl klunk av sin drink och kom sig inte för att säga mer än: "Det menar du verkligen inte!"

"Jo, det menar jag. För så var det."

Bengt kände sig lite dum. Det hade inte varit meningen att det skulle låta som om han tvivlade på hennes berättelse. Hon fortsatte.

"Men för att korta ned min historia lite. Första dagarna hittade jag på undanflykter för att slippa gå med någon bargäst till något av rummen där bakom. Men jag förstod att i längden skulle jag inte komma undan. Därför insåg jag att jag måste rymma så fort som möjligt. På fjärde dagen, när jag var i baren och putsade glas fick jag min chans. Både ägaren och ägarinnan var i korridoren bakom baren eftersom ett bråk hade uppstått mellan en gäst och en av flickorna. Jag rusade ut på gatan och sprang tre kvarter så fort jag kunde. Sedan minskade jag farten eftersom att spring fort bara drog till sig uppmärksamhet. Jag hade ingen aning om var jag var, men hade av en av bargästerna fått reda på var närmaste pagoden med ett nunnekloster låg. Jag hade namnet på pagoden uppskrivet på en papperslapp som jag visade för en gatuförsäljerska som såg vänlig ut. Hon förklarade att det var sex-sju kvarter dit. Jag fortsatte småspringande i riktningen hon pekat ut. Men snart ansåg jag att jag var förföljd av två män. Jag vek hastigt av in på en liten sidogata där jag hittade ett hus på pålar som jag kunde gömma mej under. Hur som helst, jag tog mej fram till pagoden och blev omhändertagen av nunnorna. De lät mej stanna en vecka. Sedan skickade de mej med buss hit till Nong Khai. De gav mej adressen till ett kloster här och ett rekommendationsbrev. Jag bodde en månad i klostret. Under tiden skaffade jag mej ett jobb som butiksbiträde."

"Men var och när lärde du dej så bra engelska?" Bengt kunde inte låta bli att ställa frågan.

"Först lärde jag mej grunderna när mor och jag bodde i Vientiane. Sedan när jag kom hit och fick det där jobbet som butiksbiträde lyckades spara ihop så mycket pengar att jag kunde ta en kvällskurs. Jag fick några tillfällen att praktisera språket när utlänningar kom till affären där jag jobbade. Då beslöt jag mej för att ta fler kurser och bli tolk. Sedan dess har jag haft både tolkjobb och översättningsjobb. Nu försörjer jag mej bara på det. Ger inte massor med pengar men jag klarar mej ganska bra."

"Tänker du inte flytta tillbaka till Laos?"

"Jag skulle kanske kunna tänka mej att göra det men jag har kvar intrycken från mina år där med propagandan mot oss hmong som de som slogs med fienden. Men också det där att jag bland hmong inte räknas som en riktig hmong har gjort att jag tvekar. Kanske längre fram, om några år, om situationen ändras. Men nu lever inte mor och jag har inga släktingar där som jag kan lita på."

131

"Okey, jag förstår. Men vad var det du ville säja mej om Ban Lan. För det var väl så att det var därför du ville att jag skulle komma hit till Nong Khai innan jag åkte till byn."

"Ja, för att berätta min historia och ge dej lite information om vad jag hört om Ban Lan och vad som hände där när din bror var där i maj nittonhundrasextiosju."

"Hur kan du veta vad som hände där uppe?"

"Eric berättade för min mor som berättade det för mej. Jag antar att du hört en del om händelsen."

"Ja. Min bror beskrev den för mej muntligen några gånger och sedan i ett skriftligt dokument. Men jag tycker att det finns en del otydligheter i hans beskrivning så det skulle vara bra om du kunde ge mej versionen som du hört från din mor."

"Visst. Som du vet kom han till Ban Lan med tre piloter från Air America i ett transportflygplan. Officiellt skulle de leverera några säckar med ris. Men din bror trodde att det också var något annat de skulle uträtta där. Något som de inte sa till honom vad det var. Han berättade för min mor att just när anfallet mot byn började såg han en av piloterna komma springandes med en metallcylinder i ena handen. Piloten sprang in ibland bambusnåren och träden bakom byn. Nästa gång din bror såg piloten bars han ut från skogen på en bår. Han var då skjuten till döds. Eric frågade de två byborna som bar honom om de sett en metallcylinder. Men de hade stått helt frågande."

Hon tog en paus och gick till pentryt och hämtade en cocacola från kylen. Sedan satte hon sig igen och fortsatte sin berättelse.

"Det var så att flera av byborna och de två överlevande CIA-piloterna hade sagt att det var Pathet Lao som anfallit. Men när din bror var tillbaka i Vientiane hävdade belgaren han bodde hos att det var general Va Zebs soldater som anfallit byn som en hämnd för att de vägrat leverera unga män till hans armé. Belgaren hade fått säker information om detta sa han."

"Men varför skulle de anfalla när piloter från Air America var där? De var ju deras allierade."

132

"De visste inte om att Air America var där. När Va Zebs soldater såg planet avbröt de anfallet och drog därifrån. Det var kanske det som räddade din bror. Man vet inte."

"Men har du inte hört några teorier om vad den andra anledningen var att de överhuvudtaget flög upp till Ban Lan? Jag menar förutom att leverera ris."

"Jo, det viskades om att det hade nått med opiumproduktionen att göra. Men mer en så har i varje fall inte jag hört. Inte heller hade min mor det. Samtidigt pratade din bror om att det där med metallcylindern kunde vara något viktigt. Du får pejla försiktigt när du kommer dit och letar efter den."

"Jag kan ju inte kliva omkring i byn och leta efter en metallcylinder som försvann för trettiofem år sedan. Hur skulle det se ut om jag, en främling som inte talar laotiska, börjar vända på stenar och annat för att hitta den där cylindern. Dessutom ligger den antagligen inte kvar. Någon borde ju ha hittat den under alla år som gått."

"Varför reste du då till Laos?"

"För att det där med att försöka hitta metallcylindern var min brors, din fars, sista önskan till mej. Han skrev det i dokumentet jag fick på USB-minnet. Men egentligen, det måste jag erkänna, var det minst lika mycket av nyfikenhet på det land som Eric talade så mycket om, men endast tillbringat några veckor i."

Hon kommenterade inte Bengts svar.

"Jag kan ge dej en säker kontakt för att få några tips om vad du kan göra och hur du skall uppträda där uppe i byn. Det är en gammal man som ursprungligen kommer från Ban Lan, men på grund av vissa politiska problem har han inte varit där på många år. Jag tror faktiskt att han lämnade byn bara några dagar efter det att din bror varit där och flydde till Vientiane där han fortfarande bor. Han är mycket pålitlig och har fortlöpande information om vad som händer där uppe."

Bengt tittade på klockan varefter han tittade mot fönstret och konstaterade att det börjat regna där ute.

"Jag förstår att du måste åka tillbaka till Vientiane snart eftersom du skall resa till Ban Lan i morgon bitti."

133

Bengt svarade inte Lorene om detta, i stället berättade han om mannen som sökt upp honom på hotellet dagen innan. "I går kom en man som presenterade sej som Tsai till mitt hotell. Han ville förmedla en kontakt i Ban Lan. Någon som hette Va Leej. Har du hört talas om honom?" Hon tänkte efter några sekunder och skakade sedan sakta på huvudet. "Varken om honom eller den där Tsai. Var försiktig Bengt. Det är inte säkert att en sådan person är ute efter att hjälpa dej. Han kanske är ute efter något helt annat. Sådant där med att ens by blivit anfallen brukar sitt djupt hos invånarna. Även om det var trettiofem år sedan det hände. Och det där med att en mystisk metallcylinder förekommit kanske har kommit ut bland folk, vem vet."

"Jag lovar, jag ska vara försiktig."

Han tog ytterligare en smutt av sin drink, lyssnade några sekunder till regnet som nu börjat störta ned utanför, och fortsatte samtalet.

"Jag hoppas du inte tar illa upp om jag frågar om du inte någon gång funderade på hur din far var och om du ibland inte hade lust att söka upp honom i Staterna."

"Oh ja. Många gånger. Men eftersom jag visste att han var gift och kanske hade barn där tvekade jag. Om jag dykt upp kanske jag skulle ha förstört hans äktenskap. Jag har ju aldrig fått reda på om jag har några halvsyskon i Amerika. Dessutom, vem skulle ha betalat flygbiljetten? Jag har aldrig haft gott om pengar"

"Det kan jag säja dej att några halvsyskon har du inte där. Eric och Mary, hans fru, kunde inte få barn."

"Det visste jag inte och inte min mor heller. Då skulle hon nog ha berättat det."

Bengt tittade åter på klockan och sa att han tyvärr måste gå, men lovade att kontakta henne efter besöket i Ban Lan. Han fick hennes telefonnummer, varefter han reste på sig och gick mot ytterdörren. Hon följde med, sköt ifrån regeln och vände sig sedan mot honom.

"Lova att vara försiktig och lova att höra av dig så fort du är tillbaka i Vientiane om du kan, annars hoppas jag att du kommer över hit till Nong Khai och rapporterar." Hon log och öppnade dörren.
"Visst jag lovar. Tack för all information. Jag känner mej verkligen omtumlad efter att fått veta att min bror hade en dotter här."

Ösregnet hade gått över i ett stilla duggregn. Långt bortåt horisonten låg en strimma av blå himmel och väntade på att regnet skulle upphöra. Bengt klev på i den ångande värmen. Det var egentligen ett lagom gångavstånd till bussterminalen, så han tog ingen taxi. Han behövde de minuterna det tog att promenera dit för att tänka, eller rättare sagt för att blåsa ut alla tankar som virvlade runt i hjärnan. När han kom fram var det bara några minuter kvar till nästa avgång mot Vientiane, och snart satt han där igen och tittade ut över Mekongfloden från en buss på Vänskapens Bro, men denna gång i motsatt riktning. Medan han tittade ut genom bussfönstret funderade han över om Lorene inte hade några vänner. Hon hade i varje fall inte nämnt några namn eller talat om några bekanta. Var hon verkligen helt ensam i denna värld? Hon en ung, vacker och begåvad kvinna utan vänner. Han drog slutsatsen att det inte kunde vara möjligt.

Norra Laos, Oktober 2002

Bengt tittade ut genom kabinfönstret och skymtade då och då mellan molnen ett skrynklat landskap där nere. Mycket berg och mycket grönt. Planet, ett ganska litet sådant, tog kanske fyrtio-femtio passagerare uppskattade han. En helt annan flygupplevelse än sträckan Stockholm Bangkok och resan från Bangkok till Vientiane för den delen. På grund av det mycket kuperade landskapet och den tropiska väderleken hade det varit turbulens till och från sedan de lättat från Wattay Airport i Vientiane. Bredvid sig hade han en något äldre

135

dam som att döma av klädedräkten såg ut att tillhöra något bergsfolk. Hon såg vettskrämd ut varje gång planet hoppade och skakade och höll krampaktigt i armstöden på flygstolen. Antagligen första gången hon flyger, tänkte Bengt.

Sedan började han åter fundera över ett meddelande han fått av receptionisten på hotell tidigt på morgonen, strax innan han bordat taxin som tog honom till flygplatsen. Receptionisten hade lämnat över ett kuvert utan frimärken och sagt att en man hade lämnat det kvällen innan. Men han som hade haft nattskiftet i receptionen hade inte velat ringa och väcka Bengt då det var mycket sent på kvällen. Han hade istället tyckt att det räckte om Bengt skulle få det tidigt morgonen efter. På Bengts fråga om receptionisten hade känt igen mannen svarade han nekande. Senare, när Bengt satt och väntade på flygplatsen på den försenade avgången, öppnade han kuvertet. Det var ett kort handskrivet meddelande på halvbra engelska. "I bambuskogen norr om byn finns ett gammalt trasigt stenhuvud av Buddha. Känn under det." Det var allt som stod på papperslappen. Ingen underskrift eller något namn. Men Bengt anade att det kanske var den där gamla mannen som Lorene hade talat om. Bengt hade sökt honom efter återkomsten till Vientiane på telefonnumret han fått av henne, men ingen hade svarat.

Flygplanet kom åter in i ett område med turbulens. Bengt tittade upp i kabintaket och började tänka igenom allt som hänt de senaste dagarna. Inte för att han var flygrädd, men behövde ändå koncentrera sig på något annat än den skakiga flygresan.

När han lämnat Sverige hade han tänkt sig något liknande en lugn semestertur i Laos. Sedan hade flera personen dykt upp som hade sagt att de ville hjälpa honom. De hade kommit med råd och gett namn på kontaktpersoner. Lorene var den han hade fått störst förtroende för. Men sedan tänkte han att hela hennes historia kanske var uppdiktad, hon kanske inte alls är min brors dotter. Han hade ju egentligen inga bevis för något. Den som han var mest skeptisk till var Tsai, mannen som hade sökt upp honom på hotellet, och nämnt den där Va

Leej i byn Ban Lan som en bra kontakt. Varför skulle Tsai egentligen hjälpa honom och hur hade han fått reda på att han var i Laos och att han bodde just på det hotellet? Han hade ju inte heller några bevis för det där som Tsai berättade om Erics stöd till byborna som flytt till USA. Brodern hade inte nämnt något om det. Och den person som lämnat det anonyma meddelandet i receptionen visste han inget alls om.

Mitt under sitt grubblande över vad han egentligen hade gett sig in i annonserade piloten att de snart skulle landa i Phongsali Boun Neua Airport och att de skulle vara vänliga att ta på sig säkerhetsbältena. Landningen blev lika skakig som luftfärden. När de taxat in mot flygplatsbyggnaden såg Bengt genom kabinfönstret en föga imponerande terminal, inte mycket mer än en busshållplats, men det var ungefär vad han väntat sig. Det visade sig sedan att det var en kombinerad flyg- och bussterminal.

Ute ur planet gick han först mot terminalbyggnaden, men fick sedan se att bredvid en buss några meter längre bort stod det ett par taxibilar parkerade. Han gick dit och förklarade för en av chaufförerna att han ville ta sig till Ban Lan. Denne kunde bara några få ord engelska visade det sig, men han förstod ändå att Bengt ville till Ban Lan. Chauffören visade upp sina tio fingrar tre gånger och uttalade sedan ordet "kilomét", samtidigt pekade han västerut. Bengt förstod då att Ban Lan låg trettio kilometer därifrån.

Om flygresan varit skakig fortsatte resan på marken nästan lika skakig då vägen inte var i bästa skick. Mörkgröna, skogsklädda bergssluttningar med insprängda gulbruna rektanglar av risodlingar syntes från bilens sidofönster så snart de kört några kilometer. Chauffören körde långsamt, dels för att det var gott om hål i vägbanan, men också för att det gick folk på båda sidor om den smala vägen. Bengt såg människor klädda i mörkblå och svarta kläder med band och tofsar i olika skarpa färger. Kvinnor med olika huvudbonader. Han förstod att detta var bergsfolk. Det han inte visste var att de tillhörde flera olika etniska grupper, såsom Lulu, Hmong, Lolo, Akha och ett flertal andra. När de åkte förbi några små byar, där

137

låga trähus kantade vägen, trängde lukten av vedeldning in genom de öppna sidofönstren på bilen. Ibland så stickande att det kittlade i Bengts näsa. Vattenbufflar gick makligt över vägen, kastande med huvudena fram och tillbaka så att de stora hornen nästan rispade lacken på taxins framstänkskärmar. Oftast med en ung pojke eller flicka, antingen ridande eller gående bakom, sjasande på djuret. I Sydostasien är det barn och gamlingar som har ansvaret för att valla bufflarna. Människor på cykel vinkade ibland åt främlingen i taxin. Andra stirrade bara nyfiket. Kanske inte så ofta de ser en västerlänning i så här avlägsna trakter, tänkte Bengt.

Tre mil tar inte så lång tid att tillryggalägga med bil i Sverige men här tog det nästan en och en halv timme. När taxin till slut svängde in på infartsvägen till Ban Lan var det som om Bengt nästan kände igen byn trots att han bara såg en liten del av den från där taxin stannat. Det var som om han hade varit där förut. Det berodde nog mest på broderns detaljerade beskrivning av sitt besök där och de dramatiska händelserna som utspelade sig för trettiofem år sedan, tänkte han. Bengt klev ur taxin och tittade in mot byn där en grupp barn i sju-åttaårsåldern kom springande mot dem. De stojade högt, sprang fram till bilen och började dansa runt den. Men redan efter någon minut dök tre äldre män upp och föste iväg barnen som sprang tillbaka in i byn. En av männen gick fram till Bengt och presenterade sig som Va Leej.

"Min gode vän Tsai meddelade mej att ni skulle besöka vår by och att jag skulle hjälpa er här."

Han talar bra engelska om dock med den där brytningen, så karaktäristisk för thaitalande och tydligen även laoter, tänkte Bengt. Ser ut att vara mellan femtio och femtiofem, slog han fast.

"Tack. Som ni kanske vet var min bror här för många år sedan."

"Ja visst. Men låt mej först hjälpa er till mitt hus där ni skall bo under tiden ni är här. Har ni betalat chauffören? Har ni ert bagage i bilen?"

138

"Jag har en liten väska där och jag har inte betalat honom än."

Bengt gick bort till chauffören, tog upp några sedlar enligt priset de kommit överens om innan de lämnat Boun Neua.

Billigt med svenska mått mätt men antagligen ett kraftigt överpris här, tänkte han och räckte över pengarna till chauffören som log och bockade. Denne gav Bengt väskan som han tagit ut från baksätet. När Bengt tog sin kabinväska och gick efter Va Leej in mot några hus, som låg halvt täckta av träd och bambusnår, var han glad att han lämnat sin resväska på hotellet i Vientiane. Framme vid Leejs hus tittade Bengt på stegen som ledde upp till en öppen veranda. Han undrade hur han skulle klara att klättra upp dit med väskan i handen. Leej uppfattade hans dilemma och ropade till sig en ung pojke som tog hans väska på huvudet och smidigt som en ekorre klättrade upp till huset. Väl uppe i huset förstod Bengt att pojken var en familjemedlem.

"Mitt barnbarn", sade Va Leej med ett stråk av stolthet i rösten.

Bengts värd visade honom ett av tre rum som fanns i det relativt stora huset.

"Det här är ert rum så länge ni är kvar i byn", sade han och log.

"Tack. Jag är mycket tacksam för er gästfrihet."

"Vi här i byn har inte kunnat tacka er bror tillräckligt för det han gjorde för våra vänner som flydde till Amerika. Så nu för vi visa tacksamhet för hans bror istället."

Han log igen och tryckte ena handflatan mot en brits av trä, som stod mitt i rummet, med en filt istället för madrass.

"Hoppas ni kan sova i den här."

"Det blir mycket bra och tack igen."

Bengt tittade ut genom en liten glugg utan glasruta som fungerade som fönster. Han såg några palmer, ett litet bambusnår och lite av ett annat hus några meter bort. Han såg också att himmelen bakom palmerna var svart av regnmoln och han kände lukten av regn som närmade sig.

139

"Vi äter om en liten stund, men först ska jag visa er toaletten och duschen."

Det visade sig att toaletten och duschen var två mycket enkla inrättningar. Duschen bestod av en plastslang kopplad till en rostig rörledning med en duschsil fastsatt på en bräda ett par meter ovanför den som skulle duscha. Toaletten var ett hål i marken bakom ett upphängt tygskynke.

"Inte precis ett lyxhotell", sade Va Leej och såg lite bekymrad ut.

"Inga problem, jag är van vid enkla faciliteter", sade Bengt och log mot sin värd. Bengt tyckte denne såg lättad ut.

En halv timme senare blev Bengt presenterad för frun i huset, en liten kvinna som såg ängslig ut, eller möjligen bara blyg för främlingar. Därefter satte sig alla på kuddar på golvet för att äta middag. Maten var enkel, ris och en välkryddad sås med små köttbitar i. Bengt kunde inte avgöra vad det var för kött och frågade inte heller. Alla åt med pinnar. Som tur var hade Bengt tränat tidigare och kunde bemästra denna ätteknik någorlunda. Men hans värd sneglade på hur han höll pinnarna och var tydligen inte riktigt nöjd eftersom han visade att det var lättare om Bengt höll dem på ett lite annorlunda sätt. Sedan skrattade både Va Leej och hans hustru, som tidigare sett så ängslig ut.

"I morgon skall jag visa er runt i byn. Det är lite sent nu och det blir snart mörkt", sade Va Leej.

"Det blir bra."

När de ätit färdigt visade värden att de två skulle sätta sig på några kuddar som låg i ett hörn av rummet för att dricka te. Där började han konversera med sänkt röstläge. Det är lätt att höra vad grannen säger när väggarna är så tunna som här, tänkte Bengt.

"Jag vill först säja att vi i byn blev mycket ledsna när vi fick veta att Eric dött. Men vi blev glada när vi fick veta att Erics bror skulle komma hit till oss för att hälsa på. Det var en tröst att vi skulle få möjlighet att prata med er och höra mer om er bror."

"Jag är mycket tacksam för att ni tagit emot mej här i byn. Den by som min bror pratade om så många gånger." Sedan berättade Bengt om att hans bror hade varit sjuk länge innan han dog. Han berättade även om broderns fru, deras bostad och arbetet innan han blev pensionär. Va Leej ställde några frågor om Eric som Bengt besvarade. De fortsatte att konversera, men nu var det hans värd som informerade; om byn, om situationen på sextiotalet, kriget och om hur det var i Laos idag. Bengt kunde inte komma underfund med vad Leej egentligen tyckte. Var han besviken på utgången av kriget som ledde till att kommunistgerillan till slut tog regeringsmakten? Hade synen på hmongfolket som fosterlandsförrädare fortsatt från regeringens sida tills idag? Var de förtryckta? Håller han inne med att berätta om vad han egentligen tycker för att han är rädd för att det skulle kunna nå någon av statens informatörer? Här sitter jag på en kudde i en by i ett avlägset hörn av Laos och undrar över detta, filosoferade Bengt. Och jag vet ingenting om mannen jag konverserar med. Ja, egentligen inte om någon i denna by. Jag börjar bli trött, tänkte han vidare. Som om Va Leej kunde läsa hans sista tanke sade denne: "Det börjar bli sent. Ni är säkert trött efter resan och vill gå och lägga er. Jag skall be min fru att ordna med en lampa i ert rum."

Innan Bengt gick in i rummet han hade blivit anvisad tackade han åter sin värd för gästfriheten.

När han släckt lampan låg han en lång stund och funderade innan han kunde somna. Det var många intryck han hade att smälta från dagen som gått. Åter började frågan "vad har jag gett mej in på?", snurra i huvudet. Men till slut somnade han till ljudet av regndroppar mot taket och palmblad som rasslade utanför.

***

Han sov hela natten igenom och vaknade plötsligt när en tupp började gala under huset och en hund att skälla längre bort. Det tog tio sekunder innan han kom ihåg var han befann sig. Det kändes som en dröm första minuten innan han vaknade till ordentlig. Nu började fler hundar att stämma in i kören utanför. Klockan visade på halv sju och himlen ovanför palmer och bambusnår var blygrå. Men det regnade inte och det var säkert över tjugofem grader varmt. Åtminstone kände Bengt det så. Efter ytterligare några minuter knackade Va Leej på dörren och meddelade att frukosten var serverad. "Tack. Kommer så fort jag fått på mej kläderna." De satt på samma kuddar vid samma bord som där de hade ätit kvällsmålet dagen innan. Frun i huset syntes inte till. Inte heller barnbarnet. Hans värd påminde om vad han lovat honom dagen innan, att Leej skulle visa Bengt byn. "Skall bli mycket intressant att se byn och få träffa byborna", svarade Bengt.

En kvart senare gick de på en av de stigar som löpte kors och tvärs genom Ban Lan. Det slog Bengt att den bitvis täta vegetationen i byn i kombination med en ganska kuperad terräng gjorde att man bara såg högst två eller tre hus på samma gång från en viss punkt. Han tänkte på broderns beskrivningar av händelserna där för trettiofem år sedan. Nu började han förstå hur anfallet mot byn kunde pågå så länge innan de attackerande såg att ett flygplan stod borta på landningsbanan, samt att det fanns utlänningar i byn och avbröt stridigheterna. "Åt vilket håll ligger landningsbanan?" frågade Bengt som en direkt fortsättning på sina funderingar. "Den *låg* där borta, nedanför berget ni ser härifrån. Nu är den helt överväxt. Det var ju CIA som anlade den enbart för att kunna nå byn med transportplanen. Ingen hade intresse av att underhålla den när kriget tagit slut. Nu ska vi gå bort till det där huset och hälsa på byäldsten." Va Leej pekade mot ett hus som liksom många i byn stod på pålar. Men taket var inte av plåt, som på majoriteten av husen, utan lagt med gräs. Det var ett vackert hus byggt i mörkt trä och med en stor veranda framför. Pålarna som höll huset och verandan uppe var närmare en halv meter i diameter och över två meter höga. Några storväxta träd nästan hängde över taket med sina kronor och bakom dem växte bambu som en liten ogenomtränglig skog. Här bor han som bestämmer i byn, tänkte Bengt.

"Vi går upp". Han väntar oss", sade Va Leej och pekade med handen mot en enkel, brant trappa som ledde upp till huset.

Bengt gick försiktigt steg för steg som om han väntade sig att trappan skulle rasa ihop när han klev på den. Och den var vinglig. När han väl var uppe på verandan kom en gammal man med ett brunbränt rynkigt ansikte och skakade hand med dem båda. Han visade att de skulle sätta sig på verandans bambugolv. Det var rent och sken gult i morgonsolen.

"Herr Lee förstår inte engelska så jag får översätta."

Bengt nickade till svar.

"Lee är äldst i byn och vår traditionelle ledare."

Därefter hälsade byäldsten Bengt mycket välkommen till Ban Lan. När Va Leej översatte tackade Bengt för gästfriheten. Därpå följde ett ömsesidigt artighetsutbyte. En äldre dam, som blev presenterad som Lees fru, kom ut på verandan och serverade te. Sedan sänkte Lee rösten något och talade flera minuter. Va Leej översatte.

"Jag var här den där dagen för trettiofem år sedan. När byn blev attackerad. Det blev kalabalik och många dödade. Jag träffade inte er bror i röran. Men jag vet att er bror långt efteråt hjälpte flera av byborna när de flytt till Amerika." Va Leej sänkte rösten ytterligare liksom Lee hade gjort precis där och fortsatte. "Efter det att kommunisterna tagit över makten här i landet."

"Ja, jag har förstått att min bror blev omtyckt bland byborna. Jag är mycket överraskad av hur mycket han tydligen betytt för dem."

De samtalade en halvtimme om byn, om dess invånare och om kriget. Under tiden drack de ur hela kannan med te. Sedan sade Va Leej och Bengt adjö och gick nedför den rangliga trappan.

"Nu skall vi till den officiella ledaren här, den lokala parti-ordföranden, han som regeringen tillsatt", sade Va Leej när de landat säkert på den rödbruna marken nedanför huset.

"När man har ett viktigt ärende går man alltid först till by-
äldsten sedan till den officiella ledaren", förklarade Va Leej
nästan viskande.

Bengt förstod att här rådde en viss motsättning mellan det
gamla traditionella politiska ledarsystemet och det nya kom-
munistiska. Men tydligen hade fortfarande det gamla systemet
företräde.

***

De gick på en bred stig som slingrade sig mellan hus, bambu-
snår och höga träd medan himlen blev mörkare. En vind som
fick löven i trädkronorna att rassla varslade om nästa regn-
skur. Var det en tillfällighet att den officiella ledaren bodde i
andra ändan av byn från den traditionella ledarens bostad
räknat? tänkte Bengt.

"Där bor han, ordföranden som vi nu skall hälsa på." Va
Leej pekade bort mot ett hus som inte var så olikt det de nyli-
gen besökt, men med den skillnaden att detta hade ett nytt
blankt plåttak. Och, skulle det visa sig, med en något stabilare
byggd trappa.

Uppe var proceduren nästan densamma som vid besöket hos
herr Lee Leej. De satte sig på verandagolvet efter hälsningsce-
remonin och blev här också bjudna på te. Va Leej tolkade.

"Det här är herr Vong vår ordförande här i byn."

Bengt noterade att mannen inte hade samma fysiska drag
som de andra byborna. Han såg ut som vilken laot som helst.
Sedan talade herr Vong i ett par minuter. Eftersom det tog,
vad Bengt kunde uppskatta, ungefär lika lång tid för Leej att
översätta antog Bengt att han hade fått med det mesta av vad
partiordföranden hade sagt.

"Jag hälsar er mycket välkommen till Ban Lan. Och jag
hoppas att ni kommer att finna vad ni söker."

Här studsade Bengt nästan till. Vet han om att jag söker
något speciellt? Har han hört om metallcylindern? Frågorna
dök upp i Bengts hjärna omedelbart.

144

"Jag hoppas också att byborna visar er en stor gästvänlighet. Det är bara att säga till om det är någon information ni vill ha så ska vi hjälpa er så långt det är möjligt."

Bengt lugnade ner sig när han hörde denna fortsättning på Vongs tal. Det där med att finna vad man söker ingår antagligen i de allmänna artighetsfraserna här, tänkte han lättad. Sedan fortsatte ordförande Vong att lägga ut texten om hur väl byn mådde nu för tiden. Annat var det förr. Nu hade regeringen i Vientiane hjälpt dem att göra stora framsteg. Och flera gånger om året hade de fått besök av högt uppsatta regeringspersoner som kom för att dokumentera framstegen som gjorts i byn, gratulera byborna till detta och informera om produktionsframstegen som gjorts i hela landet. Därefter följde ett axplock av statistik över risskördar, majsskördar och annan produktion i bysamfälligheten, för tio år sedan och nu. Bengt höll tillbaka lusten att gäspa efter att ha hört fem minuter av siffror. En kvinna som antagligen var herr Vongs hustru smög då och då ut på verandan och fyllde på te i deras koppar. Varje gång log hon vänligt mot de två gästerna och tassade in i huset igen utan att säga ett ord.

Under tiden de satt där på verandan kom det regn som de sett var på gång när de gått genom byn. Under tio sekunder hördes bara enstaka droppar mot plåttaket ovanför deras huvuden, men snabbt övergick det i ett dånande ösregn. Det blev omöjligt att höra vad någon sade så de satt bara kvar lugnt och väntade på att det skulle upphöra. Efter några minuter hördes åter enstaka droppar mot taket. Ve Leej reste på sig, tittade först på Bengt som satt kvar på golvet och drack ur sista dropparna te i koppen och vände sig sedan mot deras värd.

"Vi tackar så mycket för att ni tog emot oss och gav denna värdefulla information. Men nu måste vi gå vidare. Vi skall besöka fler bybor idag", sade Va Leej först på hmong och sedan, vänd mot Bengt, på engelska.

De sade adjö och gick nedför trappan mot den nu efter regnet blöta och leriga marken. Några höns sprang skrämda, kacklande in under huset när de såg de två männen komma klafsande.

"Jag tycker att ni också skall bli presenterad för bysekreteraren. Efter Vong är han formellt den viktigaste personen i byn", förklarade Va Leej och pekade sedan på en stig som slingrade sig längre in i byn mot ett par hus som skymtade mellan den ymniga vegetationen av mörkgröna löv, grå trädstammar och gul tätväxande bambu.

Bengt gick bakom Leej då stigen bitvis smalnade av mellan träd och buskar. De kunde därför inte konversera. Bengt fick vänta med ett par frågor han hade tills de åter stod framför en enkel trätrappa som ledde upp till ett hus som var snarlikt dem de tidigare besökt under dagen.

"Kan bysekreteraren neka mej att vistas här i byn? Och vad händer i så fall?" Bengt nästan viskade fram sina frågor då han inte visste om sekreteraren kunde engelska och lyssnade däruppifrån.

"Nejdå. Var inte orolig. Så länge både byäldsten och bychefen välkomnar er är det inga problem."

Av det höga röstläget Va Leej svarade på Bengts frågor med antog han att den person de nu skulle besöka inte kunde engelska. När de kommit upp och hälsat på sekreteraren visade det sig att så var fallet. Va Leej förklarade nämligen omedelbart att han skulle översätta.

Besöket hos sekreteraren blev högst formellt och efter att ha utbytt några artighetsfraser samt fått lite mer information om byn sade de adjö och gick till marknivån igen.

"Vi kan gå hem till mej igen via en annan väg så ni får se lite mer av byn", sade Bengts värd.

Stigen de följde ledde snart till en mer öppen plats än han sett tidigare i byn. Runt det som nästan liknade ett torg låg flera hus som var helt eller delvis byggda direkt på marken. Barn lekte framför några av husen och även på den öppna platsen. Några kvinnor och män, som bar på hackor och något som liknade machetes, gick över "torget" och bort mot utkanten av byn. På väg till risfälten. Va Leej hälsade på några av byborna de mötte. Vid ett par tillfällen stannade han och växlade några ord. Bengt förstod att han förklarade vem främlingen var eftersom de tittade på honom. Efteråt förklarade

Leej att det var bra om så många som möjligt visste vem han var så att inga felaktiga rykten skulle spridas i byn. "Ni vet, folk börjar undra vad det betyder att en främling är i byn flera dagar. Man kanske börjar spekulera i att ni på något vis är hitskickad av regeringen. Eller vad som helst. Bättre att de får sanningen, att er bror var här och hela den historien."

"Ja visst, jag förstår. Men hur förklarar ni det för ordföranden, sekreteraren och de andra i ledningen, att min bror var här som nedskjuten amerikansk pilot?"

"Man behöver inte uppge alla detaljer", sade Va Leej och log lite mot Bengt.

En man som kom gående i motsatt riktning stannade upp, hälsade på dem båda och började prata med Va Leej på, vad Bengt antog, hmong eftersom han inte alls tyckte det lät som laotiska. Sedan presenterade Leej mannen för Bengt och sade ytterligare några ord på sitt språk innan han gick vidare.

"Det där var den näst viktigaste personen i byn efter Lee, byäldsten. Åtminstone är han det för oss hmong enligt gammal tradition."

När de nådde Leejs hus föreslog denne att de skulle gå upp och ta varsin kopp te och sedan vila en stund före lunchen. Senare när middagshettan lagt sig något kunde de vandra runt lite till i byn. Vad tyckte Bengt om förslaget? Jo, det lät bra.

***

Klockan halv fyra klev de åter nedför trappan på Va Leejs hus och nu med riktning mot en annan del av byn, en del som Bengt ännu inte sett. Han började nu förstå hur stor byn var. En mängd hus låg utspridda och delvis dolda i vegetationen. Som en fond några kilometer bakom syntes siluetten av en låg bergskedja sträcka sig nästan så långt Bengt kunde se åt höger och vänster. Va Leej hälsade på några av de personer som de mötte eller som satt nedanför sina hus. Han samtalade med flera av dem. Bengt väntade tålmodigt medan konversationerna pågick. Tonläget och ansiktsuttrycken gav intrycket att Leej var en omtyckt person i byn.

När de gick vidare kom de till utkanten av byn. Här såg Bengt att vegetationen mest bestod av mycket höga bambusnår avbrutna av klungor med höga träd. Stigar slingrade mellan vegetationen bort från byn. Plötsligt kom Bengt att tänka på det anonyma meddelandet han fått om att söka under ett stenhuvud av Buddha.

"Vart leder de här stigarna?"

"Några leder bara en bit in i skogen, andra går vidare till en by som ligger två kilometer härifrån. Ytterligare några går upp i bergen ni ser långt där borta." Va Leej pekade mot bergsryggen.

"Vad finns det där inne i skogen?"

"Cirka hundra meter rakt in härifrån finns rester av ett mycket gammalt Buddhisttempel. Inte så mycket återstår av det, några stenar och ett par stenhuvuden."

Bengt ryckte nästan till vid informationen om stenhuvudena. Han försökte låta så likgiltig som möjligt när han ställde nästa fråga.

"Skulle vara intressant att se. Kan vi gå dit och titta på de där huvudena?"

"Det är inte mycket att se. Man kan knappt urskilja att de skall föreställa Buddha. Men om ni vill kan vi givetvis gå och titta på dem. Det är ju inte långt dit alls."

"Ja, gärna."

De gick in i ett halvdunkel som lyste gröngult från bambustammarna och bladen. När en lätt bris rörde i löven slog bambustammarna mot varandra och framkallade ett ihåligt, nästan musikaliskt klapprande ljud. En stig som var väl upptrampad ledde fram till en stor glänta i skogen, stor som en fotbollsplan, där det på ena sidan låg en rad med stenar. Om man hade lite fantasi kunde det kanske vara rester av en mur. Det låg också enstaka stenar utspridda i gläntan.

"Var ligger stenhuvudena", sade Bengt, fortfarande ansträngde sig att låta likgiltig.

"Där bakom resterna av muren ligger ett. Det andra där borta."

148

Va Leej pekade bort mot andra sidan av resterna från templet. Borta vid kanten där bambuskogen tog över igen. "Jag vill gärna ta en titt på dem."

Bengts guide gick iväg bort mot resterna av det som kanske varit en mur. Bengt följde efter. Framme såg han en rund sten, ungefär en och en halv meter i diameter, hårt anfrätt av tidens tand. Ja, nästan omöjligt att se om det verkligen föreställer Buddha, tänkte han. Huvudet låg på marken som runt omkring var alldeles plan. Det såg inte ut som om det fanns några ihåligheter bredvid eller under huvudet där en metallcylinder skulle kunna gömmas. Kanske den låg gömd direkt under huvudet. Men då måste piloten som gömt cylindern ha rullat undan huvudet och sedan rullat tillbaka det över cylindern. Knappast troligt då han i så fall måste haft hjälp och han hade ju ensam sprungit in i skogen enligt Erics information. Dessutom skulle det säkerligen inte funnits tid till att genomföra en sådan operation.

"Det andra huvudet ligger alltså där borta?" frågade Bengt och pekade bort mot andra sidan öppningen.

"Ja, vill ni ta en titt på det också?" Va Leej gick bort mot där det andra huvudet låg utan att vänta på Bengts svar.

Framme vid huvudet konstaterade Bengt att detta liknade det de tittat på först. Skillnaden var att det här inte låg på helt plan mark. Runtomkring låg också flera mindre stenar utspridda. Dessutom låg det stenar halvvägs in under huvudet som om de kilats in där för att hindra det från att rulla iväg. Bengt såg att det också fanns några små ihåligheter i marken under stenhuvudet. Han nästan höll andan. Måste ta mej hit ensam vid något tillfälle så snart som möjligt för att undersöka de där håligheterna, for tanken genom Bengts huvud.

"Hur gamla är den här ruinen och huvudena? När användes det här som ett tempel?" Frågade Bengt för att inte låta alltför intresserad av enbart huvudena.

"Många hundra år sedan. Vet faktiskt inte exakt. Skall vi gå tillbaka? Snart blir det mörkt."

Va Leej tittade på sitt armbandsur för att ge signalen att det inte var så mycket att diskutera om. Egentligen var det minst

149

en timme kvar tills solen skulle gå ned, det visste Bengt. Men min värd kanske har något viktigt att göra innan dess, tänkte han.

Tillbaka i Lees hus lade sig Bengt på sängen i "sitt" rum och funderade på hur han ensam skulle kunna smyga in i bambuskogen där borta och närmare syna stenhuvudena. Då speciellt det sista de hade tittat på. Redan i morgon skulle vara bra, tänkte han, medan tropikkvällen sänkte sig utanför och cikadorna började sitt gnissel. Några minuter senare drog en regnskur in över byn från öster så kraftig att cikadornas spel blev degraderad till bakgrundsmusik. När Va Leej någon timme senare kom in genomblöt och meddelade att kvällsmaten snart var klar hade Bengt nästan somnat.

Efter maten ursäktade Bengt sig och förklarade att han ville dra sig tillbaka på rummet för att läsa och göra lite anteckningar innan han skulle sova.

"Perfekt. Jag skall på ett möte med byrådet om tio minuter. Vi ses i morgon. Sov gott." Va Leej reste sig och gick iväg mot sitt sovrum.

Undrar om han menade det officiella byrådet eller det traditionella, funderade Bengt och gick också han till sitt rum. Där inne tog han upp en pocketbok han haft med sig från Sverige och läst i medan han suttit och väntat på flyg på de olika flygplatserna han passerat under sin resa till norra Laos. Det knarrade i den enkla britsen när han lade sig för att läsa. Men han kunde inte koncentrera sig på texten utan tankarna for hela tiden iväg till stenhuvudena där borta bland bambusnåren och meddelandet han fick på hotellet i Vientiane, samt till hans värd här i Ban Lan, Va Leej. Det var något med honom som Bengt inte kunde få grepp om. Var han emot regimen i Vientiane, emot den officiella byordföranden, kände han verkligen så starka sympatier för vad Eric hade gjort som han sade? Massor med frågor dök upp ju mer han tänkte. Han låg där och grubblade tills det nästan blev natt. Innan dess hade han hört Va Leej komma tillbaka från mötet.

***

Bengt vaknade redan vid soluppgången när en tupp gol, samtidigt som Va Leejs fru började med morgonpysslet i huset. När han tittade ut genom fönstergluggen såg han hur dimma makligt steg upp från det närmaste bambusnåret. Det såg nästan trolskt ut. Som en orientalisk sidenmålning; ett stelnat tusenårigt motiv. Snart bjöd Ve Leej honom till frukost som bestod av te och klibbris. Det smakade gott och mättade.

"Tack för igår. Mycket intressant att få se lite av byn och träffa några bybor", sade Eric under frukosten.

"Vad tror ni om vår ordförande, herr Vong?"

Bengt blev lite tagen på sängen av frågan. Här gäller det att balansera rätt, tänkte han.

"Han gav ett intryck av att vara ganska formell, tycker jag. Men absolut inte ovänlig."

"Och vilket intryck gav vår traditionella ledare, herr Lee?"

"Verkar lite mer informell. Vänlig. Kan inte säja så mycket om nån av dem efter att enbart ha träffat dem några minuter", sade Bengt och kände sig ganska nöjd med sin balansgång.

"Jo, det är ju klart." Va Leej tuggade vidare på klibbriset, tog en klunk te och såg fundersam ut, men fortsatte inte med ämnet.

Det är verkligen något med honom som jag inte greppar, tänkte Bengt igen och försökte se likgiltig ut samtidigt som han smygtittade på sin värd.

Utanför hade morgondimmorna lättat och bylivet kommit igång på allvar. Människor var på väg ut till sina odlingar, hästar och vattenbufflar travade efter sina ägare, barn stojade och kvinnor bar på frukter, tvätt och annat. Många tycktes dock ha tid att stanna och växla några ord med varandra trots sysslorna som väntade.

Bengts tankar for åter iväg till hur han skulle kunna smyga bort till stenhuvudena utan att hans värd märkte något. Men bara efter ett par minuter kom lösningen när Leej meddelade

151

att han skulle på ett möte en timme senare. Ja, det var egentligen en fortsättning på mötet igår som de inte hade avslutat, förklarade han.

"Ni kan ju gå runt lite själv och göra er mer bekant med byn. Om ni vill förstås."

"Ja det skulle kunna bli en intressant promenad", svarade Bengt utan att låta för entusiastisk.

Drygt en timme senare befann han sig på väg mot utkanten av byn till ruinerna där stenhuvudena låg. Han följde exakt samma väg som dagen innan för att lättare hitta dit, trots att han visste att det egentligen var en omväg. Snart var han framme vid stigen som ledde in bland bambusnår och träd till ruinen. När han gått några meter på stigen upplevde han samma känsla som föregående dag av ett nästan mystiskt, dämpat gröngult dunkel inne i skogen. Framme vid gläntan blev ljuset ett annat och stenarna lyste blanka efter morgonens dimma. Bengt gick fram och synade det första stenhuvudet de tittat på, det som inte verkade ha några håligheter som skulle kunna innehålla en metallcylinder omkring trettio centimeter lång. Han gjorde det för att vara helt säker på att det inte dolde sig några håligheter under huvudet som han förbisett dagen innan. Men han kunde snabbt konstatera att så inte var fallet. Över till det andra huvudet där han började känna med händer och fingrar efter ställen där metallcylindern kunde ha gömts. Han tyckte att Buddha log mot honom när han for med händerna över och under det delvis söndervittrade huvudet. Men det var nog bara ljuset som spelade ett spratt när det sipprade ner genom bambuns svagt rasslande lövverk.

Efter att ha trevat flera minuter kom han att tänka på att det kunde finnas giftormar i sådana håligheter. Han hade hört talas om, eller läst någonstans, att kobror tyckte om gamla stenruiner. Han drog undan händerna och tänkte att han skulle behövt en liten ficklampa till sin hjälp. Men efter en stunds betänkande kom han till slutsatsen att om det fanns ormar där skulle de säker väst ordentligt och till och med huggit vid det här laget.

152

Det var bara att fortsätta letandet. När han efter ett tag kände en hålighet som gick in under huvudet tjugo centimeter eller mer lade han sig på marken för att kunna nå in bättre med handen. Då hördes steg och röster bortåt där stigen började i skogskanten. Snabbt reste han på sig, satte sig på stenhuvudet och försökte se ut som om han vilade, eller bara satt och filosoferade, när två personer dök upp på stigen mellan bambusnåren. Det var ett ungt par som verkade nojsa med varandra. De stannade upp och såg lite förvånade ut när de fick se Bengt sitta där. Sedan log de som om de känt igen honom. De uttalade något som lät som hälsningsfraser och när Bengt nickat och lett mot dem gick de vidare på stigen som ledde mot den mörka bergskedjan, som låg där långt bort i fjärran.

Bengt pustade ut och fortsatte sin undersökning av stenhuvudet. När han åter stack in handen i den långsmala håligheten under huvudet kände han något hårt, kallt och plant. Hans hjärta började slå något snabbare och han kände en svag upphetsning. Var det kortändan på cylindern han kände? Han grävde med fingrarna runt föremålet för att få grepp om det. Efter några misslyckade försök fick han till slut ett ordentligt tag om föremålet och drog det utåt flera centimeter. Men där tog det stopp. Han grävde åter med fingrarna runt cylindern, om det nu verkligen var cylindern som han kände. Till slut fick han ut föremålet. Och visst var det en metallcylinder han höll i handen. Den var av rostfritt stål och betydligt tjockare än vad Bengt föreställt sig när brodern pratat om hur han sett CIA piloten springa in i skogen med den i handen. I ena ändan fanns det ett lock som satt gängat. Men Bengt ville inte undersöka cylindern där i skogen utan nu gällde det att ta den obemärkt till Va Leejs hus. Han hade tagit med en tygpåse i fickan för ändamålet. Snabbt stoppade han in cylindern i den. I samma ögonblick tyckte han att han hörde ett svagt ljud bortanför ett bambusnår på hans vänstra sida, som om någon försökte smyga på stigen så tyst som möjligt, men råkat trampa på en kvist som knäcktes. Han lyssnade en lång stund men

153

hörde inget mer. Jag börjar bli nervös och inbillar mej saker. Skärp dej, uppmanade han sig själv.

När Bengt gick ut från skogen hörde han åskmuller i fjärran och kände hur luften blev kvavare, men än föll inget regn. En fågel gav ifrån sig ett mycket speciellt läte. Är visst den där de kallar regnfågeln här, tänkte han. Han drog därför slutsatsen att det skulle börja regna snart, så det var bäst att skynda tillbaka till huset.

Framme, innan han gick uppför trappan, kontrollerade han att ingen stod ute på verandan och iakttog honom. Sedan gick han upp och smög in på rummet och undrade hur han skulle kunna gömma cylindern så att ingen som kom in skulle hitta den omedelbart. Efter ett tags funderande insåg han att det bästa vore att bara lägga den i botten på väskan. Att försöka gömma den någon annanstans skulle vara för riskabelt. Men först ville han se om det gick att öppna cylindern. Han började med att syna den noga. Locket verkade också tillverkat i rostfritt stål. Bengt kände efter om det gick att skruva bort det, men det satt hårt. Han hade heller inte räknat med att kunna skruva av det så lätt efter alla år cylindern legat där ute under stenhuvudet. Hur skulle han kunna få av locket om det kanske behövdes ett skruvstäd och en stor tång för det? Han skulle inte kunna kliva in på någon mekanisk verkstad i Vientiane och bara sådär be om hjälp att skruva av ett lock. För det första kunde han inte språket, för det andra visste han inte vad cylindern innehöll. Vad som helst kunde trilla ut ur den!

Den natten hade han svårt att sova. Även om han försökt intala sig själv att han rest till detta avlägsna land mest för att Eric berättat om det så var det egentligen att hitta cylindern som var huvudsyftet; det som hans bror bett honom om i sitt sista brev. Och nu låg han här med denna cylinder i sitt förvar, men utan att kunna öppna den. Han somnade strax före ett.

***

Nästan direkt efter det han vaknat började han fundera på hur han skulle kunna få tag i verktyg för att öppna cylindern. Han ville inte stoppa den i väskan och flyga tillbaka till Vientiane med den utan att veta vad den innehöll. När han ätit frukost med Va Leej sade denne att han skulle på ytterligare ett möte ett par timmar på morgonen. Bengt beslöt sig för att ta en kort promenad när hans värd gett sig av. Men när han var på väg nerför trappan såg han att det låg flera verktyg på en liten bänk under huset. Några verktyg låg också utspridda på marken som om någon arbetat där nyligen, men gett sig iväg för tillfället. Han spanade snabbt in en stor polygrip och något som liknade en kraftig rörtång. Snabbt plockade han upp de två verktygen och gick tillbaka upp till sitt rum. Där inne tog han tag med rörtången om cylindern och polygripen om locket och vred. Först hände ingenting. Vid andra försöket lossade locket en millimeter och sedan vid tredje försöket rörde det sig det fem millimeter till. Nu visste han att det skulle gå att skruva av locket med handkraft. Han gick snabbt tillbaka ner under huset och lade verktygen där han plockat upp dem. Ingen arbetare syntes till men precis innan han gick upp i trappan såg han en person som gick med riktning mot huset. En person som enligt de smutsiga kläderna han bar såg ut att kunna vara den som höll på att utföra arbetet där under huset. När Bengt gick lite högre upp i trappan och iakttog mannen i smyg såg han att denne gick rakt in under huset, tog en av tängerna, gick bort och började skruva på vattenledningen som var hopkopplad med slangen som gick upp till den primitiva duschen. Nu hade jag tur, tänkte Bengt.

Bengt gick till rummet och satte sig på sängen med cylindern i knäet, tittade på den rostfria tuben och tänkte att nu var sanningens stund inne. Han vred om locket. Det släppte men det gick mycket trögt. Millimeter efter millimeter vred han locket runt tills det slutligen lossade helt. Han tittade först in i cylindern utan att kunna se något. Sedan vände han på den och skakade lätt. Inget hände. Han tog en fällkniv han hade i bagaget och petade försiktigt i cylindern. En hundradollarssedel trillade ut. När han fortsatte att varsamt peta med kniven gled fler dollarsedlar ut. Nu kunde han dra ut den ena hundralappen efter den andra. Till slut låg en hel bunt sedlar på sängen. Efter flera försök att få ut mer ur cylindern kom en papperslapp fram. Någon slags text syntes på det ganska illa åtgångna papperet. Försiktigt rullade han ut det. Även om texten bleknat efter alla år gick det att tyda den. "Nästa gång vill vi ha dubbel leverans", stod det skrivet på engelska. Inga namn, ingen underskrift, bara denna korta upplysning.

"Det var alltså en betalning för råopium som man skulle genomfört om inte byn anfallits och piloten som hade med sej pengarna blivit dödad", sade Bengt tyst för sig själv.

Han drog också slutsatsen att man hade förvarat pengarna skyddade i en metallcylinder ifall något skulle hända med planet eller man skulle bli attackerade. Det hade rått krig och riskerna var stora att transportera så mycket pengar. Vid tanken på pengar började Bengt att räkna sedlarna på sängen. När han kom till tusen dollar gick han bort och kontrollerade att dörren var ordentligt stängd och gick sedan tillbaka och fortsatte räkna. När han räknat sista sedeln hade han kommit till åttatusenfyrahundra dollar. En ansenlig summa år nittonhundrasextiosju och inte så lite nu heller, tänkte Bengt.

Det fanns onekligen en risk med att ha så mycket pengar i sitt förvar. Han började fundera på vad han skulle göra med dem. Det var uppenbart att det var olagliga pengar, betalning för opium. Om han gav pengarna till byn skulle det vara som en trettiofem år senarelagd knarkaffär. Inte moraliskt riktigt, tyckte han. Han kunde ju inte heller gå och lämna in pengarna till någon regeringsmyndighet. Då skulle han kanske åka in för att olagligt ha tagit dem från byn, eller något liknande. Om de sedan skulle få reda på att min bror varit amerikansk stridspilot i Vietnam skulle saken inte bli bättre. Dessutom hade han hört att Laos var ett ganska korrupt land. Han kunde inte vara säker på att pengarna skulle användas på rätt sätt. Några tjänstemän kanske skulle stoppa dem i egen ficka. Så kom han att tänka på Lorene. Hon som haft ett så hårt liv bara för att hennes mor var från ett folk som slagits på fiendesidan under kriget och en far som var amerikan. Hon skulle få pengarna. Det skulle förbättra hennes ekonomi och tillvaro väsentlig, resonerade han. Därmed var det beslutat vart pengarna skulle gå.

Han ville göra sig av med cylindern och förvara pengarna utan den. Det skulle minska volym och vikt, och göra sedlarna betydligt lättare att transportera till Vientiane och smuggla dem vidare ut ur landet till Thailand. Han ville också åka ned till Vientiane så fort som möjligt.

Vid lunchen sade han till sin värd att han ämnade återvända till Vientiane i nästa dag istället för dagen efter som han hade sagt när han kom till byn. Han skyllde på att han hade glömt bort ett viktigt möte i Vientiane.

"Der var ju synd. Men jag förstår att ni måste vara i Vientiane på mötet i morgon. Vill ni att jag hör efter om det finns plats på planet?"

"Tror inte det är något problem eftersom det fanns flera lediga stolar på flighten hit. Men det kanske ändå är bäst att reservera. Tack."

"Visst jag kan ordna det. Kan jag få låna biljetten?"

Bengt gick och hämtade flygbiljetten och gav den till Va Leej som lovade att ordna saken direkt.

"Jag ringer från telefonen vi har på byrådets kontor. Det är urusel mottagning här för mobiltelefoner så det är bara några få bybor som har en."

"Jag kan tänka mej det."

Efter en halvtimme var Va Leej tillbaka och meddelade att han hade en stol reserverad till flighten klockan tio dagen efter.

"Tusen tack. Här är ett bidrag som tack för jag fått mat och husrum", sade Bengt och räckte fram en bunt av den lokala valutan kip.

"Jag sa ju att jag inte ville ha betalt för er vistelse här. Er bror gav så mycket till oss så att kostnaden för de få dagar ni varit här bara är en droppe i havet i jämförelse."

"Men ni kanske behöver pengar till något projekt här i byn? Se det som ett ekonomiskt stöd till detta."

Leej tog motvilligt emot pengarna och bugade flera gånger på det karakteristiska orientaliska sättet med hanflatorna mot varandra under hakan. Sedan frågade han Bengt om han ville följa med till byrådets kontor.

Kontoret låg centralt i byn och bestod av en liten enkel byggnad med väggar av handsågade, grova plankor och tak av palmblad. Inredningen var sparsam: nio stolar, ett skrivbord med en tavla på väggen bakom för anteckningar och ett mindre bord i ena hörnet där det stod några smutsiga te- och kaffemuggar. På ena väggen hängde ett porträtt av landets statschef och en laotisk fana. Bengt behövde inte fråga om detta var det officiella byrådets kontor. Flaggan och porträttet sade allt. På en av stolarna satt ordförande Vong med ett anteckningsblock framför sig och bekräftade ytterligare att detta var partiets lokal, inte den traditionella ledningens. Ordföranden reste på sig och hälsade artigt på Bengt när denne kom in tillsammans med Va Leej. Leej översatte vad ordföranden sade.

"Välkommen till vårt kontor. Jag hoppas ni har haft det angenämt här i byn och att byborna varit hjälpsamma mot er."

"Det har varit mycket trevligt att besöka er by och alla har varit mycket vänliga. Tyvärr måste jag resa tillbaka till Vientiane i morgon. Men jag hoppas kunna återvända någon gång."

När Va Leej översatt log ordföranden och såg lättad ut. De blev bjudna att sitta ned och ta en kopp kaffe. Bengt tackade ja och alla tre satte sig ned vid bordet i hörnet. De drack kaffe medan ordförande Vong berättade om framstegen byn gjort de senaste åren. Sedan ursäktade Leej sig och sade att de hade en del att göra innan Bengt skulle resa i dagen efter. Han översatte inte för Bengt, men denne förstod dock ändå.

Väl utanför kontoret förklarade Va Leej att Vong alltid blev lite nervös när någon utomstående besökte byn. Ordföranden misstänkte att den besökande kanske skulle rapportera till centralregeringen om läget i byn. Leej log när han berättade det, och så gjorde också Bengt. Lite absurt att jag skulle vara spion åt regeringen i Laos, tänkte han. De båda männen gick en runda i byn innan de återvände till Leejs bostad.

Innan kvällsmålet packade Bengt sin väska. Det tog inte många minuter. Sedan stoppade han undan sedlarna innanför fodret på en tunn sommarjacka han tagit med sig från Sverige. I fodret hade han skurit en liten öppning för ändamålet. Nu funderade han på hur han obemärkt skulle kunna göra sig av med metallcylindern. Då kom han på idén att lägga tillbaka den under stenhuvudet. Sagt och gjort! Snabbt smet han nedför trappan och bort till bambuskogen. Där tryckte han tillbaka cylindern under Buddhas huvud. Tog sig raskt åter till Va Leejs hus utan att någon märkt att han varit borta i tio minuter. Åtminstone hade han inte sett någon person iaktta honom speciellt.

Under kvällsmålet talade hans värd om byn, kriget och om huvudstaden. Skillnaden mellan livet då och nu, och mellan livet i storstaden och i Ban Lan. Bengt kunde inte skönja någon misstänksamhet i Lees ansikte. Han kan inte ha en aning om att jag hittat cylindern, tänkte Bengt. De fortsatte samtala tills klockan blivit tio.

"Nej, nu är det dags att sova", sade Va Leej.

"Instämmer", svarade Bengt.

***

Dagen började med en nästan klar himmel, men fukten hängde tung över människor och djur i byn Ban Lan. Det var dock ännu ganska svalt när den gästande nordbon steg upp ur sängen klockan sex och öppnade fönsterluckorna som skylde honom från världen utanför, men likväl släppte in alla ljud därifrån. Hundar skällde, fåglar kvittrade, en häst gnäggade, människor pratade, alla ljud smälte ihop och lät som morgon, tyckte han. Så kom han att tänka på att det var nu denna morgon han skulle lämna stället, den här byn, för att börja sin långa resa med slutdestination Stockholm.

159

Leej hade ordnat en taxi. Den kom skumpandes in i byn klockan sju. Om möjligt var taxibilen ännu risigare än den som fraktat honom från flygplatsen till Ban Lan. Men den var i varje fall i god tid, så de hade över två timmar på sig till flygplatsen. Bengt kalkylerade med att vara där en timme innan flyget skulle gå klockan tio. Om bara nu inte rishögen brakar ihop på vägen, tänkte han.

Innan Bengt hoppade in i taxin tackade han åter Va Leej för hans gästfrihet. Och sade att han säkert skulle komma tillbaka till byn, men kunde inte säga när.

Vägen var inte riktigt så full av människor, fordon och vattenbufflar som på ditresan. Bitvis rullade taxin ensam på den leriga och håliga vägen mot provinsens flygplats. Efter några kilometer böjde sig vägen in mellan två branta bergväggar. Efter passet låg vägen rak och tom i cirka trehundra meter med branta djupa diken på båda sidor, sedan syntes ett nytt pass bortom raksträckan. Men innan de var framme vid passet hoppade två män upp från höger dike och gav tecken att chauffören skulle stanna. Denne lydde och bromsade in bilen. Bengt som satt i baksätet skymtade i den inre backspegeln taxichaufförens mycket rädda ansikte. En av männen tog upp en revolver och gick fram till den nedvevade sidorutan som Bengt satt innanför. Han pekade med vapnet på kabinväskan som Bengt hade bredvid sig i baksätet.

"Pengarna, fort!", sade han på bruten engelska och såg samtidigt både stressad och hotfull ut. Bengt öppnade väskan sakta, vände den upp och ned, skakade den och sade:

"Inga pengar här."

Bengt hade hoppats att rånarna inte visste om att han reste med en bunt dollarsedlar, att de var vanliga rånare som chansade att han hade kontanter med sig. Men när rånaren pekade en gång till med pistolen, denna gång mot hans jacka, förstod han att de visste om de åttatusenfyrahundra dollarna han förvarade där.

"Jackan, fort hit med den!"

Bengt som insåg att det skulle vara livsfarligt att försöka några tricks räckte över jackan till rånaren. Denne kände på klädesplagget och hittade snart dollarbunten. Han såg nästan arg ut när han hittade pengarna. Nu är min sista stund kommen, tänkte Bengt, när mannen åter började vifta med pistolen mot honom. Men rånaren slängde bara den tomma jackan mot det öppna bilfönstret. Den hamnade dock utanför dörren och åkte ned på den smutsiga vägbanan.

När Bengt såg att rånarna gled nedför dikessluttningen och försvann bakom några klippor öppnade han bildörren, tog upp jackan, satte sig åter i baksätet och sade till chauffören att köra vidare. Han försökte låta lugnare än han egentligen var. "Riktigt farligt, herrn", sade chauffören och åkte vidare trots att han såg ut att behöva en vilostund.

"Ja", svarade Bengt och tänkte på att de haft tur och att det inte var någon idé att söka efter en polisstation för att göra en anmälan. För det första kunde han inte berätta var han fått pengarna från och för det andra visste han inte vilka som låg bakom rånet; det kunde vara någon myndighet. Han var glad att chauffören inte kom upp med förslaget att göra en anmälan hos polisen. Han drog slutsatsen att troligen anmälde man inte sådana rån till polisen i detta land.

De kom fram i tid. Flygplanet stod på plattan bredvid startbanan med motorerna igång. Det blev boarding nästan direkt. Men innan hann Bengt att betala taxichauffören och dessutom ge honom rundhänt med dricks eftersom det inte hade varit en vanlig lugn taxiresa.

Uppe i luften tittade Bengt ned på det mycket kuperade landskapet innan all sikt försvann i vitgrumlig molnighet och planet började skaka av turbulensen som ofta bildas i bergiga områden.

Vientiane, November 2002

När de tog mark på Don Mueang Airport skrek det till om däcken och planet krängde men rätade snart upp sig och taxade sedan in mot terminalbyggnaden i sakta mak. Bengt kom precis i detta ögonblick på att det redan var den första november. Han hade reserverat samma rum han haft tidigare innan han hade rest norrut. Bengt uppskattade både hotellet och personalen och fann ingen anledning att leta efter ett annat hotell. Dessutom hade han då fått möjligheten att lämna kvar sin resväska i säkert förvar på hotellet. Mannen i receptionen log igenkännande när han klev in i lobbyn.

"Har ni haft en bra resa herr Andersson?"

"Mycket givande resa, tack. Nu vet jag hur vackert ert land är", svarade Bengt, log tillbaka mot receptionisten och försökte se ut som en nöjd turist.

När han begärt ut resväskan han lämnat kvar bar en hotellanställd upp den till rummet. När denne gått lade Bengt upp väskan på sängen, öppnade och kontrollerade att allt var kvar. Det fanns inga tecken på att någon rotat i den. Nöjd packade han upp kabinväskan han hade haft med på resan till Ban Lan och tömde ut smutstvätten på golvet. Han skulle lämna in den i receptionen redan idag så kanske han kunde få den i morgon. Nu behöver jag lite mat i magen, tänkte han, tog smutstvätten, lämnade den till receptionisten och gick sedan ut för att hitta en restaurang att äta en sen lunch på.

Närmare fem kvarter från hotellet hittade han ett ställe som såg trevligt ut. En liten restaurang med bara åtta mindre bord, men ren och snyggt inredd. Tre av borden var upptagna. Han satte sig vid ett bord nära fönstret. När han beställt nudlar med fisk och en thailändsk öl satt han och funderade på vad som egentligen hade hänt däruppe under dagen. Han frågade sig själv: hur kunde de två rånarna vetat att han hade en stor summa pengar på sig? Hade någon sett när han tog fram metallcylindern under stenhuvudet? Och i så fall, varför hade den eller de personerna inte tagit den direkt då?

Han funderade på allt detta ett tag, sedan satt han stirrandes genom fönstret på den nu regnvåta gatan utanför och försökte att tänka på något annat. Det gick lättare när tre vackra laotiska kvinnor långsamt gick förbi utanför, som om de inte brydde sig om att det regnade. Men de tittade inte en sekund in mot restaurangen där den fundersamme nordbon satt. Sedan klev två mörkklädda män in. Blöta efter regnskuren satte de sig två bord bort från där han satt. Bengt kastade en blick på dem. Ett av ansiktena tycktes honom bekant på något sätt. Jag har sett honom någon annanstans förut, tänkte han. Och nu fick han något nytt att grubbla på.

Efter måltiden på väg ut från restaurangen gick Bengt förbi bordet där de två männen satt. Han noterade att de bara drack öl. Inga tallrikar fanns framför dem på bordet. Ute på gatan tog han snabbt till vänster och följde trottoaren ett kvarter, sedan gick han tvärs över gatan och gick in i en liten butik där han låtsades vara intresserad av några tidningar samtidigt som han sneglade genom glasdörren ned mot restaurangen han nyss ätit lunch på. Jo, mycket riktigt, de båda mörkklädda männen kom ut därifrån och gick åt samma håll han tagit.

Undrar om de såg att jag gick in här, tänkte han. Och fick snabbt svaret eftersom de bara gick förbi på andra sidan gatan utan att snegla mot butiken överhuvudtaget. Han gick ut ur affären, över gatan och smög efter dem. Men nu var det alltså han som skuggade dem istället. Han såg hur de tittade in genom fönstren på både affärer och andra inrättningar. Dessutom gick de in några meter på mindre sidogator för att ta sig en titt. Bengt blev nu övertygad om att de två männen verkligen hade skuggat honom men att de inte var särskilt proffsiga på detta. Han fortsatte att följa efter dem på behörigt avstånd. När de efter ett tag började inse att mannen de skulle skugga försvunnit gav de upp och gick med raska steg vidare. Bengt följde efter. Efter bara några kvarter tog de av in på en mindre gata och gick in i en port. Bengt väntade en halv minut sedan gick han fram och tittade på en metallskylt som det stod något inpräntat på laotiska på. Den sade honom ingenting. Troligen något företag, tänkte han. Snabbt gick han därifrån innan någon skulle se att en främling hängde utanför. På tillbakavägen antecknade han gatans namn.

När han åter var på hotellet lade han sig på sängen och tänkte. Vad var nästa steg? Jag måste ta mej över Mekong till Lorene och berätta för henne vad som skett, beslöt han och började åter fundera över en av männen som skuggat honom tidigare. Hans ansikte som Bengt tyckt bekant. Nu kom han på var han sett honom. Mannen hade varit med på flygplanet till Vientiane på förmiddagen.

***

Dagen efter, när han ätit frukost på hotellet frågade han receptionisten med spelad likgiltighet om det fanns några företag som låg på gatan han antecknat namnet på föregående eftermiddag.

"Många herrn", svarade receptionisten.

Jaha, tänkte Bengt, det hjälpte inte mej särskilt mycket, men tackade ändå för upplysningen. Gick sedan till bussterminalen för bussar till Nong Khai, Thailand. Den här gången fick han vänta över en timme innan nästa buss gick. Efter några minuter tittade han för tredje gången ned på Mekongflodens gulgrumliga vatten från Vänskapens Bro.

Nong Khai, Thailand, November 2002

Lorene öppnade inte när han knackade på så han gick ut på gatan och knallade ett par kvarter tills han hittade ett fik där han satte sig med en Coca-Cola i handen och väntade på att hon skulle komma hem. Efter att ha suttit där nästan en timme och åter funderat igenom situationen gick han upp till hennes lägenhet igen och knackade på. Den här gången öppnade hon. Hon såg inte särskilt förvånad ut att se honom stå där utanför dörren.

"Kom in."

Hon visade med handen in mot lägenheten. Han klev in och stannade i den lilla hallen. Hon visade igen med handen. Nu in mot vardagsrummet. Och han klev vidare. "Sitt ner. Vill du ha något att dricka? En Coca-Cola?" "Nej tack, jag drack en medan jag väntade på dej på kaféet i kvarteret bredvid." Han drog ut en stol och satte sig vid det lilla matbordet i vardagsrummet. Hon mittemot. "Jag duschade. Det var därför jag inte öppnade. Berätta nu. Vad hände? Gick det bra?" "Både ja och nej. Jag hittade metallcylindern. Det fanns åttatusenfyrahundra dollar i den. Men på väg till flygplatsen i Boun Neua blev jag rånad på alla åttatusenfyrahundra. Någon måste ha vetat att jag hittat en metallcylinder med pengar i. Jag var mycket försiktig när jag letade fram den. Men det är ju inte helt omöjligt att någon iakttog mej. Men varför tog den personen inte cylindern direkt på plats? Varför vänta tills taxiresan mot flygplatsen?" "Kanske därför man inte ville att alla i Ban Lan skulle få reda på att du hittat en cylinder med över åttatusen dollar i. Kanske var det bara några få i byn som litade på varandra. Men berätta nu allt om ditt besök i byn."

Bengt beskrev hela resan noggrant, samt alla tankegångar han haft om vad som egentligen hade hänt den där dagen 1967, vad som hänt sedan dess i byn och vad som hände honom själv där uppe. Det enda han inte tog med var planen han haft att ge de åttatusenfyrahundra dollarna till henne.

"Jag kollade upp den där Tsai som dök upp på ditt hotell strax innan du skulle resa. Han har kontakter med laotiska antiregeringskretsar. Både i Laos, här i Thailand och i USA. Bengt, det är inte bra för dej om du setts med honom i Vientiane. Troligen är Va Leej där uppe i Ban Lan också insyltad i det där hemliga sällkapet efter som Tsai ordnade kontakten med honom åt dej. Var noggrann med hur du rör dej i Vientiane när du kommer tillbaka."

Bengt kommenterade inte detta, utan kom på något annat.

"Javisst ja, den där äldre mannen som du kände. Han som skulle kontakta mej på hotellet. Han dök aldrig upp."
"Nej, jag vet. Han är död."
"Han var ju väldigt gammal sa du."
"Ja, men han hittades mördad på en bakgata i Vientiane dagen efter du åkt. Knivskuren."

Vientiane, November 2002

Mekongflodens vatten såg lika gulgrumlig ut uppifrån bron när han åkte tillbaka till Laos som när han åkte åt andra hållet. Men Bengt lade inte märket till detta. Han satt och funderade över det hemliga sällskapet, Tsai, Va Leej och den mördade gamlingen. Snart var de framme vid bussterminalen i Vientiane. Han tog en taxi till hotellet.

Receptionisten log när Bengt klev in i lobbyn och meddelade att det fanns ett brev till honom. Denne räckte över ett vitt kuvert med hans och hotellets namn på, men inget frimärke. Han förstod att någon hade lämnat brevet direkt på hotellet.

Inne på rummet lade han sig på sängen och öppnade brevet som var igenklistrat. Där fanns ett kort meddelande handskrivet på engelska: "Bäst du åker hem till ditt land". Inget mer. Han rev det i små bitar och spolade ned bitarna i toalettstolen. Hem skall jag ändå åka snart, sade han för sig själv.

Ett par timmar före solnedgången gick han ned till Mekongflodens strand och funderade för hundrade gången över vad han egentligen gett sig in på. Det kändes som han lyft en centimeter på ett jättelikt draperi som dolde något mycket stort och obegripligt, och farligt som det verkade. Det var då i det skarpa tropiska solljuset framför världens tolfte längsta flod som han beslöt att försöka ta reda på vad allt rörde sig om. Men först och främst var han tvungen att resa hem till Sverige. Sedan kanske han skulle åka tillbaka hit till detta land. Eventuellt i början på nästa år eftersom det nu bara återstod drygt två månader av året. Han beslöt sig för att boka en plats på planet från Vientiane till Bangkok som avgick om två da-

166

gar. Han gick omedelbart till flygbolagets kontor och reserverade en stol. Planet skulle gå tidigt på morgonen. Han tänkte stanna ett par dagar i Thailands huvudstad även på hemresan. Nu fattades bara att boka en stol från Bangkok till Stockholm. Men eftersom han hade business class trodde han inte det skulle bli något problem. Han tänkte ringa från hotellet och ordna det. Tillbaka på hotellet beställde han ett samtal till Thai Internationals kontor. Efter några minuter hade han en stol bokad på flighten som gick från Bangkok till Stockholm om fyra dagar. Detta skulle ge honom nästan två dygn i Bangkok. Efter att ha ordnat allt med flygen gick han ned till hotellets restaurang och beställde en kall öl. Sedan satt han bara där med ölglaset framför sig och försökte koppla av så gott det gick medan en luftkonditionering brummade svagt på ena väggen. Till slut somnade han nästan av ljudet och av lugnet i restaurangen. Det var för tidigt för middag, så han var den enda gästen där inne. Efter en timmes kontemplerande gick han upp på rummet och började anteckna allt viktigt och underligt som hänt sedan han kom till Laos. Mer som korta stolpar än en sammanhängande text. Avsikten var att senare efter hemkomsten till Sverige skriva ned hela historien med hjälp av stolparna och på så vis kunna hitta ett mönster och kanske få svar på flera frågor.

Dagen efter, sista dagen innan avresan till Bangkok, tillbringade han med att spatsera runt i Vientiane. Han tog en taxi ett par gånger till några sevärdheter, men gick till fots större delen av dagen. Hela tiden höll han utkik efter de män som hade förföljt honom två dagar innan och efter andra som skulle kunna vara förföljare. Men han såg inget misstänkt. Åter konstaterade han att Vientiane var en trevlig stad. Långt från det stökiga och bullriga Bangkok.

Avresedagen gick han upp klockan sex, åt frukost på hotellet halv sju och tog en taxi till flygplatsen klockan sju. Innan dess hade receptionisten tackat och sagt att det hade varit ett nöje

167

att ha haft herr Andersson som gäst och att han hoppades herr Andersson skulle återkomma till Laos någon gång. Jag kommer kanske redan i början på nästa år hade han svarat då. Receptionisten hade sett lite förvånad ut, men hade sagt att han var ytterst välkommen. Med dessa ord i huvudet satt han och tog en sista titt på Vientiane från taxins baksäte. Åtminstone en sista titt för denna gång. Planet till Bangkok var inte försenat som på ditresan. Det lyfte nästan punktligt den här gången och frånsett en och annan lätt turbulens var flygningen rena avkopplingen.

Bangkok, November 2002

Denna gång i den kungliga huvudstaden tog han in på ett annat, mindre hotell, som låg på en lugnare gata, några kvarter bortom Sukhumvit road. När han gick ut på kvällen för att äta middag ångrade han sig nästan att han inte bokat ett flyg direkt samma dag till Stockholm. Vad skall jag göra här, tänkte han för sig själv, när han hörde popmusik skråla ut från det ena diskoteket efter det andra och när det luktade stekflott från några snabbmatställen.

Han vände och gick tillbaka till hotellet där han intog en rejäl middag som han sköljde ned med ett par öl. Därefter satt han kvar vid bordet en lång stund och funderade på vad han skulle göra när han kom hem. Skulle han slå sig på något annat än datorer? Kanske han borde börja planera för att starta ett företag i något helt annan bransch. Men vad skulle det vara i så fall? Sedan for hans tankar istället iväg till Mary, hans brors änka, och om han skulle kontakta henne för att försiktigt pejla om hon visste om att Eric hade haft ett barn i Laos. Sedan gick han upp på rummet, slog på teven, sappade genom en rad kanaler, tittade en stund på en nyhetssändning på någon amerikansk kanal och stängde därefter av apparaten. Han kröp sedan ned mellan de rena och stärkta lakanen.

Med ett ryck vaknade han exakt klockan sju på morgonen dagen efter. Varför han vaknade med ett ryck kom han inte på förrän efter flera minuters funderande. Han hade drömt om rånet i Laos och en av rånarna hade skjutit mot honom i drömmen. Sedan somnade han om och sov till klockan nio, då han gick ned och intog en rejäl frukost som ingick i rumspriset. När han bad om ett vändstekt ägg, log servitrisen mot honom och lovade att ordna det på momangen. Han kände sig genast lite piggare av att möta en sådan vänlighet. Dagen tillbringade han växelvis på hotellet och växelvis promenerande runt i de närmaste kvarteren. Snart kom skymningen och han beslöt att gå bort till de livligare kvarteren för att hitta en bar där han stilla kunde inta en drink och samtidigt studera hur eftermiddagslivet övergick i kvällsliv. Efter en stunds letande hittade han ett ställe; lugnt med fem barstolar framme vid en bardisk som såg ytterst traditionell ut och fyra små runda bord med tillhörande stolar som stod utspridda på golvet framför bardisken. Perfekt, tänkte Bengt, här slår jag mej ner ett par timmar. Han började med en öl vid bardisken. Sedan satte han sig vid ett av borden med en drink. Endast fyra gäster fanns där inne (inklusive honom själv). Han tittade runt på de andra gästerna. Två satt och pratade med varandra ett par bord längre bort. Det lät som de pratade amerikansk engelska och de såg också ut som amerikaner, konstaterade Bengt. Den tredje gästen satt och hängde över bardisken med någon slags färgglad drink framför sig som han inte tycktes röra. Han såg deppig ut. Svårt att gissa var han kommer ifrån, inte Thailand i varje fall, tänkte Bengt halvt ointresserad. Sedan dök det "lätta gardet" upp i form av två unga flickor i minikjolar. De satte sig på varsin sida om den deppiga mannen, som inte såg ett dugg gladare ut över att få sällskap av de två prostituerade.

Fram till klockan elva satt Bengt kvar i baren och följde vad som hände där under de sena timmarna. Mest för att ha något att göra och få bort tankarna från det som hänt de senaste dagarna. Han promenerade tillbaka till hotellet som inte låg så långt därifrån. Under promenaden bestämde han sig för att nästa dag skulle han ta en guidad tur i megastaden. Och så blev det. Han åkte buss runt i staden och tittade på pagoder, palats och andra förgyllda byggnadsverk. Det var en brokig samling turister med på turen som pratade alla möjliga språk sinsemellan. Förutom engelska, uppfattade Bengt franska, tyska, ryska och holländska. I morgon flyger jag hem, tänkte han.

Stockholm, November 2002

Han fick stiga upp i ottan för att hinna ut till flygplatsen i tid. Flighten lyfte bara tio minuter försenad; inte mycket för en så livligt trafikerad flygplats som Don Mueang International. Resan kändes lång då han bara kunde nicka till några minuter då och då. När de landade på Arlanda visade vädret tydligt att det var november: regnigt, disigt och fem grader över nollan. En snabb omställning från den fuktiga värmen i Laos och Thailand.

När han klev in i sin lägenhet på Södermalm luktade det instängt och nästan kvalmigt, trots novemberkylan utanför. Han öppnade ett fönster ett par minuter för att vädra ut medan han tömde resväskan och handbagaget på sängen. Från de uttömda kläderna kändes en mycket svag lukt av mögel, som det kan göra när kläder har legat nedpackade några dagar i ett tropiskt klimat. Där nere märker man inte mycket av lukten eftersom den finns i luften, men hemkommen till ett svalare klimat känns den i kläder och annat när man packar upp. Han insåg att allt måste tvättas omedelbart, så han kastade ned vartenda plagg i tvättmaskinen och startade upp den.

Bengt sträckte ut sig på sängen medan tvätten tumlade runt i maskinen med ett svagt brummande från badrummet. Han låg där och stirrade i taket, begrundade att han nu var hemma och måste börja planera de kommande veckorna. Ja, till och med de kommande månaderna. Efter några få minuter somnade han av ren utmattning efter flygresan. Han vaknade av ett svagt ljud från gatan där en hund skällde på någon eller något. De första sekunderna trodde han att han vaknat i Laos. Sedan kom han att tänka på fru Lundmark och hennes hund Fiffi. Han log, gick bort till fönstret och tittade ut. Det duggregnade. Asfalten blänkte som svart plåt. Hunden som nyss skällt var genomblöt. Nästan lika genomblöt var husse, som drog i kopplet och såg ut att vilja gå hem så fort som möjligt. Åter tänkte Bengt på fru Lundmark och Fiffi. Den här gången mer på fru Lundmark och att hon fortfarande bodde kvar i fastigheten som varit hans barndomshem. Jag måste gå och hälsa på henne igen för att prata lite om gångna tider, för att minnas, tänkte han.

När han gick bort från fönstret kändes det som om han sovit en hel natt och vaknat i ett annat land. Som om själva flygresan inte funnits, utan att han bara sovande förflyttat sig från en värld till en annan, trots att han inte sovit mer än kanske en dryg timme på planet. En märkvärdig känsla av att gunga fram kom över honom. Tidsomställningen. Den hade han känt förut, men då hade det inte märkts så mycket när han rest från öst till väst. De sex timmar han förlorat på vägen till Thailand hade han tjänat in på vägen tillbaka hem.

Och nu började han bli hungrig. I Bangkok var det dags för lunch och i Stockholm för middag. Det spelar ingen roll, tänkte han, tog på sig ytterkläderna och gick ut med riktning mot en liten kvartersrestaurang han frekventerat ganska ofta. Bra mat, bra priser. Men väl där såg han genom glasdörren att alla bord var upptagna. Det blev en pizzeria några kvarter längre bort istället, och inte vad han varit inställd på, nämligen svensk husmanskost. Men vad äter man inte när man är för trött för att gå och handla mat och laga hemma, resonerade han.

**

Dagen efter vaknade han vid niotiden, utvilad. Han hade beslutat att använda dagen till att planera de kommande veckorna, samt att ordna lite av vad som återstod av pappersexercis efter försäljningen av företaget. Och kanske börja fundera på vad han skulle slå sig på lite längre fram i tiden, för att få en inkomst. Då allt det där med Laos, Lorene, det hemliga sällskapet och allt annat var ur världen.

Det tog flera timmar av tittande i almanackan, beräknande av tidsåtgång och kostnader för ett återbesök till Laos och Thailand någon gång i januari kommande år. Han letande också på nätet efter flygbolag och vilka datum det fanns bäst tillgång till lediga stolar. Vi är redan inne i november och nästa månad kommer de stora helgerna upp, men jag skulle kunna komma iväg någon vecka efter Trettonhelgen, fastslog han.

Stockholm, December 2002

Det var strax före Jul när han av en slump hittade artikeln då han letade information om Laos på nätet. Artikeln hade varit publicerad i en av USA:s största dagstidningar i slutet av november. Rubriken löd "General Va Zeb anklagad för inblandning i ett planerat terrordåd för att störta Laos regering". Det förklarades att några yngre laoter bosatta i USA hade ertappats med långt framskridna planer på en mycket stor terrorattack i Vientiane, samt att generalen, också bosatt i USA, var inblandad. Om terrordådet verkställts hade det i omfattning varit jämförbart med attentatet mot World Trade Center i New York 2001, hävdade åklagaren. Det stod också att thailändsk polis hade genomfört raider in i flyktingläger i Thailand för att arrestera laoter misstänkta för inblandning i terrorplaneringen. Bengt sparade artikeln i sin dator och satte sig i soffan för att tänka igenom vad detta innebar.

Vad är det första jag borde göra nu? frågade han sig. Först ringer jag Lorene och hör vad hon vet om saken, var hans första tanke. Han slog numret till henne i Nong Khai. Det ringde minst fem gånger. Inget svar. Han började känna sig orolig, korkade upp en flaska whisky han köpt på flygplatsen i Bangkok och hällde upp en generöst tilltagen skvätt. Två fingrars bredd, inte mer brukar man säja, men skit i det nu Bengt,

172

sade han till sig själv och svepte hälften i en enda klunk. Sedan satte han sig i soffan och funderade. Om det här är lika stort som det låter i den där artikeln hade det varit mycket nära att ett flertal regeringsbyggnader sprängts i luften och många oskyldiga strukit med därnere i Vientiane. Och är jag på något sätt med i marginalen på detta? Jag som blivit rånad och hotad, och jag som bodde hemma hos Va Leej uppe i Ban Lan. Va Leej som enligt Lorene kanske är inblandad i det där hemliga sällskapet som vill störta regeringen i Laos. Har polisen i Laos och Thailand mej registrerad? Tankarna snurrade runt i huvudet på honom. Inte minst då whiskyn börjat verka. Han satt tjugo minuter och funderade, sedan gick han bort till telefonen och försökte ringa Lorene igen. Inget svar nu heller.

Man borde ju ha publicerat något om vad som hänt med hela historien, något om hur det gick på rättegången, tänkte han och satte sig vid datorn igen. Efter lite letande hittade han en kort, två veckor gammal artikel i samma dagstidning som han hittade den föregående artikeln i. Där informerades att General Va Zeb inte hade fått något straff, mest på grund av sin höga ålder. Han hade alltså inte blivit helt rentvådd från inblandning. De andra betydligt yngre männen hade fått långa fängelsestraff för planering av terrordåd. Inget fanns om gripanden i Laos eller Thailand.

Han kände sig mer och mer orolig för Lorene. Han slog hennes nummer för tredje gången denna dag. Nu svarade hon.

"Hello!"

"Det är Bengt. Hur har du det? Vad händer?"

"Allt är inte okey, men jag vill inte berätta på telefon om du förstår."

"Tänkte komma ner några dagar efter nyår. Blir det bra?"

"Ja, det skulle vara bra."

"Jag ringer så fort jag hittat en plats på flyget. Du vet runt de stora helgerna kan det vara lite knepigt, men det ordnar sig på något sätt."

"Tack. Jag blir glad om du kan komma."

Han avslutade samtalet, satte sig i soffan igen och funderade över vad hon sagt, eller rättare sagt, hur hon uttryckt sig, hur

173

hennes röst lät. Hon hade låtit mycket bekymrad. Det hade funnits en klar underton av rädsla och det gjorde honom rädd också. Han funderade på om han skulle ringa Mary i Wisconsin och fråga rakt på sak om hon visste att Eric hade en dotter i Thailand. Men det är för nära inpå Erics död, kanske. Jag får vänta med det, om jag överhuvudtaget borde fråga. Om hon inte vet skulle hon säkert bli chockad, resonerade han vidare. Istället för att ringa Milwaukee började han leta en ledig flygstol till Bangkok för avresa dagarna efter nyår. Snart fann han att det inte precis vimlade av lediga stolar runt en så stor helg. Han skulle tydligen bli tvungen att köpa business class för att kunna komma med en flight. Och så blev det. Han bokade en plats till den andra januari med Thai International. Alltså hade han tio dagar på sig innan han skulle resa ned till Thailand och Laos igen, eller åtminstone till Nong Khai. Om han skulle ta bussen vidare till Vientiane berodde på hur läget såg ut när han väl kommit till Nong Khai och talat med Lorene.

Eftersom han vid båda besöken hos henne åkt buss till och från Vientiane visste han inte om det fanns någon flygplats i Nong Khai. Vid en koll på nätet fann han att så inte var fallet, utan närmaste flygplats låg i en stad som hette Udon Thani, en dryg timme med buss till Nong Khai. Flygbiljetten för att resa vidare från Bangkok hade han tänkt köpa på flygplatsen vid ankomsten. Men vid närmare eftertanke var det nog bäst att köpa den samtidigt som han köpte biljetten Stockholm - Bangkok. Annars skulle han kanske bli tvungen att stanna i Bangkok flera dagar och vänta på en ledig stol på flyget till Udon Thani och det var inte så lockande.

***

Julen firade han hemma hos en kusin och hennes familj. Det hade han gjort två gånger tidigare, för tre-fyra år sedan. Han, kusinen och hennes man hade bestämt att bara ge julklappar till barnen. Dock tyckte föräldrarna att Bengt kostat på lite väl dyra klappar till deras treåriga son och femåriga dotter. Allt hade varit så traditionellt svenskt rakt igenom, med skinka,

174

lutfisk, julgröt och allt annat som hörde till. Bengt sov inte över utan tog en taxi hem strax efter midnatt, trots att kusinen bodde ganska långt ut i en förort. Nyår däremot firade han inne i staden, tillsammans med en kompis sedan ungdomens dagar. De hade, trots att de bokat bara några dagar innan helgen, lyckats få ett bord på en restaurang med bra underhållning. Det var först en känd trubadur som sjöng och sedan hade en lika känd ståuppkomiker roat dem. På nyårsdagen låg han kvar i sängen till mitt på dagen med en lätt baksmälla. På eftermiddagen packade han en liten resväska för incheckning, samt kabinväskan med det allra viktigaste. Sedan lagade han en enkel och sen lunch (eller tidig kvällsmat) som han åt i köket medan han tittade ut på en tung blötsnö som föll mot gatan tre våningar nedanför. I morgon bär det av, konstaterade han på kvällen. Taxi hade han beställt till halv tio. Planet skulle gå kvart över tolv. Innan han lade sig tittade han ut genom köksfönstret och konstaterade att blötsnön fortfarande föll tungt ned mot gatan. Hoppas det inte skapar problem på Arlanda i morgon, tänkte han och kröp ned i sängen.

175

Del 3

Thailand, Januari 2003

Planet lyfte i tid från Arlanda. Han hade inte behövt oroa sig för vädret då det slutat snöa på morgonen. Resan blev ungefär som förra gången, några korta perioder med sömn och sedan mest lite halvslumrande. När de landade på flygplatsen i Bangkok var det tidig morgon och varmt som en skön svensk sommar. Men det kände inte Bengt då han var kvar inne i den luftkonditionerade terminalen i väntan på avgången till Udon Thani. Det skulle dröja nästan fyra timmar tills dess. Tiden ägnade han åt att först gå runt och titta på taxfree butikerna. När han ledsnat på det gick han och satte sig på en restaurang och tog något som kanske skulle kunnat kallas en andra frukost om inte det varit för ölen han drack till. En timme senare hörde han utropet för sin flight.

Flygresan till Udon Thani kändes som ett kort språng i jämförelse med den långa flygningen från Stockholm till Bangkok. När han var på väg ut ur flygplatsbyggnaden fick han syn på en information om att denna flygplats tidigare hade haft namnet Udorn Royal Thai Airforce Base. Detta hade alltså varit CIA:s huvudbas under Indokinakriget och amerikanska flygvapnets avstamp för bombningarna av Nordvietnam. Det var alltså här som hans bror Eric hade tjänstgjort på sextiotalet. Att han inte hade kopplat namnen Udon och Udorn med varandra lite tidigare förargade honom. I och för sig spelar det ju ingen roll nu eftersom den här flygplatsen antagligen inte har en brädbit kvar sedan den tiden då min bror bodde här, tänkte han.

Utanför flygterminalen var det ganska varmt men betydligt friskare luft än vad han kom ihåg från besöken i Bangkok förra året. Snabbt hittade han bussterminalen där minibussarna till Nong Khai avgick. Han behövde inte vänta länge på nästa avgång. Bussen var liten men bekväm och efter drygt en timme var han i Nong Khai. De kändes som om det bara var några dagar sedan han var där sist. Han tog en taxi till Lorenes adress. Hon var hemma men öppnade inte direkt utan

178

yttrade något på thai från andra sidan ytterdörren. Han såg också att det nu fanns ett optiskt titthål i dörren.

"Det är Bengt", sade han dämpat på engelska.

Han hörde hur hon sköt undan regeln och öppnade dörren. Så fort han såg hennes ansikte kunde han där avläsa en tydlig rädsla och oro.

"Kom in", sade hon och log lite nu.

Hon gick före in i vardagsrummet och visade med handen mot soffan att han skulle sätta sig.

"Hur var resan?"

"Perfekt. Inga som helst problem."

"Vill du ha en öl, eller kanske en whisky?"

"Whisky tack. Skulle smaka bra efter bussresan."

"Med eller utan is? Jag själv tar med."

"Jag också."

När hon var i köket och hällde upp drinkarna kom han ihåg att vid de tidigare besöken hade hon inte druckit någon alkohol alls. Antagligen ett tecken på att hon nu är under hård stress, kom han fram till.

"Varsågod Bengt", sade hon, sträckte honom ett av glasen hon höll i, satte sig i en av fåtöljerna och tog en smutt av whiskyn i det andra glaset.

"Snällt av dej att resa hit igen. Jag är verkligen tacksam."

"Berätta nu vad som hänt."

"Vad jag har förstått så känner du i stora drag till vad som hänt. Några exillaoter i USA, hmong, planerade en terrorattack mot flera byggnader i Vientiane med syfte att störta regeringen. Några hmong boende i Laos var involverade på ett eller annat vis. Jag vet inte exakt hur många. Ban Lan har förekommit i bilden. Och några flyktingläger med laotiska hmong här i Thailand har blivit genomsökta av polisen."

"Ja, det är ungefär vad jag känner till. Utom det där med Ban Lan. General Va Zeb var också inblandad enligt den amerikanska tidningsartikeln."

"Hur mycket han egentligen var inblandad är otydligt. Antagligen ytterst marginellt eftersom de släppte honom utan någon dom."

"Åklagaren i USA lär ha sagt att om attacken hade genomförts så hade det i antal döda människor varit i nivå med elfteseptemberattentatet i New York."

"Inte omöjligt. Det pekar ju på vilken omfattning det rörde sej om."

"Vad hände med dej? Du lät mycket orolig när jag ringde och du ville inte tala om det i telefonen sa du. Vad exakt har hänt?"

"Jag fick besök två gånger. Först kom några hmong från Laos som tillhörde det där hemliga sällskapet som vill störta regeringen i Vientiane. Ja, dom sa ju inte det rakt ut men jag förstod. Dom var hotfulla och menade att jag visste för mycket om deras verksamhet och jag var god vän med svensken som varit i Ban Lan. Dom sa också att jag talat med thailändska polisen. Vilket inte var sant. Åtminstone inte tills dagen efter för då ringde polisen på min dörr."

"Vad ville dom då?"

"Dom sa att man visste att jag haft besök av terrorister från Laos. Sedan frågade dom vad dom ville. Jag svarade som det var att de varit hotfull och att jag aldrig sett dom förut, att jag inte var involverad alls i några terrorplaner mot regeringen i Laos."

"Blev dom nöjda med det?"

"Nej. Dom satte igång och förhörde mej om hela mitt liv sedan jag flyttat hit till Thailand och innan också. Hur ofta jag haft kontakt med exillaoter, och annat. Dom sa också att de skulle komma tillbaka och att jag då kanske skulle få följa med till polisstationen."

Hon tog en rejäl klunk av whiskyn och fortsatte: "Bengt jag är rädd. Eftersom jag är hälften hmong och hälften amerikan känner jag det som om jag sitter i något slags ingenmansland. Just nu är jag hotat från minst två håll. Vet inte om också laotiska regeringen tror att jag är involverad. Nu får jag verkligen känna av hur det är att vara eurasier. Jag är livrädd."

Hon började skaka och snyfta. Bengt lutade sig framåt över bordet och lade sin hand över hennes ena underarm.

"Du måste förstå att det är ytterst få hmong i Laos och här som vill störta regeringen i Vientiane med våld. Dom flesta vill nog ha demokrati och vill att regeringen glömmer allt från kriget och slutar se dom som förrädare. Men att starta ett uppror är något helt annat. Dom som nu är dömda i USA var födda där och vad jag förstått aldrig ens varit i Laos. Jag har hört att många av hmongfolket är mycket rädda för vad som skall hända efter allt det här. Om alla kommer att få lida för dessa galenpannors skull."

"Ja, jag tror att det är som du säjer. Men på vilket sätt florerade Ban Lan i det hela, som du nämnde? Är vissa personer därifrån utpekade eller till och med häktade? Vet du något om det?"

"Jag har inte hört några namn nämnas, men som jag sa, det är ju inte omöjligt att din värd Va Leej där uppe är insyltad."

"Har du hört något om vilka som rånade mej?"

"Jag har hört det ryktas om att rånarna tillhörde dom som samarbetat med terroristerna, men inte var hmong."

"Men varför ta en risk och råna mej? Åttatusen dollar måste vara en ganska liten summa i det här sammanhanget."

"Antagligen hade dom problem att få in pengar utifrån. Dom var troligen under bevakning av polisen i Laos. Och dom kände till detta. I en sådan situation är åttatusen mycket pengar. Det kunde hålla dom som var inne i Laos igång en lång tid utan att behöva göra några misstänkta penningtransaktioner."

"Lorene, får jag fråga varifrån du får all information?"

"Från vänner här och vissa kontakter där på andra sidan floden, i Laos menar jag."

Aha, tänkte Bengt, det finns alltså en bekantskapskrets.

"Jag kanske skall åka in i Laos och så att säja pejla läget. Kanske inte åka upp till Ban Lan men åtminstone till Vientiane. Vad tror du?"

"Det kan vara riskabelt för dej. Regeringen har ju säkert dej registrerad eftersom du var i Ban Lan. Men det är upp till dej om du vill åka. Du kanske kan få viktig information. Att resa upp till Ban Lan skulle jag dock avråda från helt och hållet."

181

"Jag åker till Laos i morgon. Har bestämt mej nu."
Han tittade på Lorene för att se hur hon reagerade.
"Som du vill. Har du bokat något hotellrum här i stan?"
"Nej, jag tog taxin från busstationen direkt hit."
"Du kan få sova på soffan här om det duger."
"Tack, det duger bra."

Det gick inte så bra att sova. Tidsomställningen spelade in, men att han låg och grubblade på vad Lorene hade sagt och varför han egentligen skulle åka in i Laos bidrog kanske mest till att han inte somnade förrän inpå småtimmarna. Vad kunde resan till Vientiane ge, var det värt risken? Han vaknade klockan åtta på morgonen av att Lorene meddelade att frukosten var serverad. Efter några minuter satt han vid det lilla bordet i vardagsrummet och åt en redig frukost tillsammans med henne.
"Har du tänkt igenom beslutet att åka till Laos idag?"
"Ja, så mycket att jag hade svårt att sova."
"När åker du? Har du bokat hotellrum?"
"Åker så fort jag är klar. Jag har inte bokat hotell, men chansar på att jag kan få ett rum på samma hotell som sist."
"Jag kan ringa och boka åt dej. Har du numret?"
"Ja, jag har det på hotellets visitkort."
Bengt rotade en stund i kabinväskan. Visade sedan upp visitkortet för Lorene som snabbt slog numret. Det fanns ett rum ledigt på andra våningen som hon bokade åt honom.
"Kanske samma rum som du hade förra gången."
"Tack för hjälpen Lorene. Det är en chans på fem att det är samma rum. Har för mej att det var fem rum på andra våningen."

Vientiane, Januari 2003

Efter frukosten följde hon med i taxin till busstationen för att vinka av honom. Bussresan gick lika bra som de andra gångerna han korsat Mekong och hotellet var lika trevligt som tidigare. Men han fick inte samma rum. Det här var lite mindre, men lika fint ändå. Och receptionisten hade hälsat igenkännande och välkomnade honom åter när han klivit in genom den glasade ytterdörren. Han kände sig nästan som en stamgäst när han lade upp kabinväskan på en av de två stolarna i rummet och började packa upp (resväskan hade han lämnat hos Lorene).

Han tog upp den lilla papperslappen som hon hade gett honom med namn och telefonnummer till en kontaktperson i Vientiane. För säkerhets skull hade hon bara skrivit förnamnet och då ett som Bengt antog inte var mannens riktiga namn. Det stod nämligen att han hette Tim. Telefonnumret hade hon krypterat genom att skriva en tvåa istället för en etta och så vidare. Dessa försiktighetsåtgärder hade hon vidtagit ifall polisen mot förmodan skulle kolla upp honom.

Han slog numret efter att ha funderat några minuter på vad han skulle säga. En man svarade i andra ändan utan att Bengt förstod ett dugg av vad han sade.

"God morgon. Är det herr Tim?"

"Ja", kom svaret kort.

"Mitt namn är Bengt Andersson. Jag har fått ert telefonnummer av Lori."

Lorene hade sagt att han skulle använda smeknamnet Lori när han talade om henne eftersom det bara var några få, väl förtrogna vänner som kände till detta namn. Ytterligare en säkerhetsåtgärd. Bengt började känna sig som en låtsas James Bond.

"Jaa, jag förstår. Var kan vi träffas?", svarade mannen på en icke helt flytande engelska. Bengt föreslog samma lilla restaurang som han suttit med Tsai och pratat i oktober året innan; Tsai, mannen som ordnade kontakten med Va Leej i Ban Lan.

"När?", kom det kort i telefonen.

Bengt tittade på klockan och föreslog om en timme. Mer för att han var nyfiken vad mannen hade att säga än att det var någon egentlig brådska.

"Bra, jag är där klockan tolv."

183

Mannen var kort i växten. Han var ganska mörk i hyn. Men Bengt tyckte ändå inte hans drag antydde om tillhörighet till något bergsfolk. Han såg ut som vilken låglandslaot som helst. Han hade ett ansiktsuttryck som visade på en självsäkerhet, samtidigt som han nästan såg lite nervös ut. Håret var silvergrått och han såg ut att vara i sextioårsåldern. Och han hade anlänt till restaurangen före Bengt.

Eftersom det endast satt några få gäster där inne och den korta mannen tittade på Bengt och nickade lätt när han steg in, konstaterade Bengt omedelbart att detta måste vara herr Tim.

Han gick fram och sade i frågande ton:

"Herr Tim?"

Den lille mannen nickade och pekade på den andra stolen som stod vid bordet.

"Varsågod, sitt ner", sade han och synade Bengt noga medan denne drog ut stolen och satte sig.

"En öl, något att äta?" Bengt tyckte att mannen talade bättre engelska nu än i telefonen. Kanhända han är den typ som har svårt att uttrycka sig i telefonen, speciellt kanske på ett främmande språk, tänkte han.

"Bara en öl tack."

Tim sade något på laotiska till en kypare som stod och lutade sig mot en disk lite längre in i lokalen.

"Vad vill ni veta?", sade Tim rakt på sak.

"Om vad som egentligen är, eller har varit på gång här i landet. Vilka står bakom och vad händer nu?"

"Vad menar ni med 'är på gång'?"

"Jag menar planeringen av ett stort terrordåd mot Vientiane med avsikt att störta regeringen."

Tim log och lutade sig bakåt.

"Hur ska jag lita på er?"

"Jag är Lorenes farbror. Litar ni inte på henne då hon går i god för mej?"

Mannen tittade en lång stund på Bengt, som om han verkligen ville tänka igenom det Bengt hade sagt.

"Okey, jag lita på er. Jag berätta vad jag vet och chansar att ni inte tala om för någon vem ni fått informationen från."

184

Nu börjar han prata sämre engelska igen. Han kanske gör det när han blir nervös och han är nog lite osäker på hur mycket han kan lita på mej, tänkte Bengt.

Tim tittade sig omkring för att se så att ingen fanns inom höravstånd. Den enda som befann sig tillräckligt nära för att möjligtvis kunna överhöra samtalet var kyparen som åter stod och lutade sig mot disken. Han tittade likgiltigt åt andra hållet. Bengt trodde att mannen antagligen inte kunde engelska. Tim bekräftade det snabbt, precis som om han läst Bengts tankar. Han pekade med tummen mot kyparen. Men för säkerhets skull sänkte han rösten.

"Han förstår inte engelska."

"Vad jag också tänkte."

Tim lutade sig över bordet för att komma lite närmare Bengt. Han sänkte rösten ytterligare.

"Har ni hört talas om Den vita cirkeln?"

Bengt skakade på huvudet.

"Om Fredric Armbrüster?"

Tim fick en huvudskakning till svar igen.

"Om Jim Pope?"

Åter en huvudskakning.

"Berätta om de där namnen. Vad är Den vita cirkeln och vilka är Jim Pope och Fredric Armbrüster?"

Laoten tittade sig åter omkring i lokalen och sänkte rösten ytterligare en grad.

"Den vita cirkeln är ett högerextremt antikommunistiskt sällskap. Fredric Armbrüster är en schweizisk-tysk vapenförsäljare. Jim Pope är en före detta CIA man som var med i kriget här i Laos."

"Den vita cirkeln, hur stort är sällskapet, vilka är medlemmar och vad är deras mål?"

"Den vita cirkeln har som mål att störta alla kommunistregeringar i världen. Hur de skall kunna störta regeringen i Kina är det ingen som förstår. Antagligen inte dom själva heller."

Han skrattade till när han sade det. Och plötsligt såg hans ansikte annorlunda ut. Fler rynkor, men också betydligt mer avslappnat och vänligare.

185

"Cirkeln har sin bas någonstans utanför Bangkok. Det är vad jag hört. Det är ett mycket slutet och hemligt sällskap. Jag har inte mycket information om det. Fredric Armbrüster säljer vapen till diktatorer, brottssyndikat, upprorsorganisationer. Till vem som helst som kan betala. Utom till upprorsrörelser på vänsterkanten. Dessa tycker han inte om."

Nu började Tim att få riktigt flyt på sin engelska. Han kanske bara var ringrostig, kanske inte praktiserat språket på länge, tänkte Bengt.

"Jim Pope är verkligen en historia. En skrämmande historia. Han var en hänsynslös man som byggde upp sitt eget minimperium i norra Laos på gränsen mot Kina. Hade sin egen lilla armé av män från olika bergsfolk. Han lär ha skurit öronen av sina dödade fiender och trätt upp öronen på radband. Han hade många sådana radband sägs det. Han begärde också att få sina största fienders huvuden lagda framför sina fötter. Och det fick han flera gånger. Han till och med gjorde raider in i Kina med sina soldater."

"Ni sa att han jobbade för CIA. Hur kunde hans chefer nere i Vientiane och i USA tolerera allt detta, till exempel att ha en egen armé?"

"De tolererade inte det. De skickade upp agenter för att stoppa honom. Men han jagade iväg dem. En lär han ha hotat att kasta ut från en helikopter."

"Vad hade han med försöket till terrorattacken mot Vientiane nyligen att göra?"

"Jag kommer till det snart. Men först måste jag berätta om den schweizisk-tyske vapenförsäljaren. Han börjar bli gammal och har inte haft så stora framgångar med sina affärer på senare år. Det var skillnad för flera år sedan då han sålde vapen till Saddam Hussain och till diktatorer i Afrika och i Latinamerika. Ja, jag har hört att han till och med hade sålt vapen till CIA för att skickas vidare till någon upprorsorganisation som slogs mot någon kommunistregim någonstans. När den amerikanska kongressen inte vill ge pengar till en sådan operation lär CIA ha köpt vapen av Armbrüster. Jag vet inte om det är sant, men det låter inte omöjligt."

186

"Jag har också hört liknande historier om att CIA gått bakom ryggen på kongressen och skickat vapen till organisationer som slåss mot, av CIA, icke önskvärda regimer."

"Den vita cirkeln låg bakom planerna på terrorattacken i Vientiane förra året. Eller, rättare sagt, sällskapet stödde idén om en attack så fort dom fick reda på planerna."

"Hur kunde dom få reda på att man från USA planerade en terrorattack?"

"Någon i kretsen kring general Va Zeb i USA hade troligen läckt det. Och sedan skyndade sej medlemmarna i Cirkeln att uppmuntra terroristerna."

"Vet ni hur den thailändska regeringen reagerade när den fick reda på de framskridna planerna på att störta regeringen?"

"Premiärministern och flera andra ministrar sa att 'Vi kan absolut inte acceptera en attack mot en vänligt sinnad regering som vi har goda förbindelser med. Vi har tillsammans byggt Vänskapens Bro till exempel'. Det var ungefär så det stod i tidningarna där i varje fall."

"Det var ungefär så man sa i USA också. Ja, alltså det där om att vi inte kan tillåta terrorattacker mot ett land som vi har vänskapliga förbindelser med."

"Ja, jag läste om det i några tidningsartiklar."

"Hur blev Fredric Armbrüster, vapenhandlaren, involverad i det hela?"

"Som jag sa så hade han haft några dåliga år i sitt företag. När han via Jim Pope fick reda på att några planerade en attack i Laos vädrade han morgonluft. Han hade sedan tidigare kontakter med Den vita cirkeln. Så han trodde han skulle kunna sälja vapen till den för att smugglas vidare till upprorsmakarna här i landet. Men det hela var ju inte så enkelt. Pope chartrade ett litet fartyg och lastade det med handeldvapen och annat. Han utgick från någon liten hamn i norra Italien. Men när han inte ens var halvvägs till Thailand fick han reda på att attacken mot regeringen i Laos stoppats och att flera personer gripits i både USA och Thailand för inblandning i planerna. Där satt han mitt ute i Indiska Oceanen med

187

en last vapen som han inte kunde sälja någon annanstans, så han gick i total bankrutt. Världen har troligen blivit av med en skrupelfri vapensmugglare. Något gott som kom ut av det hela ändå."

Igen visade Tim sina rynkor i ansikten genom ett leende. Bengt började tycka om den lille mannen mer och mer.

"Så Armbrüster och Pope är bekanta med varandra, och med medlemmarna i Den vita cirkeln?"

"Ja. För Pope med sin rabiata antikommunism var Den vita cirkeln en perfekt organisation att ha förbindelse med. Hur vapenhandlaren Armbrüster blev bekant med Pope vet jag inte riktigt, men antagligen stötte de ihop i USA för ett antal år sedan. Pope är ju ganska gammal så jag tror inte att han numera ger sej ut på några sådana äventyr som att försöka störta regeringar."

"Ni sa att Den vita cirkeln har sitt högkvarter utanför Bangkok. Var det inte så?"

Sakta hade Bengts gamla journalistinstinkter börjat vakna till liv. Speciellt som denna historia rörde sig om brott. Brott, som visserligen låg ganska långt från de han skrivit om som vikarierande kriminalreporter i Stockholm en gång i tiden. Och nu fanns det även internationell politik invävt i historien. Något som kittlade Bengts nyfikenhet.

"Ja, men som jag sa så vet inte jag riktigt var det ligger."

"Skulle ni kunna ta reda på det?"

"Det är mycket farligt att fråga efter en sån organisation här i Laos. Det skulle även skapa problem om man började fråga i Thailand, både från regeringens sida och från organisationens. Mycket farligt, herr Andersson."

Tim såg djupt allvarlig ut när han sade det sista. Han lutade sig åter fram mot Bengt och sänkte rösten igen.

"Men om ni absolut vill undersöka det här med Den vita cirkeln så har jag en kontakt i Thailand. En journalist som bor i Bangkok. Ja, han är ursprungligen från Laos men har jobbat som journalist i Thailand i många år. Han har bland annat skrivit om organiserad brottslighet, extrema politiska rörelser och om båda dessa typer av organisationers kontakter med

188

utlandet. Han har blivit mordhotat så många gånger att han inte bryr sej längre."

"Det kan jag tänka mej. Jag menar att bli mordhotad om man rotar i sånt. Hur kan jag nå honom?"

"Ni kan få ett telefonnummer och senare ett slags lösenord att uppge när ni ringer honom. Men ni måste lära både telefonnumret och lösenordet utantill för säkerhets skull. Det är inte bra att gå omkring med det på en papperslapp i fickan ifall polisen eller någon annan skulle ta in er och muddra er. Och ... ni får absolut inte hälsa från mej."

"Får jag fråga hur ni vet allt det här. Jag menar om Den vita cirkel, om Armbrüster, om Jim Pope?"

"Jag har mina kontakter." Han log när han sade det och tittade underfundigt på Bengt.

"Varför ger ni mej all den här informationen? Väntar ni er att jag skall göra något speciellt?"

"Inte så mycket. Men kanske ni kan skriva om det och publicera det så att fler människor får reda på vad som händer. Avslöja för världen vad Den vita cirkeln är för något och om deras inblandning i attentatsförsöket."

"Jag kanske kan publicera något, men det beror på om jag kan få tag i tillräckligt med information där nere i Bangkok."

"Så ni tänker på allvar resa ned och söka efter Den vita cirkeln? Bra! Jag ska se om jag kan hjälpa er mer i så fall."

"Tack, det skulle underlätta betydligt. Får jag ställa en annan fråga?"

Bengt väntade inte på svaret utan fortsatte direkt.

"Har ni bott i Thailand?"

"Oh ja. Jag bodde där i flera år men flyttade tillbaka hit till mitt fosterland för ett par år sedan. Ni vet, jag sympatiserar inte med regeringen helt och hållet, men jag älskar mitt land och folket här. Därför är jag mycket orolig för att nya attentatsförsök ska komma. Och då kanske med mycket mer direkt stöd från Den vita cirkeln."

"Jag skall göra det bästa jag kan för att få ihop en story och publicera den. Det lovar jag. Hur gör vi nu?"

"Jag går hem och undersöker lite. Sedan ringer jag Lori i morgon eller kontaktar henne på annat sätt. Hon kan tolka mina meddelanden. Ni borde åka tillbaka till Nong Khai i morgon och vänta på min information. Här är journalistens telefonnummer. Lösenordet får ni i morgon via Lori."
Han smög in en liten papperslapp i Bengts vänstra hand.
"Jag gör som ni säjer och åker tillbaka till Nong Khai i morgon och tack för upplysningarna ni gett mej. Ni har verkligen väckt min nyfikenhet. Vill ni inte ha en till öl innan vi ger oss iväg?"
"Nej tack, då blir jag bara sömnig. Adjö. Vi kommer säkert att träffas igen."
"Ja det gör vi säkert."
De skakade hand. Utanför, på trottoaren gick de åt varsitt håll.

Nong Khai, Januari 2003

Nästa dag lämnade Bengt Vientiane på förmiddagen, två timmar efter det han intagit frukost på hotellet. När han passerade Vänskapens bro för …, ja vilken gång i ordningen undrade han, såg han vattnet flyta lika gulgrumligt och trögt som gången innan.

Lorene var hemma när han försiktigt knackade på dörren. Han hörde henne gå fram på andra sida och såg en skugga i titthålet.
"Det är jag, Bengt", sade han tyst, ifall några grannar lyssnade.
Hon sköt regeln åt sidan och öppnade dörren så långt en säkerhetskedja tillät. Kedjan var något hon låtit montera dit nyligen. Bra gjort Lorene, tänkte han. Hon log när hon såg Bengt genom dörrspringan.
"Välkommen tillbaka till Nong Khai", sade hon och häktade av kedjan.
Han klev in i lägenheten.

"Sätt dej i soffan så hämtar jag en läsk. Eller föredrar du en öl?"

"En läsk blir bra, tack."

Han sjönk ned i soffan och torkade av några svettpärlor från pannan. Det hade känts kvavt ute trots att det inte var regnperiod. Januari ska ju vara den svalaste månaden här. Börjar kanske bli gammal, funderade han.

En halv timme senare hade han delgjort Lorene allt vad Tim hade berättat för honom, samt sina planer på att söka efter Den vita cirkeln.

"Du är inte klok farbror Bengt. Det är mycket farligt att undersöka ett sånt där sällskap", blev svaret från henne. Han log för sig själv när han hörde henne säga "farbror Bengt". Det hade hon aldrig sagt förut.

"Hade du hört talas om sällskapet förut?"

Hon nickade sakta: "Hört rykten om att det finns. Men inte mycket mer."

En kort paus.

"Vad vet du om den där journalisten som Tim känner? Det kanske är riskabelt att ta kontakt med honom. Antagligen har både polis och gangsters ett öga på honom. Och säkert också Den vita cirkelns medlemmar. Sa inte Tim att han varit mordhotad så många gånger att han inte bryr sej längre?"

"Ja, nånting åt det hållet. Förresten, vad heter Tim egentligen? För han heter väl egentligen inte Tim?"

"Han har ett namn som är svårt att uttala för västerlänningar. Så han kallar sej oftast för bara för Tim. Vi, hans vänner, säjer också Tim numera."

"Förresten, har han ringt dej? Han skulle ringa till dej idag och lämna information om bland annat hur jag skall göra när jag kontaktar journalisten. Tim sa att han vill kontakta dej eftersom du kan tolka hans meddelanden."

"Stämmer", blev det korta svaret.

De smuttade på sina läskedrycker och satt sedan tysta ett par minuter, som om vad som sagts dittills måste sjunka in ordentligt. Det blev Lorene som först tog till orda.

191

"När tänker du ge dej iväg till Bangkok för att leta efter det där sällskapet?"

"Så fort som möjligt. Kanske i övermorgon. Måste undersöka lite först. Men jag ska inte leta efter Den vita cirkeln direkt jag kommer till Bangkok. Jag börjar med att träffa Tims vän journalisten."

Exakt klockan fyra på eftermiddagen ringde det i Lorenes telefon. Vad Bengt uppfattade var det tydligen Tim. De talade på laotiska och Bengt förstod ingenting av konversationen. Även om han hade förstått laotiska skulle han antagligen ändå inte förstått vad de pratade om eftersom de använde många kodord. Till exempel bytte de ut personnamn mot djurnamn eller något annat. Det fanns en risk att säkerhetspolisen i Laos eller den i Thailand lyssnade på samtalet.

"Det var Tim. Han sa att han har kontaktat journalisten. Jag har fått ett lösenord du skall säja när du kontaktar honom per telefon och bestämmer möte. Har du en penna och papper?"

"Ett ögonblick."

Bengt tog upp en penna från bröstfickan på skjortan och hämtade ett litet anteckningsblock han hade i kabinväskan.

"Vad var lösenordet?"

"Journalisten har en pseudonym han arbetar under numera. Det är Chai Eak och betyder ungefär Herr X. Lösenordet du skall uppge är 'Billy three'. Säj bara det så fort han svarar på telefonen så vet han att det är en bekant till Tim."

"Jag har antecknat."

"Bra, men lär dej hans telefonnummer och namn och lösenordet utantill och spola sedan ner lappen i toaletten."

"Telefonnumret har jag redan lärt mej utantill. Det andra skall jag lära mej ikväll. På tal om ikväll, jag tänkte bjuda dej på middag ikväll på någon bra restaurang. Känner du till någon häromkring?"

"Det finns en liten kvartersrestaurang inte långt härifrån som har bra mat."

Det var verkligen en liten restaurang, mindre än Bengt hade föreställt sig, men mysigare inredd än han hade trott. Endast vid två av de sju små borden som fanns där inne satt det gäster. En av de två kyparna som syntes i lokalen gav Lorene ett svagt men igenkännande leende. Han tittade något misstänksamt på Bengt. Han tror nog att hon blivit älskarinna åt en rik västerlänning, tänkte Bengt och log mot kyparen, som log lite ansträngt tillbaka.

Kyparen sade något till dem på thai så fort de satt sig.

"Han undrar vad vi vill dricka", översatte Lorene.

"Jag tar gärna en kall öl till att börja med", svarade Bengt.

Lorene vände sig mot kyparen och beställde ölen åt Bengt och en apelsinjuice åt sig själv.

"Vad dricker du?", frågade Bengt.

"En juice som starter", skrattade Lorene.

Skönt att hon börjat bli lite avslappnad, tänkte Bengt.

Efter bara någon minut kom kyparen tillbaka med drickat och ett vitt plastlaminerat papper. Det var menyn, som han lade ned bredvid Bengt. Överraskad såg Bengt att den hade både thailändsk och engelsk text. Han sträckte över den till Lorene, som snabbt tycktes ha bestämt sig.

"Vad tänker du äta? Jag tar samma som du då du känner till det här stället och vet vad som är bäst."

"Jag tänkte att vi tar olika rätter så kan vi dela på det. Så brukar man göra här."

"Bra idé. Vad föreslår du?"

"Varför inte en currykyckling och biff i stark chilisås?"

"Låter utmärkt. Jag litar på din smak."

Det tog trettio minuter innan maten kom in efter det att de gjort beställningen.

"Du vet, det här är ingen snabbmatsrestaurang. Här lagar de maten ordentligt vartefter de får in beställningarna", förklarade Lorene.

"Ingen fara jag har haft min öl och trevligt sällskap medan jag väntat", svarade Bengt och konstaterade att det var värt att vänta. Maten var nämligen utmärkt.

"Du måste förstå att jag hemskt gärna skulle vilja åka till USA och se var min far bodde och kanske träffa hans fru. Men jag vet inte alls hur hon skulle ta det", sade Lorene och bytte därmed samtalsämne plötsligt.

"Jag tror inte hon skulle tycka illa om det. Men hon måste ju förberedas. Jag vet inte om hon överhuvudtaget känner till att du finns. Hon borde ju ha sagt något till mej i så fall. Det tycker jag."

"I vilket fall som helst, jag tänker inte åka dit."

Därmed var konversionen om detta ämne över. De satt tysta någon minut medan de åt upp det sista på tallrikarna och en av kyparna satte på musik som dämpat strömmade ut från några dolda högtalare. Det var till Bengts förvåning jazz han hade satt på. Så här på en liten lokal thailändsk restaurang! Kanske bara för att en västerlänning sitter här, tänkte han.

"Hur går det med jobb Lorene?", frågade Bengt.

"Har haft några tolkuppdrag den senaste tiden. Samtidigt håller jag på att översätta en bok, en roman, från thai till engelska. Det ger inte några stora inkomster men jag klarar mej."

Nu tyckte han att det var läge att tala om vad han tänkt på länge.

"Efter det jag hittat cylindern med pengar där uppe i Ban Lan tänkte jag att ge dej dom som ett ekonomiskt bidrag från min bror. Postumt så att säja. Men sedan blev jag rånad på allt som du vet. Men hemma i Sverige började jag fundera på det igen. Jag tänkte att eftersom jag fick ganska bra betalt när jag sålde min datorfirma skulle jag ändå ge dej dom där åttatusenfyrahundra dollarna."

"Tack, men det kommer inte på fråga. Jag klarar mitt uppehälle på de jobb jag får in."

"Det är inte frågan om att bara klara ditt uppehälle, Lorene. Det är frågan om att förbättra dit liv betydligt. Till exempel skulle du behöva en lite större bostad. Eller kanske skulle du kunna studera på ett universitet och skaffa dej ett säkrare och bättre betalt jobb. Du kan väl ta det som en liten kompensation för att min bror övergav dej och din mor där borta i Vientiane."

"Det skall väl inte du betala."

"Jag har sagt att jag fick bra betalt för firman, bättre än jag vågade hoppas på. Tro mej, jag har råd att ge dej de där pengarna. Jag kan transferera över dom till ditt bankkonto när du vill."

"Jag skall tänka på det. Vi kan tala om det när du har varit nere i Bangkok."

"Varför vänta till dess?"

"Okey. Vi säjer så här, jag tar emot ditt erbjudande om jag får skänka en del av pengarna till det kloster som tog emot mej när jag hade rymt från den där bordellen i Bangkok. Jag har alltid velat kompensera lite av den hjälp jag fick av nunnorna, men har hittills inte haft råd."

"Det låter bra tycker jag. Överens! Skål."

Bengt höjde ölglaset mot Lorene som log och höjde sitt glas.

"Om du tänker ta dej till Bangkok i övermorgon är det nog dags att boka biljett snart. Förresten, tänker du flyga, åka tåg eller buss?"

"Har inte bestämt mej ännu, men lutar åt tåg. Har aldrig åkt tåg i det här landet."

"Det finns både nattåg och dagtåg. Resan tar ungefär tio timmar."

"Ska jag åka tåg är det för att se lite av Thailand, så nattåg skippar jag."

"Det är ett ganska platt och lite monotont landskap. Mycket risfält. Inte så mycket berg som uppe i nordväst."

"Kanske ska ta flyget i varje fall då."

"Imorgon går vi till en resebyrå och tittar på olika alternativ. Det är ganska sent, så jag tycker vi går tillbaka till lägenheten nu."

Bengt låg på den lilla soffan i det lilla vardagsrummet igen. Han tyckte bädden kändes smal men sade inget till Lorene, utan drog det tunna lakanet över sig och försökte att inte tänka på något alls för att somna så snabbt som möjligt. Men det fungerade inte, utan han började redan efter ett par minuter att grubbla över Den vita cirkeln och den stundande resan till Bangkok. Han somnade först vid midnatt och vaknade klockan sju av att en bil tutade någonstans på gatan nedanför. Första sekunderna trodde han att han var hemma på Söder i Stockholm. Han hörde Lorene pyssla ute i köket och insåg att han befann sig på andra sidan jordklotet.

Undrar vad min bror tänkte de mornar han vaknade där borta i Udorn och hade flera flygningar över fiendens territorium framför sej samma dag, funderade Bengt. Var han orolig för om han skulle komma tillbaka? Det måste han ha varit. Det måste alla vara som ger sig ut på sådana uppdrag, konstaterade han.

"Farbror, frukosten är klar. Kan jag komma in och duka fram den på bordet?" Lorenes röst kom från andra sidan den stängda dörren till vardagsrummet.

"Visst, stig in."

Tre minuter senare stod frukosten på bordet: kaffe, te, bröd och klibbris i två skålar.

"Jag kom ihåg från ditt förra besök att du sa att du tyckte om klibbris från höglandet. Du hade fått det en gång i Laos, sa du då. Så därför letade jag efter det på marknaden här om dagen och köpte ett kilo. Hoppas du tycker det smakar lika bra som i Laos."

"Tack, det gör det säkert."

Han tyckte alltihop smakade bra, inklusive riset. Han formade det till bollar och åt det med händerna som han lärt sig att äta det i Laos.

"Vi kan gå till en liten resebyrå som ligger några kvarter härifrån och kolla upp biljetter till Bangkok om du tycker det låter bra?"

"Ja visst, det blir bra. Vi kan väl gå när vi ätit frukost?"

"Nej, de öppnar inte förrän klockan nio. Så vi får nog vänta en timme efter frukost."

Temperaturen kändes behaglig när de klev ut på gatan. Om det inte hade varit för avgaserna från alla bilar skulle luftens känts som en svensk försommardag på landet, tänkte Bengt.

Lorene gick bredvid honom och berättade lite om staden Nong Khais historia och om vad hon tyckte var bra och vad som inte var så bra med att bo där. Det positiva tycktes dock överväga. De kom fram till resebyrån efter att ha promenerat i närmare tio minuter. Den var inhyst i en liten lokal och med en mycket trevlig medelålders kvinna bakom disken. Hon tog snabbt fram olika alternativ att resa till Bangkok, samt tider och priser för vart och ett.

När Bengt tittade på alternativen och kom ihåg vad Lorene sagt om att landskapet var ganska monotont i centrala Thailand bestämde han sig för att flyga till Bangkok. Biljetterna skrev damen bakom disken ut direkt och Bengt betalade kontant. Han hade bestämt det tidigare och tagit ut pengar på en bankomat. Detta av säkerhetsskäl, då det är lättare att spåra hur man reser om man betalar med kort.

De promenerade en annan väg tillbaka, eftersom Lorene ville visa lite mer av staden för Bengt. Klockan tio var de tillbaka.

"Jag är sugen på en kopp kaffe. Vill du också ha en?"

"Ja, gärna tack."

Fem minuter senare hade Lorene blandat två koppar snabbkaffe och ställt på bordet i vardagsrummet, samt lagt fram några kex i en liten skål. De drack under tystnad någon minut tills Bengt frågade Lorene om hon kände till Bangkok väl.

"Nej, jag kan inte säja att jag känner till staden väl. Den är för stor för det. Men centrum och ett par av förorterna känner jag ganska väl."

"Du vet inte var den där journalisten bor?"

"Nej. Förresten, skulle inte du ringa till honom? Du kanske skulle ha gjort det innan du köpt biljetterna."

"Ja, men jag gör det nu."

"Du får inte ringa honom från min telefon. Jag vill inte bli hopkopplad med honom, varken av polisen eller kriminella. Det måste du förstå."

"Javisst förstår jag det. Jag ringer från min mobil jag köpt för den typen av samtal."

197

Han tog fram en mobiltelefon från sin kabinväska och slog det nummer han fått av Tim. Efter bara tre sekunder svarade någon i andra ändan på thailändska. Bengt uppgav lösenordet 'Billy three' utan att ha en aning om det verkligen var journalisten som svarat. Då personen slog över till engelska förstod Bengt att det var den han sökte.

"Jag heter Bengt och har fått ert telefonnummer av er vän Tim."

"Jag vet vem ni är. Jag har talat med Tim. Vad kan jag hjälpa er med?"

"Jag skulle vilja träffa er mellan fyra ögon i Bangkok. Har ni tid i morgon eftermiddag?"

"Klockan fyra. Blir det bra?"

"Perfekt. Var?"

Journalisten uppgav namnet på en liten bar som låg på en mindre sidogata mitt i centrum där de skulle kunna tala ostört enligt honom. Han gav adressen och en beskrivning hur Bengt skulle ta sig dit. Bengt klottrade snabbt ned beskrivningen han fått på ett papper medan journalisten talade.

"Tack. Jag kommer att ha en ljusblå skjorta på mej och en panamahatt på huvudet."

"Ok. Perfekt jag kommer att identifiera er direkt. Vi ses där."

Bengt stängde av mobilen och vände sig mot Lorene.

"Du hörde vad vi kom överens om, eller hur?"

"Javisst, jag hörde vad ni bestämde", sade hon och tittade sedan med road blick på sin farbror och fortsatte: "Har du en panamahatt? Varför har du inte haft den på dej förut?"

"Jag har sparat den för sådana speciella tillfällen, förstår du."

"Det blir perfekt för dej att träffa journalisten Chai Eak klockan fyra. Eftersom ditt plan går från Udon Thani klockan elva är du i Bangkok någon gång mitt på dagen och hinner ledigt checka in på ett hotell innan. Har du tänkt på var du skall bo?"

"Det beror på var den där baren ligger. Vill inte hamna för långt ifrån den."

"Får jag se adressen och beskrivningen hur man tar sej dit så kanske jag kan hitta ett bra hotell i närheten via internet."

Och efter fem minuter hade hon hittat ett hotell tre kvarter från baren.

"Sextio dollar för ett enkelrum på ett fyrstjärnigt hotell. Blir det bra?"

"Det blir utmärkt."

"Jag kan betala direkt med mitt kort."

När de ätit lunch satte sig Bengt och förberedde mötet den kommande dagen i Bangkok. Han skrev upp några frågor han hade till journalisten. Han skrev det i form av stolpar på svenska för säkerhets skull. Under tiden satt Lorene och jobbade med en översättning. Bengt såg att det var en bok hon höll på med då originalet låg framför henne. När han i smyg tittade på hur hon arbetade kom han plötsligt på att han lovat att sätta in de åttatusen dollarna på hennes konto.

"Kan vi ordna det där med pengarna du skall få? Bäst att göra det idag då jag flyger klockan elva. Hur är bäst att gå till väga?"

"Om du inte kan eller vill göra det via datorn kan du kanske gå till den bank här i Thailand som representerar din svenska bank och föra över det till mitt konto."

Via datorn letade de upp vilken bank som representerade Bengts bank i Thailand. Lorene visste att den banken hade ett kontor i Nong Khai. Från att de stigit in på bankkontoret och tills överföringen av pengarna var klar och de klev ut på gatan igen hade det endast gått tio minuter. Lättare och snabbare än Bengt vågat hoppas.

"Nu går vi till en bar och tar en drink för att fira detta. Jag bjuder", sade Lorene.

Även denna gång visade hon till ett lokalt ställe, en liten bar på en bakgata. De klev in och satte sig vid ett av de tre borden som var lediga. Ett ungt par, som satt och tittade varandra kärleksfullt i ögonen, hade ockuperat det fjärde bordet som fanns i lokalen. Vid bardisken stod fyra stolar, alla upptagna

199

av unga män klädda i senaste modet och med varsin drink i handen. De tycktes vara vänner då de diskuterade livligt om något som Bengt inte förstod vad det var. Han bara uppfattade några geografiska namn, såsom Singapore och Australien. Ljuset var dämpat och på väggarna hängde bilder på dyra, snabba bilar och på vad Bengt antog var Thailändska filmstjärnor.

"Vad vill du ha?"

"Jag vill ha någon läskande drink för jag känner mej torr i halsen. Kanske en Planters punsch om de har", svarade han på Lorenes fråga.

"Vet inte, men jag ska fråga kyparen."

Hon vinkade till sig en medelålders man som stod borta vid baren. Han hade observerat dem redan när de kom in. Lorene frågade honom om bartendern kunde blanda en Planters punsch. Jo det skulle tydligen gå bra enligt vad Bengt förstod.

"De kunde fixa din drink. Har aldrig provat en sådan så jag beställde en till mej också."

"Du kommer att tycka om den."

När drinkarna kom på bordet tyckte Lorene att de såg fina ut och efter att hon smuttat på sin, tyckte hon också att den smakade bra.

Efter någon timme i baren, då de diskuterat Bengts resa till Bangkok och Den vita cirkeln, meddelade Lorene att hon ville gå tillbaka till lägenheten eftersom det började bli sent.

"Jag är ganska trött och i morron måste vi upp tidigt så att du hinner med bussen till i Udon Thani. Dessutom måste jag fortsätta jobba med översättningen av den där boken när du åkt."

"Ja visst, du har rätt. Vi behöver sova några timmar om jag skall åka både buss och flyg i morron, och du skall översätta."

Lorene betalade notan. Kyparen tittade lite konstigt först på henne och sedan på Bengt. Han blev säkert förvånad över att inte Bengt, en man och västerlänning, betalade. De gick iväg, ut på den svagt upplysta sidogatan och vidare ut på den större gatan som ledde till de kvarter där Lorenes lägenhet låg. Det är lagom ljummet ute och om inte det vore för den bullriga trafiken skulle det vara en perfekt kväll, tänkte Bengt och sneglade upp mot den svarta himlen. Han såg inga stjärnor. När de kommit tillbaka till lägenheten kollade Bengt upp biljetten och flygets avgångstid en gång till för säkerhets skull. Om han tog en buss klockan sju på morgonen skulle han vara i god tid på flygplatsen i Udon Thani.

***

Han vaknade vid ljudet av en bil som bromsade in häftigt och sedan ljudet från ett signalhorn. Han tyckte också han hörde fågelsång, men det kanske bara var inbillning. Solen hade gått upp men ännu inte börjat värma särskilt mycket. Det var lagom varmt. Det kände han när han öppnade vardagsrumsfönstret, strax innan Lorene kom in med frukosten.

De åt under tystnad någon minut. Sedan sade Lorene att hon skulle följa med honom till bussterminalen, eftersom hon ville se att han kom iväg som han skulle.

"Du vill vara säker på att bli av med mej, med andra ord."
Lorene skrattade.

"Nej, det vill jag verkligen inte. Egentligen tycker jag inte alls om att du ger dej in i det där med att träffa journalisten och undersökningen av sällskapet Den vita cirkeln. Jag har ju nyligen fått en farbror, en släkting på min fars sida, och nu skall han ge sej iväg på något så riskabelt."

Hon menar allvar, tänkte Bengt.

"Jag lovar att vara försiktig och att komma tillbaka hit innan jag åker hem till Sverige."

"Lova att ringa någon gång, så jag vet att du lever. Bäst att vi äter upp och ger oss iväg så att du hinner med sjubussen."

Han lyfte handen och vinkade adjö till Lorene genom bussfönstret. Hon vinkade tillbaka. Chauffören varvade upp motorn som morrade som en hungrig tiger. Damm virvlade upp från den torra vägen. Resan gick ungefär så bra som ditresan tyckte Bengt. Och snart stod han åter utanför flygplatsen med kabinväskan i handen. Men denna gång på väg till huvudsta-

201

den, inte anländande därifrån. Inne i terminalen såg han på skärmen ovanför check in att planet var försenat tjugo minuter. Anledningen var sen ankomst från Bangkok. Han köpte en Coke och satte sig på en bänk och väntade. Snart hördes planet taxa fram till terminalen. Piloten slog av motorerna och när alla passagerare kommit ut skyndade sig städpersonalen in. Efter en kvart var de klara. Nu var förseningen uppe i över en halv timme. Men det spelade ingen roll för Bengt, han hade gott om tid. På något vis lyckades piloterna köra in tio minuter på den relativt korta sträckan. Så när hjulen skrek till mot den heta landningsbanan på Don Mueang flygplatsen var de likväl bara tjugo minuter försenade. Väl utanför terminalen hittade han en taxi där chauffören faktiskt satt kvar i bilen och inte rusade mot passagerarna för att övertyga dem om att just hans taxi var det bästa alternativet.

Bangkok, Januari 2003

Inom fyrtio minuter hade chauffören hittat hans hotell. Det såg bra ut från utsidan och när han checkat in kunde han konstatera att det såg lika bra ut inne på rummet. Inget överdåd, men ett rent, fint och ganska stort rum hade han fått. Klockan var två och han beslöt att äta lunch på hotellet innan han skulle gå och leta rätt på baren där han skulle träffa journalisten Chai Eak. Eller vad han nu egentligen heter, funderade Bengt.

Han blev lite besviken på lunchen han intog i hotellrestaurangen. Den var inte riktigt så kryddad som han hade tänkt sig. De kanske anpassar maten till västerlänningar och inte gör den lika stark som när de har asiater som gäster, trodde han. Klockan hade blivit över tre. Det var dags att hitta baren. Tre-fyra kvarter från hotellet hade han fått till svar när han frågat receptionisten. Baren hette "East is East". Jäkla namn tänkte Bengt, men antagligen från den brittiska författaren Rudyard Kiplings berömda rad: " *Oh, East is East, and West is West, and never the twain shall meet*".

202

Och baren var verkligen liten, just som journalisten sagt. Bengt tittade in genom dörrens glasfönster, men gick inte in. Det var för tidigt, så han strosade runt i de närmaste kvarteren några minuter och återvände sedan (med panamahatten på). När han sköt upp dörren och klev in konstaterade han snabbt att han hade kommit före journalisten. Det satt ett par gäster vid baren och vid ett av de fem små caféborden satt en ung kvinna och konverserade högt med en medelålders man. Båda såg thailändska ut.

Han, journalisten, hade nog rätt när han valde det här stället, konstaterade Bengt efter att ha tittat runt i lokalen. Ett av borden stod lite i skymundan. Han gick dit och satte sig. Efter bara två minuter (innan ens en kypare hunnit fram till bordet) kom journalisten in, sökte snabbt med blicken runt i lokalen och klev sedan med bestämda steg rakt mot där Bengt satt.

"Mister Bengt Andersson antar jag", sade Chai Eak och tog Bengt i handen. "Jag såg panamahatten så jag var säker."

"Javisst ja, panamahatten. Jag förstod omedelbart att det var ni redan när jag såg er i dörren. Sitt ner", sade Bengt och konstaterade att journalisten var tämligen lång för att vara laot. Dessutom var han ganska tunnhårig, något inte så vanligt bland män i dessa länder. Åtminstone inte bland medelålders.

Chai Eak hann nätt och jämt sätta sig innan en kypare dök upp vid bordet och undrade vad de ville ha att dricka.

"En kall Singha för mej tack" sade Chai Eak på thai till kyparen. Vänd mot Bengt och på engelska: " Vad vill ni ha, jag bjuder. Det är inte varje dag jag har besök från Sverige." Han log mot Bengt som redan börjat gilla mannen.

"Jag tar också en kall öl, tack", sade Bengt som åtminstone förstått ordet Singha.

När de fått sina öl och kyparen dragit sig tillbaka lutade sig journalisten över bordet och nästan viskade till Bengt.

"Bra bord ni valt. Här kan vi prata ostört. Ni förstår jag måste ständigt och jämt vara på min vakt."

"Jag förstår det helt och hållet."

Bengt hade inte bara börjat gilla journalisten, han hade också blivit imponerad av hans mycket goda engelska. De tog var sin klunk av den kalla ölen från de immiga glasen. Sedan tog laoten upp ämnet för vilket mötet skulle vara ägnat.

"Säj mej, varför vill ni undersöka det här med Den vita cirkeln, och vad hade ni tänkt jag skulle bidra med?"

Bengt berättade hela historien från början. Om hans bror som pilot under Indokinakriget, om den gömda metallcylindern, fram till dess han såg artikeln om de planerade terrordåden mot Vientiane och vidare om hur Tim hade talat om Den vita cirkeln, CIA-agenten Pope och vapenhandlaren Armbrüster.

"Hur hade ni tänkt få ihop tillräckligt med material om Cirkeln? Hur hade ni tänkt att sedan koppla ihop det med Pope och Armbürster?"

"Jag hade tänkt att på något vis med er hjälp hitta Cirkeln och kanske till och med kunna få träffa någon av medlemmarna. Jag hoppas också att om jag får kontakt med Cirkeln så kanske information om Pope och Armbürster dyker upp per automatik? Allt kanske låter lite naivt, men det är ju så en journalist jobbar med en idé från början. Sedan får man se hur allt utvecklas."

"Det kan jag hålla med om. Hur långt skall jag vara med? Och var hade ni tänkt publicera storyn?"

"Var jag skall publicera beror delvis på hur mycket ni vill vara med. Om ni och jag tillsammans skriver något så kan jag utnyttja mina kontakter i Sverige och ni era här eller någon annanstans. Jag är övertygad om att ifall vi får ihop något rejält kommer det att vara sprängstoff i många länder. Inte minst i USA."

"Ni vet ju att jag lever under ständigt hot. Det kanske inte är så hälsosamt att bli kompanjon med mej."

"Jag vet riskerna men anser att detta är något som måste komma ut till världen."

"Ett första steg skulle alltså vara att få en träff med någon av medlemmarna i Cirkeln. För att kanske få intervju honom. Det låter ju enkelt, men är mycket, mycket svårt och direkt farligt. Till att börja med, hur hade ni tänkt kontakta denne medlem? En som är medlem i ett ockult och våldsbenäget sällskap. Ett sällskap som gärna hade varit med i ett attentat som antagligen skulle ha dödat hundratals oskyldiga, kanske tusentals."

"Som jag sa hoppas jag på att ni genom någon av era kontakter skulle kunna ordna ett sånt möte."

"Okey, jag är intresserad av att få ihop en bra story om Cirkeln och om attentatsplanerna mot Vientiane, och även att få med både Pope och Armbürster på ett hörn. Det skulle vara, som ni säjer, sprängstoff i Amerika och här nere. Om vi säjer så här, ni går tillbaka till ert hotell och vi ses på en restaurang, som ligger två kvarter härifrån, i morgon klockan ett, intar lunch och planerar vidare. Jag kommer att ägna förmiddagen åt att kontakta ett par personer som kanske, jag säjer kanske, kan leda oss till Cirkeln."

"Det låter bra. Var ligger den där restaurangen?"

"Här är adressen och namnet på stället. När vi kommer ut skall jag visa hur ni går dit."

Bengt betalade notan efter protester från journalisten som ju sagt att han skulle betala. De gick ut i den tropiska eftermiddagen och andades in den smogfyllda Bangkokluften.

"Den där gatan där borta." Journalisten pekade åt höger mot en relativt smal gata. "Gå in på den gatan. Sedan är det två kvarter. På vänster sida hittar ni stället."

"Bambu Bar and Restaurang", läste Bengt från papperslappen han fått av journalisten. "Jag kommer att hitta den."

"Vi ses där klockan ett då."

De skakade hand. Sedan gick Chai Eak iväg med raska steg. Bengt tittade efter honom och undrade hur allt skulle gå; om journalisten skulle kunna ordna den där kontakten med Den vita cirkeln.

Tillbaka på hotellet lade Bengt sig på rygg i den breda sängen, stirrade upp i taket och funderade vidare på vad han nu gett sig in i. Luftkonditioneringens svagt surrande sövde honom och han nickade till några minuter. Mycket dämpat hördes trafiken nere på gatan. Efter den korta tuppluren slog han på teven och sappade sig genom kanalerna tills han hittade CNN.

205

Där var det nyheter från någon delstat som drabbats av snöstorm så han gick vidare till BBC. Där intervjuades en kvinna om vad hon tyckte om regeringen. På en annan engelskspråkig kanal pågick en actionfilm där hjälten sköt ihjäl minst tio personer på en halv minut. Han slog av teven och beslöt sig för att gå ner till hotellets restaurang och dricka en öl.

Där nere blev han förvånad att se att alla bord var upptagna. Han gick istället fram till baren och satte sig på en av de lediga stolarna.

"Vad vill ni dricka mister", sade en leende bartender.

"Har ni Carlsberg", frågade Bengt.

"Givetvis", svarade bartendern och korkade upp en immig flaska.

Bengt satt sedan och tittade sig omkring medan han långsamt drack det danska ölet, tusen mil från dess hemland. De som frekventerade restaurangen var en brokig samling människor som tycktes komma från jordens alla hörn. Han tyckte sig urskilja tyska, franska och kanske italienska från de konversationer som pågick runt de närmaste borden.

Efter en halvtimme ledsnade han på att sitta där och gick upp till sitt rum, slog på teven och lade sig på sängen för att åter slötitta på ett nyhetsprogram på en amerikansk kanal. Efter bilder på en bilolycka, en filmsnutt på en senator som sade något om skatter, samt ett kort reportage från ett knarkbeslag polisen gjort, sades något som fick Bengt att sätta sig rakt upp i sängen. Åklagaren i fallet med de planerade attentaten i Laos huvudstad Vientiane hade bestämt sig för att försöka få den gamle generalen Va Zeb åtalad trots att han tidigare sluppit med hänsyn till hans höga ålder. Det var allt som sades i inslaget. Därefter flyttades fokus till Mellanöstern.

"Det var som fan", sade Bengt för sig själv där han satt i sängen på ett hotellrum långt från USA. Sedan lade han sig åter och funderade över vad detta kunde innebära. Måste nog hålla koll på nyheterna framöver, var tanken som kom.

Han hade ingen lust att gå någonstans på kvällen så han beställde upp en middag till rummet. När han ätit färdigt tittade han på ytterligare ett par engelskspråkiga nyhetssändningar i hopp om att få lite mer information om beslutet att försöka åtala Va Zeb. Men inget sades om fallet. Han beslöt att gå och lägga sig och vakna tidigt för att ta sig en morgonpromenad före frukost.

***

Klockan blev ändå åtta innan han vaknade. Han hade tänkt sig att gå upp lite tidigare, men gick i alla fall ut på en promenad innan han återvände till hotellet för att inta frukost. Nu hade han nästan fyra timmar innan han skulle träffa journalisten Chai Eak. Hur skulle han spendera dem? Han beslöt att till att börja med skulle han skriva ned frågor han skulle ställa om han fick chansen att träffa någon från Den vita cirkeln. Bengt plottrade ned frågor som han sedan skrev om och ändrade ett flertal gånger. Funderade på hur han skulle uppträda mot en person som är med i ett hemligt sällskap som inte drar sig för att döda. Men funderade också på hur han skulle lägga upp själva artikeln och vilka tidningar skulle kunna tänkas vara intresserade att publicera den. Och rätt vad det var började klockan närma sig ett på eftermiddagen och han blev tvungen att ge sig iväg till mötet.

Bengt hittade dit direkt utan att behöva fråga. När han sköt upp dörren och klev in i den luftkonditioneringssvala restauranglokalen såg han att journalisten var där. Denne satt i ett hörn med en tidning i handen och tycktes helt ointresserad av vad som hände omkring honom. Ointresset verkade även inkludera Bengts ankomst. Detta var dock ett felaktigt intryck. Om man är mordhotad så ofta som Chai Eak är, så är man alltid på helspänn, beredd att kasta sig under bordet eller bakom något annat skydd. Det visste Bengt. När han gick fram och ställde sig vid bordet där journalisten satt tittade denne knappt upp från tidningen, han nickade bara och sade åt Bengt att sätta sig ned med en gest mot den lediga stolen framför honom. Sedan vek han ihop tidningen, log mot Bengt och sade:

"Har ni något emot att äta lunch medan vi pratar?"

207

"Inte alls, jag hade själv tänkt fråga er samma sak."

"De har en utmärkt curry med fisk här. Äter ni fisk? Jag kan verkligen rekommendera den. Lagom som lunch i middagshettan."

"Jag måste ju lita på ert omdöme då det gäller det journalistiska projektet. Så jag chansar och litar även på ert omdöme då det gäller mat."

Journalisten skrattade till och tackade för detta förtroende. Sedan vinkade han till sig kyparen. När beställningen var gjord lutade han sig över bordet för att i låg ton tilltala Bengt.

"Det här stället är bra för sådana samtal som vi skall hålla. Klientelet är av den sort som inte är ett skvatt intresserade av det vi talar om. Jag vet för jag har varit här många gånger de senaste åren. Dessutom spelar de musik i högtalarna som ni hör, och även om det är dämpat är det svårt att höra vad grannen i bordet bredvid säjer. Sedan kan man förstås lägga till den goda maten som ytterligare ett plus."

"Låter bra", sade Bengt och tittade sig omkring i lokalen. Förutom det obligatoriska fotot av kungen, tyckte han inte det såg speciellt thailändskt eller orientaliskt ut. Inredningen var sådan att det kunde vara nästan varsomhelst på jorden; några färgfoton från olika delar av världen, en abstrakt målning och några tunga draperier mot bortre kortväggen, där Bengt och Chai Eak satt. Bengt uppskattade antal bord till drygt ett dussin ungefär. Det var allt, förutom en liten bardisk i trä. Från deras bord räknat i den motsatta hörnan.

Journalisten lutade sig över bordet igen. Nu såg han allvarlig ut och tittade Bengt in i ögonen.

"Jag tror att vi har en kontakt som kan ta oss in en bit i Den vita cirkelns hemligheter."

Bengt undrade vad det egentligen betydde. Han hade svårt att riktigt förstå vad som menades med "kan ta oss in en bit", men beslöt att inte direkt fråga om det.

"Ni har alltså lyckats få tag i en person som är medlem i Cirkeln och är villig att berätta, eller?"

"Nja, inte direkt. Det är en person som har varit medlem och hoppat av. Han vill gärna att det skrivs om sällskapet så att världen får reda på vad den egentligen står för. Vad den sysslar med. Men som du kanske förstår lever han farligt. Han befinner sej i en situation som är värre än min. 'Även om det skall kosta mej livet, så måste sanningen om Cirkeln fram och om ni kan publicera ett avslöjande i flera tidningar ute i världen vore det ett stort framsteg', så sa han."

Bengt började inse på riktigt vad han just nu höll på att dras in i. Dimensionerna började klarna. Det här var definitivt inte ett lokaltidningsuppdrag. Det kittlade i magen. Samtidigt såg han med iver fram emot att komma igång.

"Det är ju fantastiskt Chai Eak. Hur ser tidsplanen ut de närmaste dagarna?" Han försökte att inte låta för ivrig. Om det var något han visste om Östern var det att inte visa otålighet eller starka känslor inför andra. Tålamod vad var som gällde.

"I morgon träffar vi tillsammans mannen. Vi måste vidta stora försiktighetsmått. Än så länge har vi inte bestämt plats, men jag slår en signal till hotellet i morgon förmiddag då jag räknar med att vi hittat ett säkert ställe att träffa honom."

"Är det inte bättre att ring till min mobil, säkrare menar jag."

"Då ringer jag till den. Hoppas ni inte registrerade den i ert namn när du köpte den här i Thailand."

"Nej den går inte att spåra."

Kyparen kom in med fisken. Och Bengt insåg redan efter att ha tagit två tuggor att om Chai Eak var lika bra på att ordna intervjuer som att rekommendera mat så skulle allt gå vägen. De åt sin fisk stilla och lugnt, och sköljde ner den med mineralvatten. Ingen av dem hade beställt öl eller någon annan alkoholhaltig dryck.

"Om vi behövde vara vaksamma förut, så måste vi vara dubbelt så vaksamma nu. Jag antar att ni har förstått det." Journalisten hade sänkt rösten ytterligare.

"Givetvis. Jag skall vara mycket försiktig, det lovar jag."

"Skål för vårt samarbete. För vårt lilla projekt." Han log, höjde sitt glas något mot Bengt och nickade.

209

När de avslutat måltiden och kom ut på gatan insåg Bengt att det var allvar nu. Han satte på sig panamahatten och tog ett djupt andetag av den tjocka luften och vände sig mot journalisten.

"Nu när vi är en slags kompanjoner skulle jag gärna vilja att ni säjer Bengt till mej."

"Okey, och jag föreslår att ni kallar mej Jean-Jacques. Det är mitt riktiga förnamn."

"Ett gammalt fint franskt förnamn. Men varför inte ett laotiskt?"

"Min far gillade fransmännen även om han var emot kolonisationen av vårt land. Han trodde nog att jag skulle åka till Paris och studera på Sorbonne i min ungdom. Men så blev det inte. Jag hamnade till slut här i stället."

Bengt tyckte att Chai Eak, eller Jean-Jacques, nästan lät lite sorgsen när han sade det sista. De tog varandra i händerna; ett handslag för det journalistiska äventyret de just börjat.

"Då så, jag ringer i morgon förmiddag. Troligen vid tiotiden om allt går som det ska."

Jag hoppas verkligen det, tänkte Bengt när han studerade den laotiske journalisten Jean-Jacquess rygg när denne vandrade nedåt trottoaren. En bil tutade på gatan alldeles bredvid Bengt som ryckte till och vaknade från sina funderingar.

**

Dagen efter slog han upp ögonen klockan fem i åtta efter en konstig dröm han haft. Han hade vandrat länge i en stad som han inte kände igen. Husen var många våningar höga, av gammal fin arkitektur och i mycket gott skick. Gatorna var fyllda av människor. Så många att det nästan var svårt att ta sig fram. Det var definitivt inte i tropikerna då folk bar ganska tjocka kläder. Men det var definitivt inte i Stockholm heller. Plötsligt hade han känt att någon hade handen i en av jackfickorna. Då han tittade ned såg han fyra barn klädda i bruna trasor till kläder. De passade liksom inte in alls bland människohoparna på gatorna, då dessa var välklädda och absolut inte såg ut att vara fattiga. Barnen, som alla fyra var pojkar,

210

såg vettskrämda ut när han slog bort handen från fickan. De vände sina smutsiga och såriga ansikten upp mot honom och tog sedan till benen och försvann in i människohopen. När han vaknade låg han en stund och tänkte på drömmen. Vad kunde den innebära, vilka var de fattiga pojkarna och vad gjorde de där i en så välmående stad? Han kunde inte komma på något svar. Men det var nog bara en konstig dröm utan mening, kom han fram till. Han beslöt att äta frukost och tog hissen ned till hotellrestaurangen. Där satt inte många, noterade han, när han gick fram till ett ledigt bord. De flesta gäster han sett på hotellet såg ut att vara turister, och de sov nog ut ordentligt på morgnarna och intog sina frukostar sent.

Under tiden han åt tittade han på pappersarket där han skissat frågorna han tänkt ställa till den från Cirkeln avhoppade mannen. Jag kanske inte kan ställa de här frågorna alls; jag kanske får hitta på nya vartefter jag talar med honom, tänkte han. Han var ganska bra på att improvisera vid intervjuer. Det hade han lärt sig den tid han jobbat som journalist i Sverige. Han beslöt att behålla frågorna som de var skrivna och ändra lite vid behov under intervjun. Jag har ju ingen aning om hur denna avhoppare är som människa. Han kanske bara kommer att prata på, börja berätta innan jag ställt en enda fråga, spekulerade Bengt, där han satt och åt på ett kokt ägg som han till slut sköljde ned med svart kaffe och gick upp på rummet för att invänta telefonsamtalet från Jean-Jacques. När han slog på teven och fick in nyheterna på CNN så kom det som tredje nyhet att fallet med Va Zeb inte skulle tas upp på igen. Motiveringen var att inget nytt som kunde motivera en ny rättegång hade kunnat framhållas av åklagaren.

Klockan var halv tio när det ringde på rumstelefonen. Bengt första tanke var att journalisten ändrat sig och ringt till hotellets telefon istället för mobilen. Men det visade sig vara receptionisten som undrade om herr Andersson skulle stanna fler nätter. Han förklarade för honom att han skulle stanna åtminstone ett par nätter till. Det skulle gå utmärkt fick han till svar.

211

Tjugo minuter över tio ringde det i mobilen. Denna gång var det Jean-Jacques.

"Kan du vara på baren där vi hade första mötet, ska vi säja, om en halvtimme?"

"Inget problem. Vi ses där om trettio minuter."

Jean-Jacques satt, med näsan i en tidning, vid samma bord som de suttit vid förra gången och gav det falska intrycket av att han knappt var medveten om sin omgivning. Bengt såg att det var den engelskspråkiga Bangkok Post han höll upp framför sig. En kypare hängde borta vid baren och tittade ointresserad mot Bengt, som närmade sig bordet där den laotiske journalisten satt.

"Slå er ned min vän."

Han tittade inte ens upp från tidningen när han sade detta. Bengt undrade hur Jean-Jacques kunde vara säker på att det var han som klivit fram till bordet. Men det visade hur uppmärksam mannen egentligen var trots det slöa intrycket han gav där bakom tidningen. När Bengt satt sig tog journalisten ned tidningen, tittade honom i ögonen och sade: "Det är ordnat. Vill du ha en öl?"

"Ja tack. Så du menar att den där avhopparen vill träffa oss idag på en speciell plats?"

"Javisst. Men först skall vi ha in ölen innan jag går in på detaljerna."

Han vinkade till sig en kypare och beställde två kalla öl.

"Hur var det i går kväll? Hittade du någon trevlig nattklubb?"

"Nej jag försökte inte ens. Är inte särskilt intresserad av nattklubbar. Inte min stil. Gick och la mej tidigt i stället."

"Skötsam pojke", skojade Jean-Jacques.

Ölen kom in i immiga flaskor. De tog varsin liten klunk och sedan tog Jean-Jacques åter till orda.

"Jo, han var intresserad av att få en träff med oss och han föreslog ett ställe som jag också tycker verkar säkert."

"Här i Bangkok?"

212

"I Bangkok, men lite utanför kan man säja. Det bästa är om du inte får reda på platsen förrän vi är där. Ju färre som vet om det desto bättre. Av säkerhetsskäl menar jag ."

Han tittade på Bengt ansikte för att se vilken reaktion han kunde utläsa där. Men Bengt svarade bara lugnt att det lät rimligt.

"Skål för nästa steg i vårt projekt."

Jean- Jacques höjde sitt ölglas mot Bengt, som också höjde sitt. De drack ur det sista och sedan sade journalisten att han måste iväg och förbereda mötet lite till utan att precisera vad som menades med det.

Utanför lokalen sade Jean-Jacques att han skulle komma förbi hotellet vid tretiden med en taxi.

"Var klar då. Jag ringer och du svarar inte när du ser mitt nummer i displayen, utan går bara ned till gatan så finns jag där med taxin."

"Okey, jag förstår. Vi ses klockan tre."

De gick åt varsitt håll.

Klockan tio över tre ringde det på mobilen. Bengt gick ned på gatan och där satt Jean-Jacques och väntade i en taxi. Så fort han satt sig beordrade denne taxichauffören att åka.

"Det är en bit till stället där vi skall träffa honom", sade Jean-Jacques och lutade sig lite mot den sida där Bengt satt i baksätet. Han fortsatt i nästan viskande ton: "Det är ett förskräckligt hemlighetsmakeri för att få träffa en person som honom. Så bli inte nervös om vi inte åker direkt till mötesplatsen."

"Jag förstår."

Efter att ha kryssat på mindre gator en stund kom de ut på en stor led som Bengt uppfattade ledde bort från centrum, mot stadsdelar som mer och mer började likna industriområden. Där låg byggnader som mest såg ut som förrådslokaler och andra som var stora kontorskomplex. När de kom till ett litet köpcentrum beordrade Jean-Jacques taxichauffören att stanna framför ett café. Han betalade och visade Bengt att de skulle gå in.

213

"Vad vill du ha, en kopp kaffe eller te?", frågade Jean-Jacques och visade Bengt mot ett tomt bord längst in vid ett fönster mot gatan.

"Kaffe tack."

Journalisten granskade gatan utanför innan han gick och hämtade två koppar svart kaffe i baren. Det var inte många gäster i lokalen. Antagligen inte kaffe- eller tepaustid just nu, tänkte Bengt.

"Ska vi vänta här på mannen?"

"Nej. Jag tog den här pausen som en extra säkerhetsåtgärd. Jag kanske börjar bli lite nervös, men det var en bil bakom som jag tyckte åkte efter oss lite väl länge. Den följde oss varje gång vi svängde in på en annan gata."

"Såg du den när vi stannade här utanför?"

"Nej men han har ju kunnat stanna längre bort. Där jag inte kunde se honom."

"Vad var det för märke?"

"Det var en Mazda. Mörkblå. Inte så stor. Vi sitter här en stund får vi se om det kommer en sådan bil ute på gatan."

De drack sitt kaffe medan de under tystnad betraktade gatan utanför caféfönstret. Bengt lutade sig närmare fönstret och tittade uppåt gatan.

"Det står en blå Mazda ett halvt kvarter uppåt det där hållet."

Bengt pekade. Men Jean-Jacques svarade att den han hade sett i backspegeln var mycket mörkare blå och var dessutom av en något mindre modell.

De satt kvar ytterligare en halvtimme innan de gick därifrån utan att ha sett någon mörkblå Mazda. En taxi kom sakta glidandes nedför gatan. Jean-Jacques vinkade in den mot trottoarkanten. När de satt sig i baksätet uppgav journalisten en adress. Chauffören nickade att han förstått, lade i ettans växel och drog iväg i betydligt högre hastighet än när han tidigare glidit nedför gatan spanande efter passagerare.

De åkte igenom industriområden igen. Vita murar med stora byggnader bakom där gallerförsedda fönster signalerade potentiella inbrottstjuvar att här var det inte lönt att försöka. Samtidigt som färgglada bokstäver förkunnade, både på thai och engelska, vilket företag som fanns bakom murarna. Det fanns inte så många människor på gatorna, men desto fler lastbilar färdades i båda riktningarna eller stod och väntade på att bli insläppta genom industriernas välbevakade grindar för att leverera eller hämta gods. Även personbilar och mindre pickupper trafikerade gatorna. Men trots denna ganska livliga trafik gav industriområdena ett ödsligt intryck, tyckte Bengt.

Efter att ha färdats i en kvart på de något större genomfarts-gatorna svängde chauffören in på en smal gata där de efter bara tjugo meter stannade framför något som såg ut som en liten restaurang. Jean-Jacques klev ut på gatan och Bengt följde efter.

"Har du sett den blå Mazdan igen?", frågade Bengt. Jean-Jacques log.

"Nej. Har du?"

Bengt skakade på huvudet medan journalisten betalade taxiresan.

"Det där är en liten restaurang där folk som jobbar härom-kring fikar och lunchar på dagarna. Det är ett säkert ställe att mötas på enligt vår vän som vi ska träffa. Det är hans kompis som äger stället sa han. Fast vad kompis betyder i såna kretsar vet man ju inte", sade Jean-Jacques och tittade på Bengt för att se hur han reagerade på detta uttalande hade, men reaktio-nen uteblev.

Bengt såg en ganska sjaskig restauranglokal när de klev in, samt en tjock och glad ägare som tydligen trodde att han fått två nya gäster. När Jean-Jacques viskade till ägaren vilka de var och att de bestämt möte med hans kompis blev restau-rangägaren genast allvarlig och visade dem uppför en trappa till ett ganska stort rum som hade ett bord med ett dussin sto-lar runt. Annars var lokalen sparsamt möblerad. Några mål-ningar hängde på väggarna och ett tungt mörkt draperi för fönstret som dämpade både ljuset och ljuden från gatan. Mot ena långväggen stod ett vitrinskåp med dricksglas i.

215

"Det här rummet är för speciella gruppreservationer, förklarade ägaren för mej. Vi får låna det ett par timmar idag. Han underströk att mannen vi ska träffa är en mycket god vän till honom. Därför tar han risken att vi håller mötet här", sade Jean-Jacques till Bengt.

"Ja, då får vi väl sätta oss ner och vänta på att han kommer." Bengt drog ut en av de högryggade stolarna och satte sig. Jean-Jacques gjorde likadant. De satt i tio sekunder och tittade på varandra tvärs över det stora bordet innan Jean-Jacques ställde en fråga.

"Har du alla frågor klara?"

"Nej, men jag har ett antal huvudfrågor klara. Sedan får jag ställa följdfrågor beroende på vilka svar jag får. Dessutom vet man ju inte hur allt kommer att utvecklas. Han kanske kommer att prata på utan att vi behöver fråga särskilt mycket."

"Ja, det vet man ju inte. Det är inte helt omöjligt att det blir någon slags bekännelse efter åren inom organisationen. Speciellt som han pratade om att sanningen måste komma fram och bli publicerad."

"Det vore bra. Tänk dej om han bara öser på och berättar. Men vi måste också vara beredda på att vi kanske blir tvungna dra ur honom information."

"Det tror jag inte vi behöver göra. En annan sak, jag hade tänkt mej att det här är din show Bengt och att jag bara assisterar om det behövs. Är det okey?"

"Det är okey. Men nu kommer jag på att jag glömt att fråga om han pratar engelska. Gör han det?"

"Det tror jag inte han gör. Jag får säkert översätta."

"Då tar det hela dubbelt så lång tid. Vi har lokalen i två timmar, var det inte så?"

"Exakt, två timmar har vi på oss."

Någon öppnade dörren där nere i restaurangen. Både Bengt och Jean-Jacques reagerade. Låga röster tisslade ett tag, sedan hördes steg i trappan upp mot lokalen där de satt och väntade. Efter några sekunder trädde den tjocke restaurangägaren in tillsammans med mannen som skulle bli intervjuad. Bengt blev överraskad av att han var så kort och såg så ödmjuk ut,

216

inte precis som någon som varit medlem i en extrem organisation som inte drog sig för att ta till våld. Bengt uppskattade hans ålder till fyrtio, men han kunde vara äldre. Man vet aldrig med asiater de ser ofta yngre ut än vad de är, tänkte han.

Jean-Jacques reste på sig och gick männen som kommit upp till mötes. Han sade något på thai till mannen som de bestämt träff med. Denne talade i nästan en halv minut vänd ibland mot Jean-Jacques, ibland mot Bengt som nu rest på sig och även han gått fram mot de två männen som just kommit.

"Det här är herr Sunan", sade Jean-Jacques på engelska till Bengt.

De båda männen skakade hand och bugade lätt mot varandra.

"Önskas något att dricka?", frågade restaurangägaren och uppträdde nu mer som en kypare än en ägare.

"Vad vill du ha att dricka?", frågade Jean-Jacques utan att direkt översätta ägarens fråga.

"En öl tack."

Sedan frågade han Sunan samma sak. Åtminstone antog Bengt det. Restaurangägaren försvann nedför trappan.

"Vi sätter oss." Jean-Jacques visade med handen mot bordet.

De hann inte säga något till varandra innan ägaren kom uppför trappan med tre immiga ölflaskor i händerna. Han ställde ned dem på bordet och gick och hämtade tre glas från vitrinskåpet vid långväggen.

"Nu lämnar jag er. Det är bara att ropa på mej om ni vill ha något mer", sade restaurangägaren till Jean-Jacques innan han försvann nedför trappan igen.

"Vi är mycket tacksamma att ni herr Sunan kunde komma hit till vårt möte, eller intervju kanske vi skall säja", sade Jean-Jacques först på thai sedan på engelska.

Nu såg Bengt att Sunan såg ganska spänd ut. Han hade ett stressat drag över ansiktet och blicken skvallrade om att han nog helst skulle vilja ha mötet överstökat.

"Det blir herr Bengt Andersson här som kommer att ställa frågorna till er. Som ni vet kommer han från Sverige."

Sunan nickade och tittade först mot fönstret och sedan mot trappan, men inte mot där Bengt satt. Det är kanske bäst att komma igång så fort som möjligt ifall han ångrar sej och vill sticka härifrån, tänkte Bengt.

"Är ni från Bangkok, eller kommer ni från någon annanstans i Thailand", började Bengt.

Sunan såg lite förvånad ut att få den frågan.

"Nej jag är från södra delen av landet", svarade han utan att precissera varifrån exakt.

"Var ni ung när ni flyttade hit?"

"Jag var nitton år."

"Började ni jobba här då?"

"Ja, jag fick jobb på kontoret till ett transportbolag. Efter tre år blev jag andre chef för transportsäkerheten."

Nu började han bli lite mer avspänd och det var just det som var meningen med de "mjuka" frågorna. Bengt fortsatte med ytterligare några sådana frågor.

"När fick ni först höra talas om Den vita cirkeln?"

Mannen nästan ryckte till när Jean-Jacques översatte frågan. Han tittade på Bengt ett par sekunder innan han svarade. Där kom första riktiga frågan tänkte han nog, tänkte Bengt.

"Genom en arbetskamrat. Han var med i Cirkeln men talade inte om det då. Han bara berättade att det fanns ett sällskap som arbetade mot kommunism och vänsterextremism i Thailand och i andra länder i regionen. Sedan hörde jag inget mer om det på ett tag och eftersom jag inte var särskilt intresserad av politik brydde jag mej inte om att fråga honom."

Ett ganska långt svar. Han började komma igång. Bengt formade snabbt nästa fråga i huvudet innan han efter några sekunder ställde den.

"Hur länge dröjde det sedan innan ni fick mer information om Cirkeln?"

"Några veckor, kanske en månad."

Sunan tittade mest på Jean-Jacques när han svarade, men på Bengt när denne ställde frågor.

"Vad sa den där arbetskamraten då?"

218

"Han frågade mej vad jag tyckte om att de gamla traditionerna höll på att luckras upp och att den västerländska kulturen trängde på. Jag som kom från södra Thailand hade ju mest varit orolig för den muslimska gerillarörelsen som opererat där på gränsen mot Malaysia i många år. Hade inte tänkt så mycket på kommunismen. Vietnamkriget var över. Visserligen hade vårt grannland Laos blivit under kommunistisk regering, men det kändes inte som ett hot numera."
"Vad svarade du honom då."
"Att jag var buddist och tyckte att vi inte skulle ta för stora intryck av andra religioner eller främmande politiska filosofier. Ungefär så svarade jag. Då började han berätta lite mer om Cirkeln och sa att det var precis så medlemmarna där också resonerade. Sedan påpekade han att det pågick en kommunistisk infiltration i norr. Det visste jag givetvis."

Bengt fortsatte att fråga och Sunan berättade hur han så småningom, efter noga överväganden, blev medlem i Den vita cirkeln. Vidare hur han sakta började förstå att det inte var ett sällskap han hamnat i där medlemmarna bara satt och pratade; de hade stora planer på att med alla medel stoppa det kommunistiska hotet och andra främmande influenser i Thailand, Laos och på andra ställen i regionen. De drog sig inte heller för att planera politiska mord. Han visste inte då konkret om de hade utfört några sådana mord eller bara hade planer på det.
"Det tog tid innan jag förstod vad det egentligen var för organisation jag hamnat i. De gav mej lite information i taget. De är livrädda för infiltration och litar inte på nya medlemmar. Först efter över två år började hela bilden av Cirkeln bli klar för mej. Det var då jag beslöt att lämna sällskapet. Givetvis sa jag inget om det till nån."
"När var detta?"
"För omkring två år sedan. Det tog mej ett år efter det jag beslutat mej för att hoppa av innan jag verkligen gjorde det. Det berodde delvis på omtanke om familjen. Jag var gift och hade två barn. Ville inte riskera att något skulle hända dem.

Delvis berodde det också på att vid den här tiden fick jag mer och mer intressant information om sällskapet. Man hade efter ett par år som medlem börjat lita på mej och gav mej sådan information inga nya medlemmar fick."

"Ni sa att ni var gift. Är ni inte det längre?"

"Nej, jag skilde mej ett halvår efter det jag hoppat av."

"Visste er fru att ni var medlem i Cirkeln?"

"Nej, jag fick lova att inte tala om för någon att jag var med i sällskapet."

"Vad var det för intressant information ni sa att ni började få in sista året?"

Sunan tittade åter mot trappan och fönstret med ett oroat ansiktsuttryck, som om han väntade sig att någon skulle komma inrusande därifrån med dragen revolver eller något liknande. Det var åtminstone vad Bengt tänkte när han såg mannens flackande blick. Han lutade sig fram mot Bengt och sänkte rösten.

"En högt uppsatt person i landet är medlem. En rik affärsman som har mycket goda kontakter med höga politiker."

"Hur fick ni reda på det?"

"Jag hörde att de pratade om honom. Dessutom var han med på ett hemligt möte där bara personer som varit medlemmar länge fick delta. Eftersom jag inte hade varit medlem tillräckligt länge då fick jag inte delta i mötet. Men jag såg honom."

"Vet ni hur många medlemmar det finns i Cirkeln?"

"Medlemskap är hemligt så det är bara de högsta som vet. Kanske ett hundratal."

"Hur är sällskapet organiserat? Hur styrs det?"

"Det är mycket hierarkiskt. Toppskiktet bestämmer allt."

"Och hur många finns där uppe i toppen?"

"Man kan säja att det är fem personer som bestämmer nästan allt."

"Har ni namnen på dessa?"

"Jag vet vad de kallas, men det är inte deras riktiga namn de använder inom sällskapet."

Bengt fortsatte att fråga om Den vita cirkelns uppbyggnad och om aktiviteter. De framkom att de hade kontakter med andra organisationer i andra länder i regionen. Cirkeln var en del av ett nätverk av organisationer som tyckte att främmande seder och bruk hade fått alltför stort inflytande på senare år. "Det riktar sej främst mot den västerländska influensen. Men det motsägelsefulla är att man samtidigt håller kontakt med individer och organisationer i både Amerika och Europa."

"Har ni hört talas om Jim Pope?"

"Ja, han är nästan en slags idol för toppskiktet. Men mer för vad han gjorde i Laos under kriget än för vad han gör idag. Han är ju mycket gammal nu."

"Hörde att han haft kontakter med Cirkeln i samband med attentatsplanerna mot Vientiane. Vet ni något om det?"

"Ja, det stämmer. Men inte bara då utan ända sedan Cirkeln grundades har man haft kontakt med honom. Jag tror att några av de tidiga medlemmarna kände honom redan innan de grundade Cirkeln. Deras åsikter sammanfaller bra med Popes."

"Har ni hört talas om Fredric Armbrüster då?"

"Ja, men inte alls lika ofta som jag hört dem prata om Pope. Det var bara ett par veckor innan terrorplanerna mot Vientiane avslöjades som jag hörde Fredric Armbrüsters namn nämnas. Sedan några gånger till. Han fick tydligen nys om planerna och såg en chans att både kunna sälja vapen och bli av med en kommunistregering samtidigt. Jag har hört att han aldrig kom fram till Thailand utan fick vända tillbaka till Europa från någonstans mitt i Indiska oceanen."

Sunan tittade åter mot trappan ned till restaurangen och sedan på Bengt. Men han verkade betydligt mer avspänd nu än när intervjun började.

"Ni nämnde att en högt uppsatt affärsman med kontakter till höga politiker är medlem. Finns det fler höjdare från samhället som är medlemmar?"

"Ja, det finns det. Jag har en lista på flera medlemmar jag sett som jag kände igen från tidningar och teve. Inte så många men några. Jag vet faktiskt också vad en av de fem i toppskiktet egentligen heter och var han kommer ifrån."

221

"Är det möjligt att få namnen på de här personerna ni talar om?"

"Inte nu. Ni förstår att en sådan information går man inte omkring och bär på. Jag har en lista kryptad på en dator med namnen, men också annan information om Den vita cirkeln. Jag kan ge er informationen i klartext i morgon eller i övermorgon."

"Det skulle vara till mycket stor hjälp om jag kan få den informationen. Finns det någon möjlighet att vi kan träffas i morgon?"

"Jag tror det. Jag kontaktar Jean-Jacques i morgon förmiddag. Men då vill jag att ni hyr en bil och att vi träffas på ett ställe som jag uppger när jag kontaktar Jean-Jacques."

Jean-Jacques nickade instämmande från andra sidan bordet och översatte.

"Det låter bra. Ska vi säja att vi avslutar mötet?" Jean-Paul tittade på Bengt först och sedan på Sunan.

"Ja, jag skulle behöva gå", sade denne och tittade på sitt armbandsur.

"Bara en sista fråga. Vet ni om det finns någon grupp eller organisation av hmong inne i Laos som samarbetar med Cirkeln?"

"Vad jag förstått finns inga direkta kontakter med hmong i Laos. Kontakterna är med några av anhängarna till Va Zeb i USA. Jag tror inte ens de mest regimkritiska inne i Laos vill ha en terrorattack mot sin huvudstad."

"Tack så mycket för er information. Jag ser fram emot att träffa er i morron igen. Nu känns det som vi verkligen skulle kunna få ihop en bra story om det här."

Bengt skakade hand med Sunan som tackade Bengt för dennes intresse för hans historia. Sedan försvann mannen snabbt nedför trappan. Jean-Jacques tittade på Bengt och föreslog att också de skulle ge sig av. Men först skulle han be sin vän restaurangägaren att ringa en taxi.

Bengts hotell var första anhalten för taxin. Under resans gång hade Jean-Jacque tittat genom bakrutan upprepade gånger utan att säga ett ord. När Bengt klev ur bilen vid hotellet luta-de sig journalisten mot den öppna dörren och påminde honom om att han skulle ringa så fort Sunan hört av sig.

"Det kan bli med kort varsel. Så var redo för att lämna ho-tellet inom några minuter i morron. Sunan vill gärna ha snab-ba utryckningar av säkerhetsskäl."

"Det förstår jag mycket väl. Vi hörs i morron då. Ha en bra kväll."

Bengt gick in i hotellet. Han tog inte hissen upp till rummet, utan gick i trapporna stället. Lite motion skadar inte, tänkte han och tog stegen i rask takt.

Klockan hade hunnit bli närmare sju på kvällen och han undrade vad han skulle göra. Ligga och slötitta på teven eller gå ned till baren och ta en drink eller ett glas kallt vitt vin. Efter moget övervägande bestämde han sig för det sista.

Nere i baren fann han att den inte var precis överfull. Han satte sig på en av tre lediga barstolar, beställde ett glas vitt vin och började försiktigt betrakta klientelet i lokalen. Det såg ut att mest vara thailändare och andra asiater, kanske från grann-länderna i Sydostasien. De flesta män. Efter en halvtimme ledsnade han och gick upp till sitt rum. Där uppe tittade han på nyheterna på ett par engelskspråkiga kanaler och konstate-rat att inget av intresse hade hänt i världen, eller åtminstone visades inget av det på nyhetssändningarna. Sedan ägnade han en stund åt att renskriva anteckningarna från intervjun med Sunan. Han lade också till några funderingar och frågor han skulle ställa nästan gång de träffades, det vill säga dagen efter. När han började renskriva intervjun kom han på att han skulle frågat Jean-Jacques om denne kunde låna honom en dator. Då skulle han kunna börja skriva på artikeln i morgon, efter mö-tet med Sunan.

**

Klockan halv tio dagen efter ringde Jean-Jacques och förkla-rade att Sunan ringt och att han ville att de skulle träffas på en bestämd plats klockan ett. Jean-Jacques skulle hyra en bil och han visste var han kunde hyra en utan några krångliga procedurer. Klockan tolv skulle han plocka upp Bengt utanför hotellet.

Bengt gick ned till foajén fem i tolv och såg hyrbilen med Jean-Jacques bakom ratten stanna till utanför glasdörren två minuter över tolv. Bengt hoppade in bredvid honom och hälsade god middag.

"Vi har lite bråttom. Stället där han vill träffa oss ligger en timmes bilfärd härifrån, nu i rusningstrafiken", sade Jean-Jacques och svängde hastigt ut från trottoarkanten. Så hastigt att en bilist tutade bakom dem. Men journalisten reagerade inte det minsta på den ilskna signalen utan satte igång att kryssa mellan filerna för att komma fram så fort som möjligt i den täta trafiken. Om nån skulle köra så här i Stockholm skulle han bli stoppad av polisen för misstänkt rattfylleri, tänkte Bengt och höll ett hårt tag i säkerhetsbältet med båda händerna.

Efter nära en timmes kryssande i Bangkoks rusningstrafik svängde Jean-Jacques in på en stor parkeringsplats utanför ett shoppingcenter någonstans i utkanten av jättestaden. Han styrde in bilen i ena ytterkanten av parkeringsområdet, under några träd som kunde ge en behaglig skugga när motorn stängts av och bilens luftkonditionering lagt sig till vila. Jean-Jacques vevade ned fönstret på den japanska bilen han hyrt och sög in luften i ett djupt andetag innan han förklarade att Sunan skulle dyka upp i en taxi, men inte precis där de stod utan antagligen utanför shoppingcentrets huvudentré.

"Vi väntar här får vi se."

Att han kan verka så lugn, tänkte Bengt när han betraktade journalisten från sidan. Han har nog resignerat och funnit sig i att han kanske inte lever i morgon. Det kanske har blivit en mission att avslöja så mycket som möjligt av brottslighet, extremism, korruption och orättvisor innan den morgondagen kommer.

Tio minuter senare svängde en taxi in på det ganska glest utnyttjade parkeringsområdet och körde upp till huvudentrén. Ur klev Sunan (både Jean-Jacques och Bengt identifierade honom direkt, även på det där långa avståndet). Han väntade tills taxin svängt ut på gatan igen innan han med bestämda steg gick mot den hyrda bilen. När han kom fram hoppade han in i bilens baksäte och utan att hälsa gav han Jean-Jacques order att köra ut från parkeringen och ta vänster på gatan utanför. Denne gjorde som han fått order om utan att knysta ett ord. Under tystnad åkte de i tio minuter då Sunan pekade till höger mot en mindre sidogata, fortfarande utan att yttra något. Efter endast ett kvarter pekade han åter åt höger in på något som knappast kunde kallas för en gata, utan mer en smal gränd med murar på båda sidorna. Efter några meter tornade två stora gallerförsedda grindar upp sig framför dem.

"Tuta tre gånger snabbt", sade Sunan och tittade lite ängsligt upp mot en vitmålad byggnads fönster på tredje våningen, ett tiotal meter in på gården bakom grindarna.

Jean-Jacques gjorde som han blivit tillsagd, och plötsligt som om han skulle ha sagt "Sesam öppna dig" började grindarna sakta glida upp utan att en människa visat sig. Bengt höll andan och undrade var detta skulle sluta.

"Stanna där." Sunan pekade mot en liten parkering, med fyra platser, inne på den trånga gården.

"Vänta, jag kommer strax tillbaka."

Han nästan sprang mot en trädörr vid ena långväggen på den vita byggnaden, öppnade och försvann in. Bengt tyckte att han skymtade någon innanför dörren, men var inte säker. Jean-Jacques sade fortfarande inget, utan tittade bara mot dörren som Sunan försvunnit in genom. Några fåglar sjöng i ett av träden som skuggade den lilla parkeringen där de stod. Men ingen av de två männen i den hyrda bilen lade märket till detta, de ville bara se Sunan komma tillbaka genom trädörren där borta så fort som möjligt.

Efter fem minuter, men som för de två väntande männen tycktes som en evighet, kom Sunan ut tillsammans med en propert klädd medelålders man. De gick rakt mot bilen.

"Välkomna in på en kopp kaffe på vårt kontor", sade den propert klädda mannen genom den nedvevade sidorutan där Jean-Jacques satt. Han talade på en halvskaplig engelska.

225

"Tack gärna", sade Bengt och klev ut ur bilen. Så gjorde också Jean-Jacques.

Inne i kontorsbyggnaden blev de visade till något som liknade ett ganska stort lunchrum. Mannen som bjudit in dem pekade på ett bord i ena hörnet och sade något på thai till Sunan. "Vi kan sitta ostört här nästan så länge vi vill. Lunchtiden är över och personalen går snart hem", förklarade Jean-Jacques att mannen sagt.

De satte sig alla tre runt det lilla bordet. Förutom dem och mannen som bjudit in dem var lokalen tom. Men de hörde människor röra sig och tala borta i en lång korridor som började där vid lunchrummet.

"Ursäkta mej jag måste fortsätta mitt arbete. Sunan vet var jag har mitt kontor om ni vill fråga något." Han log och gick iväg innan Bengt eller någon annan hunnit säga tack.

"Han är ägare till det här företaget som importerar verktyg från Japan och Kina. En av hans bröder har haft problem med Den vita cirkeln. Jag vet inte exakt vad det rörde sig om, men han tycker mycket illa om sällskapet och vill därför att deras existens och verksamhet blir känd. Det är därför vi kan sitta här och prata i säkerhet", förklarade Sunan.

"Men varför hade vi inte bara kunnat sitta kvar i hyrbilen där borta och fortsatt intervjun i den? Ni hade ju också kunnat ge mej listan med namnen direkt där i bilen." Bengt adresserade frågan till Sunan, men det blev Jean-Jacques som svarade med ett svagt leende.

"För riskabelt. Om vi suttit en timme eller så i bilen där under trädet på parkeringsplatsen skulle det förr eller senare dragit till sej uppmärksamhet från shoppingcentrets säkerhetsvakter eller från någon som skuggat oss. Säkerhetsåtgärder Bengt, säkerhetsåtgärder."

"Ja, du har rätt. Vi kan nog inte vara för försiktiga."

Bengt kände sig lite dum efter svaret han fått och gick över till att ta upp tråden från gårdagen och ställde fler frågor om Den vita cirkeln till Sunan. Han pumpade honom på mer detaljer. Efter ett tag tog Sunan upp ett papper ur fickan och räckte över det till Bengt.

"Här är listan med namn jag lovade ge er. Jag har lagt till kommentarer vid några av namnen där jag vet vilka personerna är. Det finns också namn på några personer de har haft kontakt med utomlands. Personer som dykt upp flera gånger i diskussioner och möten."

Bengt läste om och om igen under nästan fem minuters tystnad, tittade upp mot Sunan och sedan mot Jean-Jacques.

"För helsike! Det här är sprängstoff! Med de här uppgifterna och materialet från intervjuerna kommer det att bli en enormt avslöjande artikel."

"Bra, Bengt, bra." Det var Jean-Jacques som yttrade sig och såg entusiastisk ut. Sunan log, men hade ett mer behärskat uttryck i ansiktet.

"Nu när jag sett er lista vill jag ställa ytterligare några frågor. Går det bra?"

"Naturligtvis."

Bengt fortsatte att försöka få så många detaljer som möjligt från Sunan, som svarade så gott han kunde. När han inte var hundra procent säker på någon information han gav Bengt så påpekade han det.

Efter en halvtimme sade Sunan att han behövde ge sig av och ville avsluta intervjun.

"Naturligtvis. Jag är tacksam för att ni kunnat stanna så länge med oss idag."

"Vi kanske kan fortsätta i morgon eller i övermorgon?" Det var Jean-Jacques som frågade.

"Jag skulle behöva en dator för att skriva ner ett första utkast till artikeln. Har du Jean-Jacques någon extra dator jag kan få låna?"

"Inget problem. Jag har tre datorer."

"Bra. Då föreslår jag att vi gör så här: jag sitter på hotellet i morgon och skriver ett utkast. Sedan träffas vi på ett säkert ställe i övermorgon och du Jean-Jacques får översätta artikeln, som jag givetvis skriver på engelska, muntligt till Sunan som

227

ger kommentarer och förslag till ändringar och kompletteringar. Låter det rimligt?"

Jean-Jacques översatte till Sunan vad Bengt just sagt och sedan svaret han fick.

"Han tycker det låter bra och skall fråga sin vän här om vi kan utnyttja det här stället i morgon också."

Medan Bengt och Jean-Jacques reste på sig och plockade ihop sina pennor och anteckningsblock gick Sunan iväg för att fråga sin vän företagsägaren om i övermorgon. När han efter några få minuter återkom gav han ett positivt besked; svaret han fått var att de var välkomna när de ville.

Jean-Jacques stannade utanför en bar, eller mindre restaurang, som Sunan visat vägen till. Innan Sunan klev ur bilen skakade han Bengts hand och sa att de skulle ringa honom i morgon för att bestämma tid för nästa möte. Sedan gjorde Jean-Jacques en u-sväng och åkte iväg åt andra hållet. Efter vad som Bengt uppfattade som flera kilometers färd bromsade Jean-Jacques in och gjorde åter en u-sväng tvärs över gatan och tvärstannade utanför en hög byggnad med lägenheter.

"Vänta här i bilen. Jag skall hämta datorn du ska låna."

Han slog igen bildörren och rusade iväg mot porten innan Bengt hann säga något. Efter fem minuter kom han ut från porten med en svart datorväska i högra handen. När han satt sig vid förarplatsen sträckte han fram väskan till Bengt.

"Här, du kan låna den så länge du är kvar i Bangkok."

Bengt tackade, öppnade väskan och tog fram datorn.

"En PC, det blir perfekt. Är mer van vid en sådan än en Mac. Tack igen. Skall börja skriva redan i kväll."

Efter några minuter stannade Jean-Jacques utanför hotellet.

"Jag ringer dej i morgon när jag vet hur dags jag blir klar med utkastet, så kan vi bestämma när vi håller mötet i övermorgon."

"Perfekt. Vi hörs i morgon."

När Bengt gick trapporna upp till sitt rum tänkte han att han egentligen inte hade aning om var de egentligen varit under dagen. Inte vilka delar av staden de snurrat runt i. Men, att döma av hur solen stod på tillbakavägen hade han en känsla av att de varit österut. Tre minuter senare stod han i duschen och i stället funderade på hur han skulle lägga upp storyn. När han duschat färdigt och tagit på sig hotellets vita morgonrock kom han på att han inte ringt Lorene sedan första dagen i Bangkok. Han slog hennes nummer och hon svarade nästan omedelbart. Som om hon suttit med telefonen i handen och väntat på hans samtal.

"Hur går det Bengt?"

"Det går bra. Allt flyter enligt planerna. Har fått in mycket information redan."

"När kommer du tillbaka hit?"

"Troligen om tre dar. Om allt fortsätter enligt planerna."

"Skönt att höra att allt är bra. Ring när du vet när du kommer."

Sedan lade hon på. Ett mycket kort samtal. Kanske hon är rädd för att polisen eller någon annan avlyssnar hennes telefon, tänkte han.

Först läste han igenom listan med namn han fått av Sunan och inte minst kommentarerna till vissa namn. Det var verkligen sprängstoff. Den vita cirkeln hade inte bara kontakter till uppsatta personer i Thailand utan det verkade som om det också var ett sällskap som hade förgreningar, eller mer riktigt ett brett kontaktnät, i flera länder i Europa och i USA. Han packade upp datorn och började knacka ned ett utkast till ett utkast, som om några dagar skulle bli en lång artikel. Klockan elva var han för trött att fortsätta. Men jag har ju morgondagen på mej att jobba färdigt, tänkte han och lade sig i den mjuka hotellsängen.

***

Efter hotellfrukosten klockan åtta fortsatte han arbetet framför datorn. Han fastnade några gånger vid vissa namn på listan, namn som han kände igen. Till exempel fanns en före detta kongressman i en sydstat i USA med som var berömd för att

229

ofta ha gjort hätska utfall mot andra kongressmän, demokrater såväl som republikaner, och kallat dem kommunister så fort de föreslagit sociala reformer. Likaså fanns det några namn från Europa som Bengt också kände igen, namn på personer som gjort sig kända för mycket högerextrema åsikter, speciellt på nätet. Ett namn drog till sig hans uppmärksamhet då personen i fråga hade ett typiskt svenskt efternamn, nämligen Hultgren. Förnamnet, David, var dock inte speciellt svenskklingande. Han kan vara amerikan eller från någon annanstans och kanske bara svenskättling, tänkte Bengt.

Förutom dessa personer som tydligen inte var medlemmar i Den vita cirkeln fanns där många namn på medlemmar där Sunan inte skrivit några kommentarer alls. Dock stack en person ut som varande en mycket inflytelserik affärsman med kontakter bland högt uppsatta politiker.

Bengt satt på hotellet och skrev intensivt fram till klockan tolv då han beställde upp lunch till rummet. När han intagit den satte han sig åter vid datorn och fortsatte fram till tretiden. Vid det laget hade han en överblick över hur lång tid det skulle ta att få utkastet färdigt så långt att han kunde låta Jean-Jacques översätta det åt Sunan. Han ringde upp Jean-Jacques och meddelade att de skulle kunna hålla mötet i dagen därpå ganska tidigt.

"Jag ringer vår vän och säjer det. Återkommer så fort jag har en bekräftelse på att det är okey."

Han ringde inom fem minuter och meddelade att han skulle plocka upp Bengt klockan åtta utanför hotellet följande morgon.

Innan Bengt fortsatte att skriva satt han och reflekterade över ett faktum som nu blivit tydligt. Ofrivilligt hade Hmongfolket åter blivit indragna i internationell politik och negativt påverkade på ett eller annat vis.

Därefter skrev han ned några frågor han ville ställa till Sunan om flera av personerna på listan. Sedan återgick han till artikeltexten. Han satt där på hotellrummet och skrev tills han råkade tittade till på sitt armbandsur och såg att klockan var sju på kvällen.

"Måste ta en promenad till någon restaurang i närheten för att få lite kvällsmat. Då får jag sträcka på benen en stund. Det behövs verkligen", sade han till sig själv.

Han hade hittat ett matställe med hamburgare, korv och annan snabbmat. Sådan mat som han egentligen försökte undvika. Men nu ville han ha något annat än thaimat, samtidigt som han inte ville gå omkring och leta efter ett ställe med bättre europeisk mat. Han ville tillbaka till hotellet så fort som möjligt för att skriva färdigt artikeln. Han åt upp sin hamburgare och pommes frites utan någon större entusiasm. Smoggen låg över staden och luften kändes tung att andas när han promenerade tillbaka till hotellet. Inne på hotellet hade luftkonditioneringen rensat bort det mesta av avgaserna.

Klockan blev nästan midnatt när han skrivit ned det sista ordet i utkastet och släckt sänglampan. Mycket svagt hördes det monotona brummet från trafiken nedanför på gatan. Detta ljud tillsammans med det lika svaga surrandet från den centrala luftkonditioneringens galler uppe vid innertaket gjorde att han somnade efter bara några få minuter.

***

Klockan sju surrade alarmet i mobiltelefonen som låg på vänstra sängbordet. Han knäppte av det och gick upp för att klä sig och gå ned i hotellrestaurangen för att inta frukost. I hissen fick han sällskap av ett äldre par som på engelska, med en klar tysk brytning, förklarade för Bengt att det var underbart och mycket intressant att resa i Thailand. Även om Bangkok kändes stort och lite stökigt med trafiken så fanns det så mycket fantastiskt intressant att se.

"Har ni varit uppe i Chang Mai eller Chang Rai i norra delen av landet?, frågade damen med ett vänlig leende mot Bengt.

"Nej, tyvärr inte", svarade han och log tillbaka.

"Då måste ni resa dit."

231

"Jag skall försöka få tid till det. Tack för tipset."
Troligen från södra Tyskland eller möjligen Österrike, med tanke på accenten, gissade Bengt som inte var så bra på tyska.

När hissen stannade på bottenplanet gick paret direkt mot restaurangen där de siktade in sig på ett ledigt bort, långt in i ena hörnet av lokalen. Bengt tog ett bord på behörigt avstånd från där paret satte sig. Han ville sitta i fred och tänka på dagen som låg framför honom. Vad han skulle behöva för kompletterande uppgifter av Sunan för att kunna skriva klart artikeln. Han var så inne i sina tankar att han knappt märkte vad han åt till frukost.

Jean-Jacques var lika punktlig som förra gången. Hyrbilen svängde in utanför hotellentrén nästan exakt klockan åtta. Morgonluften kändes ganska sval när Bengt stegade fram till bilen. Innan han satte sig svepte han med blicken runt det närmaste området vid hotellet, ifall något ovanligt rörde sig i närheten.

"Jag har redan spanat och har inte sett något som verkar misstänkt", sade Jean-Jacques till Bengt redan innan han hälsat och fortsatte: "Sunan tar sej dit själv sa han. Så vi åker direkt."

Därefter svängde han ut på gatan och iväg så fort det gick i den täta trafiken. Denna gång försökte Bengt orientera sig lite bättre. Men det var svårt att få ett riktigt grepp om åt vilket väderstreck de färdades, så han frågade Jean-Jacques. Denne släppte högerhanden från ratten, vred på den ett par gånger i luften och svarade att företaget dit de skulle låg ungefär i nordöstra förorterna. Bengt frågade inte efter fler detaljer.

Det hade gått en timme innan de stod framför företagets grindar igen och väntade medan de sakta gled upp. När de parkerat och släppts in i byggnaden fann de Sunan sittande på samma stol som förra gången. Nu med ett pappersark framför sig och en kulspetspenna i handen. Han tittade upp när de gick fram mot honom. Bengt noterade en annan blick i hans ögon idag. Inte samma flackande, nervösa blick som i förrgår. Nu syntes där inne istället en trötthet i kombination med uppgivenhet. Bengt hälsade och satte sig mitt emot honom. Ett svagt leende skymtade till för en sekund och sedan var allt tillbaka till trötthet och uppgivenhet. Förutom de tre männen som satt runt bordet var rummet också denna dag tom på folk.

"Här är ett utkast till artikeln."

Bengt lyfte upp datorn och sträckte över den till Jean-Jacques.

"Jean-Jacques översätter som vi bestämt."

Sunan nickade och Jean-Jacques tog datorn, läste tyst för sig själv första stycket innan han sakta översatte till thai. Sedan fortsatte han så stycke för stycke medan Sunan plottrade ned några anteckningar då och då på pappersarket framför sig utan att knystade ett ord.

"Det var sista raden", sade Jean-Jacques och tittade på Sunan som nickade sakta utan att säga ett ord.

"Var det ungefär så han hade tänkt sej artikeln?" frågade Bengt med en lätt ton av oro.

Sunan sade något till Jean-Jacques som översatte.

"Ja, han tycker den är bra. Bara några mindre ändringar plus ett par tillägg i slutet."

Bengt drog en tyst suck av lättnad. För enligt vad han hade utläst av Sunans ansiktsutryck verkade denne inte helt nöjd. Men han kanske har detta utryck när han koncentrerar sej och funderar igenom något ordentligt, tänkte Bengt.

"Vi kan ta ändringarna först", föreslog Bengt.

När Sunan fick svaret översatt tog han tag i pappersarket som låg framför honom, vände sig mot Bengt och började läsa på thai medan Jean-Jacques översatte. Det rörde sig om detaljer om vissa personer som Sunan inte tyckte Bengt fått med eller misstolkat. Därefter föreslog han tre tillägg i slutet för att klargöra hur Den vita cirkelns innersta krets fungerade och hur de byggde upp kontakter med likasinnade i andra länder. Bengt antecknade.

"Mycket bra Sunan. Jag skall göra dessa ändringar och skriva dit tilläggen. Det kommer att förbättra artikeln betydligt är jag säker på. Jag har några frågor om vissa personer på listan. Kan jag ställa dem till er nu?"

"Givetvis. Vi skall få manuset färdigt idag. Eller hur?"

Bengt ställde frågorna, sju till antalet, och fick tydliga svar på alla utom en där Sunan var lite osäker. Nämligen om mannen med det svenskklingande efternamnet Hultgren verkligen var svensk. Bengt var ändå mycket nöjd med dagens arbete och sade detta till de två männen vid bordet.

"Och vad händer nu Bengt?"

Det var Jean-Jacques som frågade.

"Jag skriver manuset färdigt i morgon förmiddag. Så kan vi träffas på eftermiddagen, du Jean-Jacques och jag, och tar en slutdiskussion om översättning och lite annat. Tror inte Sunan behöver vara med. Om han inte speciellt vill?"

Nej, det ville han inte. Sunan såg närmast lättad ut över att han slapp vara med.

"Sedan, troligen i övermorgon, reser jag upp till Nong Khai innan jag flyger hem till Sverige. Jag lovade Lorene det innan jag åkte hit till Bangkok."

"Ja, givetvis. Sedan när du kommer hem till Stockholm, vart vänder du dej för att få storyn publicerad?" frågade Jean-Jacques.

"Jag kommer att besöka redaktionen på den dagstidning där jag jobbade för några år sedan. Jag är säker på att de blir intresserade av att publicera den. Jag är också säker på att de kan hjälpa till med att få den publicerad utomlands."

Jean-Jacques översatte och Sunan svarade att det lät bra, men att Bengt var tvungen att meddela honom via Jean-Jacques när allt var klart med publiceringen. Och givetvis lovade Bengt det.

De gick alla tre ut till hyrbilen. Jean-Jacques styrde vant ut genom grindarna som någon öppnat inifrån byggnaden. Först släppte han av Sunan på ett ställe inne i centrum, sedan åkte han vidare till Bengts hotell. Innan Bengt hoppade ut sade Jean-Jacques att de skulle träffas på en annan restaurang än

den förra. Han gav Bengt adressen nedskriven på en liten papperslapp.
"Vi behöver ständigt byta mötesplatser. Du vet, säkerhetsåtgärder. Sov gott i natt, så ses vi där klockan ett i morgon."
"Jag är där klockan ett. Och sov gott själv."
Han stängde bildörren och gick upp på sitt rum. Receptionisten hade hälsat igenkännande när han gick förbi.

***

Flygplanet började skaka och Fasten Seatbelt skylten tändes samtidigt som piloten meddelade att man nu var inne i ett område med turbulens. Bengt tog lydigt på sig bältet och fortsatte att fundera över mötet med Jean-Jacques dagen innan. De hade bestämt att Jean-Jacques skulle översätta artikeln till thai under de närmaste dagarna. Bengt skulle mejla honom från Sverige och meddela eventuella mindre justeringar i den, samt vilket svar han fått från tidningen angående publicering.

Han hade suttit så försjunken i tankarna kring artikeln att han inte märkt att de kommit ut ur turbulensområdet och piloten börjat nedstigningen mot Udon Thani.

Två timmar senare knackade han på Lorenes dörr. Hon öppnade omedelbart eftersom hon hade räknat med att det var Bengt. Han skulle anlända vid just den tidpunkten.
"Jag är så glad att du är här igen. Har varit lite orolig måste jag erkänna. Hur har allt gått?"
"Helt enligt planerna. Fick in mycket information om Cirkeln. Har ett manus till en lång artikel färdigt. Räknar med att kunna publicera i flera länder. Och du, hur har du haft det?"
"Inget speciellt har hänt. Jag jobbar med mina översättningar. Vill du ha kaffe, te, öl eller något annat?"
"En kopp kaffe skulle smaka bra, tack."

De satt i hennes lilla vardagsrum och smuttade på hett svart kaffe och konverserade om den närmaste framtiden; veckorna som låg framför med Bengts återresa till Sverige, artikeln och vad han trodde reaktionerna skulle bli om han fick den publi-

235

cerad internationellt. De pratade också om Lorenes framtid. Bengt frågade om hon funderat på att använda pengarna hon fick av honom för att studera någon kurs på universitetet till exempel.

"Ja. Jag har undersökt lite. Det finns så mycket av intressant. Jag meddelar dej när jag hittat något. Men jag har redan använt lite av pengarna. Har du inte märkt att soffan är ny?"

"Nej. Ursäkta mej men nu ser jag att det är en annan soffa." "Den där är lite större och mycket bekvämare för dej att sova i", skrattade hon.

Sedan frågade hon honom när han tänkte flyga tillbaka till Sverige. Och han svarade att han hade bokat återresan om tre dagar och behövde flyga ned till Bangkok om två dagar.

"Så du blir här bara här två dagar, alltså. Jag som hade hoppats att få ha min farbror här lite längre."

Han noterade att hon såg lite ledsen ut när hon konstaterade detta.

***

De tillbringade de två dagarna med att delvis gå runt i Nong Khai då Lorene visade Bent runt i staden, och att delvis sitta i hennes lägenhet och diskutera Laos, Thailand, Den vita cirkeln och den information som Bengt fått under dagarna i Bangkok. Hon blev imponerad av det han hunnit samla in under de få dagar han varit i huvudstaden, men inte förvånad över innehållet i sig.

Den andra dagen tog Bengt åter bussen till staden Udon Thani. Fast nu tänkte han mer på den som Udorn, flygbasen som hans bror tjänstgjorde vid för många år sedan.

Stockholm, Januari 2003

Han vaknade då piloten beordrade säkerhetsbältena på eftersom de om några minuter skulle ta mark på Arlanda. Det snöade och var noll grader i Stockholm fick passagerarna också reda på. Det var skillnad mot Bangkok, tänkte Bengt och önskade att han redan var inne i värmen i sin lägenhet på Södermalm. Drygt två timmar senare steg han över tröskeln till lägenheten (och över alla tidningar och post som låg där). Det hade tagit över en halvtimme innan hans väska kom ut på bandet på Arlanda, bland de fem sista. Sedan tog han bussen in till Cityterminalen och därefter en taxi hem. Egentligen var det inte så stor prisskillnad mot att ta taxi direkt hem, men han tyckte inte att han hade någon brådska. Ingen satt där hemma och väntade på honom. Snabbt packade han upp resväskan och slängde smutskläderna på badrumsgolvet framför tvättmaskinen och de få rena kläder han hade efter resan lade han på sängen. Allt annat fick ligga kvar i väskan. Ett USB-minne med artikeln i hade han i handbagaget, och för säkerhets skull ett också i byxfickan. Som ytterligare en säkerhet hade han mejlat artikeln till sig själv strax innan han lämnade Thailand. Han plockade fram båda USB-minnena och startade upp datorn i det som fungerat som kontorsrum i hans lägenhet när han hade haft sitt företag igång. En snabb koll visade att båda minnena var intakta. Artikeln fanns där i sin helhet. Han hade varit lätt orolig för att innehållet skulle ha raderats ut av all säkerhetselektronik på flygplatsen i Bangkok. Redan i morgon förmiddag tänkte han gå igenom artikeln och eventuellt göra några mindre ändringar. Den var ju skriven på engelska och fordrade kanske en liten språklig putsning. Men innan han gjorde något annat i morgon skulle han kolla upp om det gick att få någon information om den där personen på listan som bar ett svenskt efternamn. Om denne, David Hultgren, gick att spåra i Sverige.

Den långa flygresan började kännas i kroppen och huvudet så han beslöt sig för att gå och lägga sig. Han släckte sängbordslampan och somnade efter bara fem minuter. Omedelbart kom en dröm. Han satt i en bil tillsammans med några andra. Plötsligt blev de omkörda av en annan bil i hög hastighet. Cirka tjugo meter framför dem bromsade den andra bilen in och ställde sig på tvären över vägen. Nu såg Bengt att det var en mörkblå Mazda. Föraren i bilen som Bengt åkte i blev tvungen att stanna. Ut ur Mazdan rusade två män utan ansikten med dragna pistoler fram mot deras bil. Sedan vaknade han svettig, trots att det var svalt i rummet. Efter att ha tänkt igenom drömmen ett par minuter somnade han om och sov lugnt hela natten.

***

Dagen efter ringde han en bekant som var dokumentärfilmare. Lars, som han hette, hade gjort flera så kallade avslöjande filmer om personer inom förvaltning och företag som hade eller hade haft kontakter med brottssyndikat och/eller ägnat sig åt annat skumrask. Bengt trodde att Lars skulle kunna hjälpa honom att ta reda på om den där David Hultgren var svensk och fanns i landet. Han svarade efter två signaler när Bengt slagit hans nummer. Efter en introduktion om att det var länge sedan de träffats och så vidare förklarade Bengt sitt ärende. Han påpekade att en ledtråd kunde vara att Hultgren kanske befunnit sig i Thailand under viss tid och kanske också i Laos. Samt internationella kontakter med högerextrema grupper.

"Tycker jag hört namnet förut, men det är ju inte helt ovanligt. Jag skall kolla upp och ringer dej så fort jag kan."

"Tack, det är mycket hyggligt av dej. Skall berätta för dej vad det rör sej om när vi träffas."

Bengt satte sig att jobba vidare med artikeln. Redan efter två timmar ringde Lars och sade att det fanns en man med det namnet i Stockholm, som hade varit i Thailand och var känd för sina mycket högerextrema åsikter. Men Hultgren hade tydligen inte något att göra med gapiga nynazister, utan aktiviteterna låg på ett annat plan, som Lars uttryckte det.

"Tusen tack Lars. Kan du mejla mej det data du har om honom, hans adress, ålder och annan? Har du hittat såna uppgifter?"

"Jag mejlar allt jag har om honom. Har du samma mejladress som tidigare?"

"Samma. Kan vi träffas på onsdag kväll så bjuder jag på middag?"

"Bjuder du skall jag hitta ett flott ställe att äta på", skrattade Lars.

"Jag ringer dej i morgon kväll så kan vi bestämma restaurang."

En kvart senare hade Bengt uppgifterna om David Hultgren i sin dator. Där fanns ledtrådar till Den vita cirkeln och till den före detta CIA mannen Jim Pope, samt en del annat av intresse. Hultgren bodde i en förort strax norr om Stockholm och försörjde sig som konsult av något slag. Det framgick inte tydligt vad för slags uppdrag han åtog sig. Men nu hade Bengt mer material att lägga in i artikeln.

Klockan ett på eftermiddagen hade han gjort ändringarna och lagt in tilläggen i artikeln, som nu började bli ganska omfattande. Då slog han telefonnumret till redaktionen på den dagstidning han en gång hade jobbat för. En kvinna svarade i ett inspelat meddelande och förklarade att personen som han sökte var ute på ett uppdrag och skulle vara tillbaka klockan femton. Det gick bra att lämna ett meddelande. Men det gjorde inte Bengt, han tänkte själv ringa upp igen tio minuter över tre. Fram till dess arbetade han vidare med en finputsning av artikeltexten medan han åt en dubbelsmörgås med ost och skinka som lunch och sköljde ned det med en stor kopp kaffe.

Först svarade ingen när han ringde tidningsredaktionen, sedan svarade en kvinna som skulle koppla över honom till mannen på redaktionen. Denne svarade med både sitt förnamn och efternamn, Olov Persson.

"Hej Olov. Det är Bengt Andersson, du har väl inte glömt mej hoppas jag?"

"Nej Bengt, naturligtvis inte. Det var ju inte så förfärligt längesen vi talades vid per telefon. Du skulle till USA då. Hur gick det?"

"Det är en mycket lång historia. Jag skall dra hela när vi träffas. Snart hoppas jag. Jag har en del mycket hett material

239

som jag skulle vilja visa dej. Ja, jag klassar det som rena dynamiten. Intresserad? Kan vi träffas i morgon?"

"Går inte. Jag är upptagen hela dagen. Kommer nog inte att vara på redaktionen mer än högst ett par timmar i morgon. Onsdag skulle passa bättre."

"Ja, då får jag hålla mej till dess."

"Ska vi säja klockan tio på förmiddagen? Så får också jag hålla mej till dess."

"Det blir bra. Vi ses då på ditt kontor."

Bangkok, Januari 2003

Jean-Jacques hade ringt Sunan och begärt ett möte eftersom han ville diskutera texten i artikeln och översättningen av den till thai. Sunan hade svarat att han egentligen villa ligga lågt och inte visa sig tillsammans honom på ett tag, men att det samtidigt var viktigt att diskutera igenom texten, så han gick med på ett möte. Och nu var Jean-Jacques på väg att plocka upp Sunan utanför en restaurang som de båda kände till sedan lång tid tillbaka. Jean-Jacques såg honom på långt håll stå utanför restaurangens glasdörrar och vänta. När han bromsade in vid trottoarkanten sprang Sunan snabbt fram till passagerarsidan och hoppade in.

"Varför vill du diskutera texten med mej? Du är säkert mycket bättre på att skriva än jag. Du har ju lång erfarenhet av skrivande", sade Sunan efter att ha hälsat.

"Det är egentligen inte det språkliga jag vill fråga dej om utan en del detaljer i informationen som jag undrar över. Jag vill kolla upp lite fakta. Och det kan vi inte göra per telefon."

"Naturligtvis inte."

De båda männen hade varit så upptagna av att konversera redan när Sunan satte sig att de inte hade märkt den mörkblå Mazda som lösgjorde sig från en parkeringsficka knappt ett halvt kvarter från restaurangen. Den lade sig tre bilar bakom

240

Jean-Jacques hyrda Toyota medan de två männen fortsatte konversera.

"Vart är vi på väg?", frågade Sunan.

"Till en liten bar där vi kan sitta ostörda någon timme. Det tar kanske en kvart att ta sej dit." De satt tysta ett par minuter medan bilen rörde sig långsamt framåt mitt i den middagstäta trafiken.

"Jag tar in på den här lilla gatan. Har för mej att det är en genväg till baren." Jean-Jacques svängde in på en smal gata som, förutom några parkerade bilar, var tom på trafik. De han bara åka ett kvarter när den mörkblå Mazda körde om, tvärbromsade framför dem och blockerade vägen. Bilen hann knappt stanna förrän två maskerade män rusade ut rakt mot Jean-Jacques hyrda bil, slet upp dörrarna samtidigt som de drog upp varsin pistol med långa ljuddämpare påskruvade. Varken Sunan eller Jean-Jacques hann värja sig innan kulorna slog in i deras kroppar. Därefter tog de två maskerade männen datorn som låg i baksätet och muddrade offrens fickor för att leta efter USB-minnen. De hittade ett i Jean-Jacques ena ficka. Innan de hastade tillbaka till Mazdan hade de snabbt och vant försäkrat sig om att båda deras offer var livlösa. De körde sedan lugnt därifrån.

Stockholm, Januari 2003

Det var tisdagskväll och Bengt var på väg att ta en promenad utmed Södermälarstrand trots att klockan var över tio. Han hade inte gått där på mycket länge och tyckte nu att han behövde få lite luft i lungorna efter att ha suttit framför datorn de senaste två dagarna. Det var förvånansvärt få bilar ute och rullade. Fotgängare såg han ingen, men det var mindre förvånansvärt eftersom det var ganska kallt och snöade lätt. En bitande vind blåste in från Mälaren som gjorde att snöflingorna virvlade i luften och påminde om att det var långt till våren. Bortåt Gamla Stan var det betydligt mer upplyst än där på Södermälarstrand.

Han stannade upp vid en, som det såg ut, övergiven fabriksbyggnad och tittade in mot den mörkröda tegelfasaden där svarta och tomma fönster tittade tillbaka. Han hörde inte stegen förrän mannen bara var några meter från honom. Mannen, som var klädd i mörka kläder inklusive en svart toppluva, hade dykt upp från ingenstans. Han frågade på engelska om det var mister Bengt Andersson som stod framför honom. När Bengt med en förvånad ton svarade "Yes", drog mannen upp en pistol med ljuddämpare och sköt två skott rakt mot Bengts bröstkorg innan denne han reagera alls. Mördaren avfyrade ett tredje skott i hjärttrakten för säkerhets skull. Sedan stoppade han undan pistolen under rocken och gick lugnt därifrån. Så lugnt och säkert som bara ett proffs kan.

Stockholm, Februari 2003

En isande kall februarivind svepte över kyrkogården. Mary lutade sig något åt höger och frågade kvinnan som stod bredvid henne om hon visste vem den unga kvinnan var som stod lite för sig själv längre bort, avskild från de andra begravningsgästerna, med tre lotusblommor i handen.

"Hade Bengt en så ung älskarinna kanske?"

"Inte vad jag har hört talas om eller kan tänka mej överhuvudtaget."

Det var Bengts gamla moster som svarade Mary nästan lite avsnäsande, men på god engelska. Mostern hade tagit tåget ned från Falun för att delta i systersonens begravning och var mycket nedstämd över vad som hänt. Hon var inte intresserad av att diskutera om Bengts eventuella kvinnor nu. Mary märkte kanske detta och fortsatte inte den korta konversationen, men kunde inte låta bli att fortsätta snegla bort mot Lorene.

Lorene visste vem kvinnan var som tittade bort mot hennes håll då och då. Kvinnan som hade varit hennes fars hustru under ett långt barnlöst äktenskap stod alltså där borta. Kvin-

242

nan som kanske skulle ha kunnat bli hennes styvmor om skeendet hade tagit en annan väg. Men just nu kände hon bara tomhet efter att ha förlorat sin fars bror. Hon hade aldrig sett sin far men fått en farbror istället, under en alltför kort tid. Kistan hissades ned i den rektangulära svarta och djupa gropen. Prästen läste några rader. Därefter gick gästerna fram en och en och släppte ned blommor. Lorene gick som sista person fram till gropen och släppte ned sina tre lotusblommor. "Jag varnade dej för riskerna med vad du gav dej in i. Om du lyssnat hade du fortfarande varit min levande farbror." När hon mumlade detta tyst på thailändska fick hon tårar i ögonen. Mary som nu stod betydligt närmare Lorene lade märket till tårarna och blev därför övertyg om att den unga kvinnan hade varit Bengts älskarinna under hans vistelser där nere i Orienten.

När ceremonin var över tog sig Lorene direkt tillbaka till det hotell hon tagit in på dagen innan, efter ankomsten till Stockholm. Hon ville vila en stund och sedan, om hon stod ut med kylan, ta en promenad i de närmaste kvarteren. På eftermiddag under morgondagen skulle hon lämna Sverige och sedan dagen efter vara tillbaka i värmen i sitt hemland.

Stockholm, Mars 2003

Lars satt och tänkte på Bengt, på begravningen och allt som hänt innan. Hur Bengt hade berättat i telefonen fragment av en märklig historia och hur han själv fick fram information om David Hultgren. Den vita cirkeln, vad är det och vem fasen är Jim Pope? Och hur hänger allt ihop med Laos och Thailand? Ju mer han tänkte på dessa frågor ju mer beslutsam blev han att börja rota i hela historien. Vem vet, det kanske kan bli en dokumentärfilm av det hela, tänkte han, för egentligen är jag skyldig Bengt att göra något av hans historia.
    Han sträckte sig efter telefonen och slog ett nummer. Efter fyra signaler svarade en mansröst.

243

"Kommissarie Per Nilsson."

"Hej Per, det är Lars. Vill be dej om en tjänst."

"Det beror på vad det rör sej om."

Kommissarie Per Nilsson lät inte överentusiastisk.

"Kommer du ihåg att ni hade span på en kille som hette David Hultgren för sådär ett år sedan. En högerextremist som ni misstänkte för att ha kontakter med någon terrororganisation i Italien. Ni misstänkte någon form av vapenbrott, men fick aldrig dit honom för något vill jag minnas. Kan du skicka mej allt du har om honom och kolla upp om det finns något om ett hemligt sällskap som heter Den vita cirkeln bakom någonstans?"

"Jag kan nog inte skicka allt vi har om honom."

"Jodå, det kan du. Som tack för det där med tipset om killen på Sveavägen för två år sedan."

"Okey, jag skall se vad jag kan hitta. Ringer dej i morgon eftermiddag. Har häcken full just nu."

"Tack Per, i morgon eftermiddag blir utmärkt."

Nu kände Lars att hans begeistring för undersökande journalistik började komma upp i varv igen.

Efterskrift

Den berättade historien är en fiktion. Men som nämns i bokens början har handlingen en historisk bakgrund, nämligen krigen i norra Sydostasien på 1960 och 1970-talen. Några av karaktärerna i handlingen har funnits i verkligheten, t.ex. general Va Zeb (som egentligen har ett annat namn), en berömd ledare för hmongfolket som slogs på USA:s sida i kriget. Erics värd i Vientiane, den belgiske översättaren Pierre och den franske före detta kolonialsoldaten Jean-Paul, har också verkliga förebilder. Jag träffade båda när jag i början på 1970-talet, under pågående krig, besökte Laos.

De andra två delarna av handlingen, som utspelar sig på 2000-talet, bygger delvis på ett verkligt rättsfall i USA. Några yngre män med laotisk bakgrund planerade ett stort terrordåd i Laos tillsammans med generalen som nämns ovan. Attentatet skulle ha genomförts i huvudstaden Vientiane med avsikt att störta den kommunistiska regeringen. Om det genomförts hade säkerligen flera tusen civila dödats, enligt åklagaren. Uppgifterna om detta rättsfall har jag främst hämtat från en artikel i New York Times Magazine, publicerad 2008 . Jag har, i min berättelse ganska fritt tolkat händelsen, samt flyttat den fyra år bakåt i tiden (rättsfallet började i verkligheten 2007 inte 2003).

De två huvudrollsinnehavarna, Eric och Bengt, är dock helt fiktiva personer.

Tack

Jag är mycket tacksam att Anna-Lena Jansson och Lennart Björkäng åter tog sig tid att läsa det första manuskriptet till en bok jag skrivit. Deras kommentarer och synpunkter har varit ytterst värdefulla för att slutföra manuskriptet. Den slutliga versionen är jag naturligtvis själv helt ansvarig för.